NF文庫
ノンフィクション

海鷲 ある零戦搭乗員の戦争

予科練出身・最後の母艦航空隊員の手記

梅林義輝

潮書房光人社

はじめに

人間は社会的動物であり、社会を離れて人間は存在しない。その意味で人間は社会を作り、社会によって作られるものであるとも言えよう。

私は大正十五年（一九二六）にこの世に生をうけた。ちょうど日本という社会が軍国主義国家としての歩みを始めようとする時期であった。昭和六年（一九三一）に満州事変を起こすと、その後は日本はひたすら軍国主義、国家主義の道を歩んでいった。そうした社会の中で私は生まれ育てられ、幼少年期を過ごした。

軍国社会の中にあって、当然私は軍人大好き戦争大好きな少年として成長した。もちろん人間には個性があるから、そんな社会にあっても軍人は大嫌いという人間もいた。しかし私の同世代の人間では、それは少数派であった。

太平洋戦争が始まったのが昭和十六年（一九四一）で、私は十五歳になっていた。軍人の中でも特に海軍の飛行兵にあこがれた私は、三次にわたる厳しい採用検査を無事通過して、昭和十七年四月一日、第十期甲種飛行予科練習生として、夢にまで見た土浦海軍航空隊に入隊した。

予科練の教育は入隊前に抱いていたイメージとは大違いで、全く人間性を無視した教育であった。それはだいたい、戦場において敵に勝つために戦力としての強力な武器を作る教育だったような気がする。つづく飛行練習生（飛練）の教程においても何かと言えば罰直が加えられ、肉体的苦痛が与えられ、訓練とは罰のことかと思わせるほど罰直に明け暮れた。

飛練を卒業して実施部隊に出た時、やっと一人前の搭乗員として人間らしい扱いを受けた。それまでの馬車馬的扱いから自由な人間としての扱いを受ける。それは私にとって天にも昇るような喜びであった。しかし、実施部隊というのは常に臨戦態勢下ある部隊である。いつ戦場に出るか分からない。戦場に出れば、そこでは死が待っていたのである。そこは人間性どころか人間の存在そのものが否定される場であった。

そうは言っても、予科練でも飛練でも結構楽しみもあった。日曜日ごとに外出し、教員たちの目の届かないクラブ等で班員一同遊びに興じ、休暇で家族や親戚の人たちと共に語らうのは、娑婆の世界しか知らない人たちには分からない喜びや楽しみであった。（娑婆とは仏教用語だが、海軍では軍隊内を特別な社会としてとらえ、現実に人間が住んでいる社会のことを娑婆と呼んでいた）

私が青春期を過ごした海軍航空隊とは、娑婆とは隔絶した特別な社会であった。社会とはどんな社会であっても個性ある人間が作るのであるから、ある意味で特殊な社会になることは当たり前のことであろう。ましてや戦うことを目的として作られた軍隊という社会であるからなおさらのことである。

しかし、特殊な社会は特殊な社会として孤立してはならない。特殊な社会でありながら、そこに普遍性を持たせることが必要なのである。社会に普遍性を持たせるために必ず必要なもの、それは人間性を尊重する精神、ヒューマニズムであると私は思っている。もし海軍航空隊にヒューマニズムの精神が流れていたら、予科練や飛練の教育は随分違ったものになっていたであろうし、太平洋戦争のかたちも変わったものになったであろうと思う。少なくとも特攻攻撃などはなかったはずである。本書を纏めるにあたって、そんなことを考えた次第である。

平成十七年（二〇〇五）七月

著　者

海鷲　ある零戦搭乗員の戦争——目次

写真提供／著者・雑誌「丸」編集部　編集協力／加藤　浩

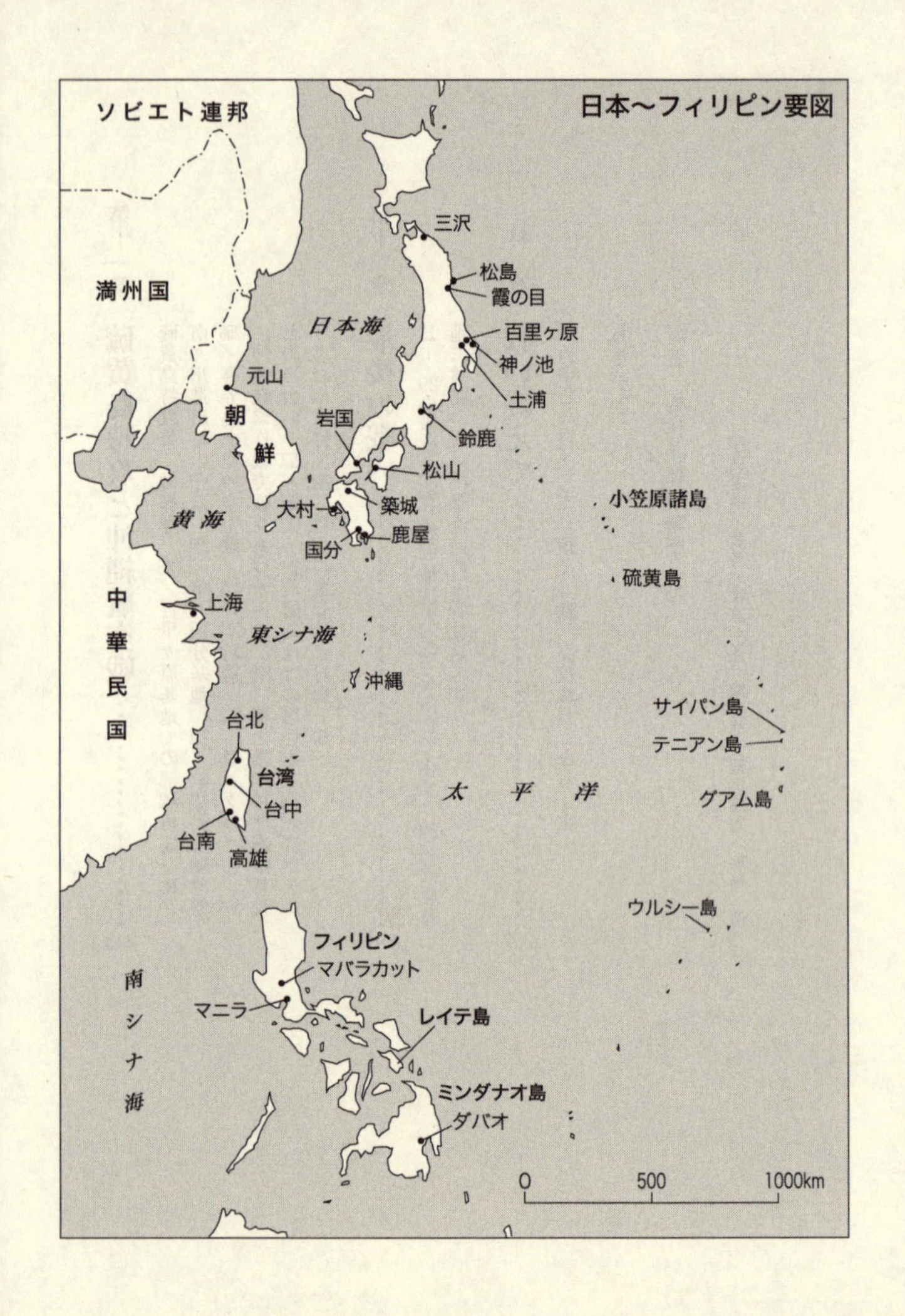
日本〜フィリピン要図
ソビエト連邦
満州国
朝
鮮
元山
日本海
黄海
中
華
民
国
上海
東シナ海
三沢
松島
霞の目
百里ヶ原
神ノ池
土浦
鈴鹿
岩国
松山
築城
大村
鹿屋
国分
小笠原諸島
硫黄島
沖縄
台北
台湾
台中
台南
高雄
太平洋
サイパン島
テニアン島
グアム島
ウルシー島
フィリピン
マバラカット
マニラ
レイテ島
ミンダナオ島
ダバオ
南
シ
ナ
海
0
500
1000km

海鷲 ある零戦搭乗員の戦争

——予科練出身・最後の母艦航空隊員の手記

第一章　予科練への道

小学生のころ

私が生まれたのは、大正十五年（一九二六）四月二十八日である。愛媛県の西南地域に位置する喜多郡南久米村（現大洲市）と称する片田舎であった。

小学校に入学したのは、昭和八年（一九三三）である。その年の入学生は、大正生まれと昭和生まれの両方にまたがっていた。大正十五年の遅生まれが四十数名、昭和二年の早生まれが十数名であった。その間に昭和元年生まれかいるはずなのだが、私の学校には一人もいなかった。昭和元年というのは、十二月二十五日から三十一日までの七日間しかなかったから、その間に生まれた者が私の村にはいなかったのであろう。

昭和八年は、昭和生まれの人間が、初めて小学校に入学した節目の年である。この年の入学組から国語の教科書が変わった。

それまで使用していた教科書は、表紙が灰色で、挿絵はモノクロ、内容も時代にそぐわないものが多くなっていた。新しい教科書は「小學國語讀本」と銘打って、明るい色彩の表紙となり、挿絵も色刷りとなった。

巻一の冒頭は、「サイタ　サイタ　サクラガサイタ」という文で、色美しい満開の桜が、見開き二ページにわたって描かれていた。「ハナハトマメマスミノカサ　カラカサ」で始まる古色蒼然とした教科書で学んだ上級生たちは、彩りが美しい教科書で学ぶ新入生を羨ましがっていた。

ところで、識者の中には、このころから小学校の教育も軍国調になったと指摘する人がいる。その傾向は、国語の教科書の中にも見られるというのである。

「小學國語讀本」には、かなり以前に巻一から巻十二までが全巻復刻されている。その内容には、なるほど軍隊を宣伝し、戦争を美化する文章が各巻に見られる。その主だったものを挙げると、巻四の「海軍のにいさん」「ニイサンノ入営」に始まって、巻六の「軍旗」「潜水艦」「東郷元帥」、巻七「兵営だより」、巻八「広瀬中佐」、巻九「軍艦生活の朝」「橘中佐」、巻十「水兵の母」、巻十一「日本海海戦」「空中戦」、巻十二の「機械化部隊」などである。

私は、小学二年の時に習った「海軍のにいさん」のことをよく覚えている。海上で飛行場の役目をする航空母艦という軍艦があることを、この課を学んで初めて知った。そして、ここに出てくる「にいさん」は航空母艦加賀の乗組員だったのだが、加賀という名前を、私はその後ずっと忘れることがなかった。私は、長じて海軍の飛行兵になった時、加賀に乗艦することをひそかに期待していた。しかし、私が海軍航空隊に入隊して間もない昭和十七年（一九四二）六月、ミッドウェー海戦で加賀は撃沈されてしまった。乗艦どころか、その実物を見ることさえできず姿を消してしまったのを、非常に残念に思ったことだった。

その他、軍隊や戦争について述べている課は、印象に残っているものが多いが、特に強烈に頭に残ったのは、六年生で学んだ「空中戦」であった。戦闘機が爆撃機を援護しながら敵地へ飛行し、目標の飛行場上空付近で敵戦闘機と壮烈な空中戦を演じ、敵機を撃墜する。一方、爆撃機は、格納庫に爆弾を投下して見事命中させる。臨場感あふれる内容で、小さな胸をわくわくさせながら学んだものであった。当時は日中戦争のさなかで、渡洋爆撃の戦果が大きく報道されているころであった。遠く中国の空で展開される空中戦を思い描いて、自分も、いつかそんな戦いに参加したいものだと思った。

小学校において、軍国主義教育の大きな役割を担った教科には、国語のほかに「修身」があった。軍国主義的精神を養うという点では、修身の方が国語よりも主役だったかもしれない。修身というのは、現在の道徳教育に相当するものであるが、国民道徳の実践と徳性を養うことを目的としたものであった。忠君愛国の精神が強調され、親孝行が盛んに説かれた。天皇陛下に忠義を尽くすこと、それがそのまま親孝行になるのだと教えられた。そして、国のためには、自分の命は鴻毛よりも軽いものとして捨てよというのである。

こうした教育によって、当時の小学生たちは、幼いながらも大人になったら、国のため、天皇陛下のために命を捧げなければならないのだという漠然とした考えを持っていたのである。考えてみれば、爆弾を抱いて敵艦に体当たりするという特攻攻撃の精神は、既に小学生の時代に培われていたのであった。

国語や修身などの教科教育のほかにも、小学生である私たちの心の中に、軍国思想を吹き込んだものがあった。それは、明治三十七～八年（一九〇四～五）の、日露戦争における奉天会戦や日本海海戦についての校長先生の講話である。

奉天会戦は明治三十八年三月十日、日本海海戦は同年の五月二十七日に行なわれた戦いであった。この両日は、一方は日本陸軍がロシアの大軍を敗走させて陸戦の大勢を決した日、他方はロシアのバルチック艦隊を対馬沖に邀撃した日本の連合艦隊が、これを壊滅させ戦局を決定的にした日として、それぞれ陸軍記念日、海軍記念日とされていた。

これらの記念日には、毎年学校において奉祝の式典が行なわれ、続いて校長先生の講話があった。私は、奉天会戦に関する話はなぜか記憶が定かでないのだが、日本海海戦についての話はよく覚えている。東郷平八郎元帥の率いる日本の連合艦隊が、はるばるバルト海を出てインド洋を渡り、東シナ海を北上して来たバルチック艦隊の四十五隻を、対馬の沖でいかに破ったかを、世界大地図をたどりながら話すのが常であった。

「本日天気晴朗ナレドモ浪高シ」という電文の言葉や、四色のZ旗が、「皇国の興廃、此の一戦にあり。各員一層奮励努力せよ」という信号であることなどを興味深く聞いたものであった。そして、この話から、日本の海軍は世界一強いのだという思いを抱くようになり、さらに東郷元帥が旗艦三笠の艦上で泰然として立っている格好よい姿の絵を見て、私はなんとなく海軍へのあこがれを持つようになっていったのである。

日中戦争

昭和十二年（一九三七）七月七日、中国の北京郊外で日本軍が中国軍と衝突し、いわゆる盧溝橋事件が起こった。私は小学校五年生だったが、父が新聞を読みながら「これは大変なことになったぞ」と言って不安そうな顔をしたのを覚えている。

この事件は、政府の不拡大方針にもかかわらず、すぐ華北に広がって北支事変となり、間もなく上海に飛び火して支那事変と呼称が変わり、遂に日本と中国との全面戦争となった。正式な宣戦布告のないまま日中戦争が始まったのである。やがて、村からも出征兵士が続々と出て行くようになり、私たち小学生も、手製の日の丸の旗を持って村外れまで見送りに出たものだった。

中国における日本軍は、連戦連勝、破竹の勢いで占領地域を拡大していった。そのころ、新聞記事などで国民の注目を集めたのは、渡洋爆撃であった。日本の爆撃機が東シナ海を飛び越えて、中国の軍事施設などを爆撃したというのである。航空の先進国にも例がない海上の片道千キロの往復爆撃に成功したというのであるから、国民は驚喜し、世界的にも注目を浴びたのであった。渡洋爆撃に使用された飛行機は、海軍の九六式陸上攻撃機（九六陸攻）であったが、こうした海鷲たちの活躍が、地上戦を行なう陸軍部隊の進撃を容易にしたのであろう。開戦六ヵ月目の十二月には、早くも首都南京を占領したのであった。

海軍航空隊（「海鷲」と呼ばれていた）の活躍については、英雄談も新聞紙上や雑誌の紙面を賑わした。印象的であったのは昭和十二年（一九三七）八月十九日の南京渡洋爆撃に参加し、南京上空での中国空軍戦闘機との戦闘で被弾した梅林孝次中尉（高等商船学校出身・戦死後海軍大尉）の九六陸攻は基地への飛行が不可能となり、自爆を決意して降下を始めた。そこへ僚機が近付くと、彼はハンカチを振って僚機に別れを告げたという。死を前にして、僚機の無事と奮闘を祈ったのであろう。彼のその沈着冷静な行為が称えられたのである。後に、この行為を織り込んだ「あゝ梅林中尉」と題する歌が作られ、少国民（小学生）の間で広く歌われていた。

もう一つ忘れられないのは、上海基地から南昌攻撃に出た戦闘機の話である。やはり昭和十二年の十二月のことであった。南昌上空には敵の戦闘機が邀撃に上がっていたが、たちまち我が戦闘機隊と空中戦になった。

その時、我が方の一機が、急降下で敵機に肉迫していった。あっという間に敵機に衝突、敵機は墜落したが、日本機も左翼外側の三分の一を失った。しかし、その日本機は幸いにも墜落寸前で水平飛行に立て直し、危うく墜落をまぬがれたのであった。そして、片翼機を巧妙に操縦しながら三百キロを飛行して無事基地に帰還した。このことは神業的操縦による「奇蹟の片翼生還」と題して新聞に報じられ、パイロットの樫村寛一三等空曹（後の二飛曹・操練二十四期）は、一躍空の英雄となった。

この樫村機は戦時中、靖国神社の境内にその時のままの姿で展示されていた。私は、土浦海軍航空隊の予科練習生の時、東京行軍でここに参拝し、その実物を見た。あんな片翼でよく飛行できたものだと不思議に思ったものだった。

こうした海軍航空隊の華々しい活躍を、新聞や当時の少年たちに大人気であった雑誌「少年倶楽部」等で読んだり、戦闘機や大型爆撃機の勇姿を写真で見ているうちに、私の空へのあこがれが少しずつ膨らんでいったのである。そして、前述したように、小学校六年生の時、国語で「空中戦」を学んだのである。こうして、あれやこれやの影響で、飛行機乗りになりたいという夢が、心の中で次第に形を持つようになったのであった。

予科練のこと

昭和十四年（一九三九）四月、私は旧制大洲中学校に入学した。小学校の同級生三人が受験したが、約二倍の競争率の中で合格したのは私一人だった。

中学校に入学してみると、時代が時代であったから軍国少年が多く、将来は軍人志願だという生徒がたくさんいた。当時、中学生の軍人志望といえば目指すところは、陸軍予科士官学校（陸士）か、海軍兵学校（海兵）であった。両者は、現在の防衛大学校に相当するものである。中には、陸士入学前の教育を担う陸軍幼年学校を受験する者もいた。陸軍幼年学校の受験資格は、満十三歳から満十五歳未満の者という年齢制限があるだけで、学歴は全く関係がなかった。陸軍将校へのエリートコースであったが、なぜか陸士や海兵ほどの人気はなかった。

満十五歳で受験資格を与えられる軍関係の学校としては、陸軍に少年飛行兵学校があり、海軍には飛行予科練習生制度があった。独立した空軍がなかった我が国では、陸海軍が別々に飛行機搭乗員を養成していたのである。この少年飛行兵については、小学校高等科の生徒（中学校一、二年生と同年齢）たちには大変人気があったようだが、中学生はあまり関心を示さなかった。中学生の間で、少年飛行兵が話題になることはほとんどなかったし、海軍の予科練については、その名称さえ知らない者が多かった。

ここで、海軍の予科練習生制度について簡単に触れておくことにしよう。

海軍では、少年飛行兵と呼ばないで、創設された当初から予科練習生と呼び、略称を予科練と称していた。

この予科練制度が発足したのは昭和五年（一九三〇）のことである。同年六月一日、志願者五千八百七名の中から選抜された七十九名の者が横須賀海軍航空隊に入隊した。これが予科練の第一期生である。受験資格は満十五歳から満十七歳までの男子で、高等小学校卒業程度の学力を有する者となっていた。日本の海軍が、優秀な航空機搭乗員を養成する手段として創設したのである。この予科練習生制度は、同十一年から「飛行」の二字が加わり、飛行予科練習生と改称された。

海軍の航空兵の養成は、既に大正九年（一九二〇）に始まっていたが、これは、海軍部内の下士官兵から志願者を募り採用していたのであった。彼らは、操縦練習生、偵察練習生といい、略称をそれぞれ「操練」、「偵練」と呼んでいた。昭和に入って、航空兵力の増強と併せて優秀な人材を得るために、この制度に加えて先に述べたような予科練習生制度を発足させたのであった。

さらに、昭和十二年（一九三七）、日中戦争が勃発すると搭乗員の増員、およびその初級指揮官の養成が火急の問題となった。そこで、従来の制度とは別に、短期間に教育を修了して速やかに士官になる搭乗員の養成制度が考え出された。こうして登場したのが甲種飛行予科練習生制度である。採用資格は、旧制中学校四年一学期修了程度の学力を有する者で、満十六歳から満十八歳までの男子であった。

第一期甲種飛行予科練習生は、二千八百七十四名の中から選抜されて、二百五十名が採用され、同年十月一日、横須賀海軍航空隊に入隊したのであった。これにより、従来の制度を乙種飛行予科練習生と呼ぶことになったのである。この結果、海軍航空隊の下士官兵による搭乗員養成制度は、甲種、乙種および部内選抜の三本立てとなった。

この三本立ては、同十五年になって一元化することになり、それまでの操縦練習生制度と偵察練習生制度は、飛行予科練習生制度に組み込まれることになった。そして、その名称を甲種、乙種の次として丙種飛行予科練習生としたのである。序列をイメージさせるこの名称は、当事者たちにとっては大変不評であったが、丙種飛行予科練習生こそ、日本海軍の航空兵創設以来の伝統ある操練、偵練の正統な後継者だったのである。

飛行予科練習生の教育期間は、甲種が一年半、乙種が三年であったが、丙種は六ヵ月であった。彼らは、海軍の各種部隊で既に海軍軍人としての基礎教育を終わっていたので、その分予科練の教育期間を短くしたのであった。教育期間は、戦争の推移によって概ね短縮されたが一定せず、「期」によって甲種、乙種、丙種ともその期間には差があった。

なお、戦局の悪化にともない、部内から飛行兵を募集することが困難となり、丙種は昭和十八年三月入隊の第十七期生をもって中止となった。それに代わって登場したのが、乙種飛行予科練習生（特）という制度である。通称を特乙と言ったが、特乙第一期生千五百八十五名は、同年四月一日、岩国海軍航空隊に入隊した。予科練の教育期間は六ヵ月という速成教育であった。

以上のように、同じく予科練といっても、様々な種類があったのであるが、これら各種予科練の制度上の大きな違いは四つあった。煩雑になるので簡単に述べてみると、一つは採用時の年齢、二つ目が採用時の学力試験の程度、三番目が予科練期間中の進級速度、今一つが教育期間であった。しかし、予科練を卒業して飛行練習生に進んだ段階からは、教育期間、進級速度等一切、その差はなかったのである。

予科練志願

私は、中学校二年生の時、海軍に飛行予科練習生（通称、甲飛）の制度があることを初めて知った。甲飛は、昭和十六年（一九四一）の入隊者から、学科試験の学力がそれまでの中学校四年一学期修了程度から三年修了程度となり、年齢の下限も一つ下がって満十五歳となった。従って中学校三年生で受験が可能となったのである。

私が中学校の二年生になったのは、昭和十五年で、皇紀二千六百年という記念すべき年であった。中国における日本軍の破竹の進撃と二千六百年を祝う各種のイベントで、国中が沸いていた。

二学期早々のころであったと思う。短剣を腰にして颯爽とした姿の若い海軍中尉が来校した。中学校の先輩で海兵出身の澄田新七氏（海兵六十三期）であった。彼は、艦爆の搭乗員（操縦）で、当時中国の戦線で活躍していた。全校生徒を前にして、澄田中尉は、中国戦線の模様や艦爆による急降下爆撃の実戦談を、よく通る声で潑剌として語った。私は、その講演を頭が熱くなるほどの興奮状態で聞いたものだった。そして、小学生時代に抱いた夢に火がついて、一日も早く飛行機乗りになりたいものだと思うようになった。

中学生が飛行機乗りになる早道は、甲種飛行予科練習生になることである。澄田中尉の講演を聞いて、海軍兵学校にも魅力を感じたが海兵は非常な難関である上に、搭乗員になるのに年月がかかる。迷いはあったが、私の心は結局甲種飛行予科練習生の受験に傾いていったのであった。

昭和十六年、私は中学校の三年生になっていた。二学期のある日、クラス担任の先生が「甲種飛行予科練習生の栞」を教室に持参した。私の他に甲飛受験の希望者は一、二名だろうと思っていたが、案に相違して数名の者がその栞を受け取った。私ももちろん躊躇することなく栞をもらって家に持ち帰った。両親は、私が小学生のころから飛行機乗りになりたいという夢を持っているのを知っていたので、甲飛を志願することを喜んで賛成してくれた。

この年、私の中学校から甲飛を受験したのは、三年生、四年生を合わせて十数名であった。五年生や浪人の受験者は、この年に限って一名もいなかった。

十二月八日、大東亜戦争（太平洋戦争）が始まった。学校は、ちょうど二学期の期末試験の最中であった。私はたいてい全校生徒の中で最も早く登校していたが、その日私が校門を入ると、宿直の先生がラジオを廊下の窓際に出して放送を流してくれた。登校してくる生徒にニュースを聞かせてやろうという親心からであった。

あの有名な臨時ニュース、「帝国陸海軍は本八日未明、西太平洋においてアメリカ、イギリス軍と戦闘状態に入れり」というアナウンスが繰り返し校内に流れた。米、英との雲行きが怪しくなり、世間でもいずれ戦争になるだろうという声が高いころだったから、とうとう始まったかという思いで、私の胸は高鳴った。予科練（甲飛）の採用試験が一週間後に迫っていた時でもあり、自分もやがて米英相手の戦場に出ることになるのだと思って、しばらく興奮は収まらなかった。

採用検査

十二月中旬、県都松山市の市役所において、甲種飛行予科練習生の第一次検査が実施された。集合場所の市役所大ホールは、大勢の受験生であふれていたが、同級生の数名と一緒だったので、別に気後れすることはなかった。最初の身体検査で早くもかなりの不合格者が出た。私と仲のよかったN君は、是が非でも一緒に入隊しようと誓い合っていたのだが、視力が標準の一・二に達せず、涙を呑んで試験場を後にした。私は、慰める言葉もなく、肩を落として去って行く彼の後ろ姿をただ黙って見送ったのであった。

引き続き二日間にわたる学力試験が行なわれた。一日目は、数学（代数、平面幾何）、理化学（物理、化学）、国漢（国語、漢文）、二日目は英語（英文和訳、英作文）、地理（外国および日本）があり、最後が日本歴史で、計六科目の試験であった。学力試験は、一科目でも成績が標準に達しないものがあれば、以後の受験が停止されたので、二日目はあちこちに空席があった。学力試験がすべて終わった後、甲飛受験の動機などを問う簡単な口頭試問（面接試験）があって第一次検査は終わった。どの科目も正解率は八割以上と胸算用をしたが、果たしてどの程度の出来だったのか知る術はなかった。

多少の不安を抱きながら待っていた第二次検査の出頭通達書は、明けて昭和十七年の二月上旬に届いた。佐世保鎮守府からの発送で「甲種飛行兵ノ第二次検査ヲ行フニ付出頭スベシ」とあった。これを受け取った時の喜びは大きかった。

第二次検査は、佐世保海軍航空隊で行なわれた。愛媛県からの受験者、およそ百名は県の係官に引率されて検査会場に行ったが、往復の旅費は全額支給された。この検査会場における受験者は、優に千名を超えていた。宿泊は航空隊内の兵舎で、兵食が支給され、七日間にわたって身体検査および適性検査が行なわれたのであった。

検査内容については、多岐にわたるのでここでいちいち説明する暇がないが、飛行機搭乗員としての適性、例えば、感覚や視覚反応、身体平衡感覚の検査、転倒試験等々、種々の機器を使用して検査された。ここでも、途中で不合格者が発表され、大勢の受験者が検査会場から姿を消していった。

最後に口頭試問が行なわれたが、これは、常識の一端を試されるもので、知っているかどうかよりも、姿勢、態度、言語などが見られるものであった。言語を明確に、答えは簡明に、分からなければ「分かりません」「忘れました」とはっきり言えばよかった。

受験者全員に対して共通した質問があった。それは、「尊敬する人物は誰か」ということだった。この質問は必ずされるものと予期していたから、私は即座に「東郷元帥です」と答えた。すると係官から「うん」という言葉が返ってきて別の質問に移った。ところが、「乃木大将」と答えた者に対しては、その理由を重ねて質問されたという。海軍と陸軍との対抗意識というか、その不仲がこんなささいなところにも見られたのであった。

七日間にわたった第二次検査は、口頭試問を最後にして無事終わった。検査期間中は、隊内では自由行動が許されていたので、検査のない時間には飛行訓練を見学することができた。搭乗員や飛行機を間近に見るのは初めてのことだったので物珍しく、興味深く眺めたものだった。

当時、佐世保航空隊は、飛行艇の基地だったのであろう。そこにいたのは、九七式大型飛行艇と、双発の九一式飛行艇だけで、二座や三座の水上機はいなかった。指揮所付近では、搭乗員たちが相撲に興じたり、愉快そうに談笑していた。いかにも搭乗員生活を楽しんでいるようで、自分も早くあんな搭乗員になりたいものだと、羨ましい思いでその様子を眺めたものだった。

　さて、口頭試問を受けた者は、全員第二次検査合格ということだったから、心晴れ晴れとして家に帰ることができた。しかし、甲種飛行予科練習生として採用になるのは、第二次検査合格者の中の一部の者である。果たして、自分は採用されるのかどうか、どうか採用されますようにと神に祈りながら、しばらくは期待と不安の日々を過ごしたのであった。

　首を長くして待った採用通知書は、第二次検査が終わって約二週間後の三月中旬に受け取った。「右海軍甲種飛行予科練習生ニ採用徴募ス　昭和十七年四月一日土浦海軍航空隊ニ入隊スベシ」というものだった。

　これを受け取った時の喜びは、それまでの私の人生における最高のものであった。私の村からは、それまで陸海軍を通じて、飛行兵を志願した者はあったが合格した者は一人もいなかった。私がこの村出身の第一号の飛行兵になるのである。時あたかも、海軍航空隊は、ハワイ、マレー沖海戦で大戦果を上げ、その後も南の空で目覚ましい活躍を続けていたころであった。その海軍航空隊の搭乗員、栄光の海の荒鷲になれるのだという喜びは、本当に天にも昇る心地であった。

　私は、数日間は毎日のようにこの採用通知を眺めながら、入隊する土浦海軍航空隊の生活を思い描いていた。予科練を紹介している栞や小冊子などには、予科練体操やラグビーの対外試合など明るい話題ばかりが載っていたから、そこに地獄的世界が待っていようとは夢想だにしなかった。

第二章　甲種飛行予科練習生

土浦海軍航空隊入隊

昭和十七年(一九四二)四月一日、あこがれの土浦海軍航空隊に入隊した。旧制中学校の三年生を修了したばかりで、満十五歳の春だった。

入隊式は四月四日に挙行された。海軍大佐青木泰二郎司令から「海軍四等飛行兵を命ずる」「海軍第十期甲種飛行予科練習生を命ずる」という申し渡しがあり、続いて訓示があった。その訓示の中に「海軍航空兵力は、将来作戦上ますます重要性を加えてくるものと思う。海軍が諸子に期待する所は極めて大きい。一意心身の陶冶と学術技能の練磨とに努めよ」という言葉があって、とても印象的だった。

思えば小学校六年生のころから、私は飛行機乗りになることを夢見ていた。中国大陸への渡洋爆撃や、空中戦で片翼の三分の一を失いながら見事に基地へ帰投した戦闘機の話、あるいは、敵の飛行場に強行着陸して、敵機に焼き討ちをかけた話などを聞く度に、子供心は躍り、空へのあこがれは次第に強くなっていったのである。今その夢が実現し、海軍の飛行兵になったのだ。やがて、中国大陸の大空へ、はたまた太平洋の雲のかなたへと飛翔し、海の荒鷲として活躍する時がくるのだ。そんな思いで訓示を聞きながら、青春の血潮は躍動し、感激はひとしおであった。

われわれ甲飛十期生は、入隊者総数が千九十七名で、甲飛生としては採用者が初めて千名台にのったクラスであった。入隊当初の分隊編成は、第三十一分隊から第三十八分隊までの八個分隊であった。だから、一個分隊には百四十名弱の練習生がいたことになる。各分隊は八つの班に分けられ、一つの班は十六名から十八名の班員から成っていた。私の所属は、第三十二分隊第十六班で、班員は十六名であった。

練習生の出身地は全国各地にまたがり、樺太の他、当時外地と称していた朝鮮や旧満州の大連、あるいは台湾の出身者もいた。私の班には、朝鮮の平壌中学校出身が一名いた。

練習生を教育する事実上の責任者は分隊長と称していた。二個分隊に一人の配置で、階級は大尉または中尉であった。分隊長の下に補佐役として分隊士が置かれていたが、分隊士は分隊ごとに一名で、特務士官（兵隊から進級した士官）の少尉または兵曹長であった。

そして、各班には一等兵曹（後の上等兵曹）または二等兵曹（後の一等兵曹）の下士官が班長として配置されていた。彼らは術技（通信、信号、陸戦、短艇等）や武技（柔剣道等）および体技（体操、相撲等）、その他軍事学を教える教員を兼ねていた。

分隊長や分隊士は教官を兼ねていたが、教官としてはその他に隊付きの中尉または少尉がいた。彼らは、概ね整備予備学生の出身者であった。

注目すべきことは、予科練で練習生の教育に当たった分隊長や分隊士及び教員（班長）は、すべて飛行科以外の兵科、砲術科、通信科、整備科等に属する者であった。これで分かるように、予科練の教育は、広く海軍軍人としての教養を身に付け、心身を練磨することに重点が置かれていたのであった。といっても、飛行機搭乗員として必要な知識、技能を身に付けるための航空工学や整備術等々。多くの軍事学が課せられていたことは言うまでもない。

陸戦と短艇

四月六日から、予科練の息つく暇のない課業が始まった。四月いっぱいは、基礎教育期間で特別の日課が組まれ、ほとんど毎日陸戦と短艇の訓練であった。

「土空健児の歌」の一節に「命知らずの予科練の、陸々短々猛訓練」という言葉があるが、正にその通りで、明けても暮れても陸戦と短艇で鍛えられた。もっとも、課業は一日七時限であったから、その全部を陸戦と短艇に費やしたわけではなく、日課のところどころに、無線通信、手旗信号、あるいは精神教育としての訓話などか組み込まれていた。

陸戦は、中学校における軍事教練の延長のようなもので、さほど厳しい訓練とは思わなかった。しかし、三八式歩兵銃を担いで広い練兵場を走り回ったり、あるいはほふく前進をしたりすると、下着は汗でずぶ濡れになり、真っ白い事業服は泥まみれとなる。清潔を旨とする海軍では、汚れたものを着用することは許されない。陸戦で汚れた衣服の洗濯や、破れた靴下の補修は、慣れない間は大変であった。

短艇は、カッターとも呼んでいた。長さ九メートルの艇を十二人で漕ぐのである。短艇を漕ぐ櫂を海軍では橈と書いて「かい」または「とう」と読ませていた。その橈の長さは五メートル程度で、太さは腕の二倍くらいもあって重かった。

橈漕では、橈を引いた時に、体が外舷に隠れて見えなくなるまで仰向けに寝る。短艇は、腕力で漕ぐのではなく、身体全体で漕ぐのである。それが短艇を漕ぐこつであった。しかし、そうすると腹の皮は伸びるし、起き上がる時に腹筋にかなりの力がかかる。その影響で腹の皮が突っ張り、笑うと腹に響いてかなりの痛さを感じた。手の平の豆は潰れるし、尻の皮はむけて褌に血がにじむ。短艇は、予科練における最もハードで、皆が苦労した訓練であった。

十二人の橈を引く動作が合わないと、橈が水流に取られて流されたり、時にはあの太い橈が折れることもあった。そんな時には、すかさず艇尾に座っている教員から、「馬鹿者、何をやっとるか」などと怒声が飛んできて、長い爪竿で頭を叩かれる。私は、川に浮かぶ小さなボートにさえ乗ったことがなかったから、漕ぐ要領が悪く、おまけに足が短いので、漕ぐ際に足の踏ん張りがきかず、短艇訓練では人一倍苦労した。

「橈立て」「橈収め」の号令で訓練が終わった時は、心底ほっとしてやれやれという気持になったものである。

短艇では、よく班対抗の競漕が行なわれた。負けた時は、兵舎へ帰ってからが大変であった。班の全員を整列させて、班長が前に立ち、「今から貴様たちの腕を鍛え直してやる。前に支え」と号令を掛ける。前に支えとは、腕立て伏せのことである。これを三十分もやると、夏などは流れ出る汗でデッキは水を撒いたようになる。

「立て」の号令でやれやれと思う暇もなく、「貴様たちが負けたのは、気合いが抜けているからだ。今から気合いを入れ直してやる」とくる。そこで二、三発ずつのバッター（後述）を見舞われるのである。時には食事止めになることもあった。いつも空腹を抱えて、一粒でも多くの飯を食べたがっている練習生にとっては、泣きたくなるような辛い罰直であった。

罰直

ここで、罰直(ばっちょく)について語ることにしよう。罰直を抜きにしては、予科練は語れない。いや、海軍は語れないと言った方がよいかもしれない。海軍の兵隊は、飛行兵であろうと水兵であろうと、その他のどの科の兵隊でも、みな罰直によって鍛えられた。罰直というのは、制裁として行なわれるもので、要するに体罰であり、しごきであった。罰直の種類は多く、中には、「蟬」とか、あるいは「鶯の谷渡り」などという、その呼称からしてユーモアのある軽い程度のものもあった。

しかし、罰直といえば、たいていは肉体的痛みを伴った厳しいもので、最もよく行なわれたのが「前に支え」と「バッター」であった。「前に支え」については前述したが、「バッター」というのは、野球用のバット、またはそれより一回り太い丸太棒で尻を叩くことである。丸太棒には、「軍人精神注入棒」と墨書して、兵舎の神棚に供えてあるものもあった。

叩かれる方は、足を肩幅に広げて立ち、両手を万歳の形に上げて、尻を少し突き出す格好をする。叩きやすくするためである。このバッターは強烈で、その痛さは骨身にこたえた。思い切り力を込めて、三発も五発も叩かれると、尻には青黒いあざができて、数日間は痛みがとれなかった。

罰直は個人の場合もあったが、連帯責任ということで、同じ班の者全員とか、分隊全員ということが多かった。個人の場合は、例えば通信で誤った受信が三字あったからバッター三本というようにやられる。また、喫煙をしたとか、現金を所持していたとかいう様々な規律違反の場合もある。

一度こんなことがあった。ある練習生が「ニキビとり美顔水」を使っているところを教員に見つかったのである。早速、分隊員総員整列の号令がかかった。教員の最古参である先任教員が、整列した分隊員を前にして一通りの説教をした後、「軍人の風上にもおけない女々しい奴だ。精神を叩き直してやるからよく見ておけ」と言ってバッターを振った。こういう場合は見せしめ的に行なわれるので数が多くなる。この時も十発ばかり見舞われて、彼の顔は苦痛でゆがんでいた。

班や分隊の全員に対して行なわれる罰直は、前に述べたような短艇競漕などの対抗競技に負けた時はもちろんであるか、行動に締まりがないとか、精神が弛んでいるとか、大概は勝手な理由をつけてやられることが多く、練習生が納得して受けて当然という罰直はほとんどなかった。教員の中には、三度の飯よりバッターが好きという者もいたから、そんな教員の憂さ晴らしみたいなのが多かったのである。

教員は、口を開くと「娑婆気を出すんじゃない」と、肩を怒らせて大声でよく怒鳴ったものである。私は、娑婆という言葉を予科練に入って初めて知った。なるほど、予科練は一般社会とは隔絶された別世界であった。

バッターを振るう前に、教員がよく口にした文句がふるっていた。「仏の顔も日に三度、今日は涙を呑んで鬼になる。腐った根性を叩き直してやるから一人ずつ前に出てこい」と言うのである。教員が仏の顔をしていたことなど見たことがなかったので、心中苦笑を禁じ得なかった。

そして、あのバッターには、痛さとともに恐さもあった。隣のデッキからバッターの音が聞こえてくると、自分の分隊でも始まるのではないかと戦々恐々としたものである。罰直の目的は、恐怖心を植えつけて服従を強制するところにあったのかもしれない。

ともあれ、私は予科練において訓練が厳しくて地獄的だとは思ったことはなかったが、人間性を無視したこうした罰直には精神的に参った。尽忠報国などという高邁な志からではなく、ただただ空へのあこがれ、空の英雄に対する憧憬

土浦航空隊予科練時代の著者（左）

から入隊した私には、しばらくの間、予科練はあまりにも厳しい過酷な世界であった。

そうは言っても、よくよく考えてみると、罰直は必ずしもマイナスの面ばかりではなかったようである。飛行兵としての体力、気力を養う面で効果のあるものもあった。例えば、「前に支え」のように、腕や腹筋を鍛え、背筋力をつける効果を生むのもあったし、障害物競走まがいのことをして、敏捷性を養うようなものもあった。

また、もし、練習生生活の中で罰直がなかったとしたらどうだったであろうか。厳格な規律は守れたか、あらゆることに対して取り組む姿勢の真剣さ、ひたむきで気を抜くことのない努力は果たしてなされたであろうか。はたまた決死の戦場へ笑って出撃する勇気は培われたであろうか。あれこれ考えると、罰直は教育的には全くの外道であったが、戦うことを職とする軍隊にあっては、その統率上止むを得なかったことなのかもしれない。

吊床訓練

陸戦や短艇の他に予科練時代に鍛えられ、歯を食いしばって頑張ったものに吊床訓練があった。海軍の重要なモットーの一つに「迅速、確実」というのがあった。狭い艦内の生活では、何事も迅速かつ確実にやらなければならない。まごまごしていたのでは助かる命も助からず、第一、先手必勝を期する戦いに後れをとることになる。そこで、「迅速、確実」の習性を身に付けるためと称して、予科練でも盛んに吊床訓練が行なわれたのである。

吊床は、ビームに取り付けられているフックに吊床の環を引っ掛けて吊り上げ、ベッド代わりにするもので、ハンモックとも呼んでいた。この吊床をテーブルの上に置き「用意、テッ」（「テッ」というのは海軍独特の号令で、「始め」ということ。「テッ」の代わりに笛を吹くことも多かった）の号令で、高さ二メートル余りのフックに飛び付き、頭の側の環を掛ける。すぐテーブルを飛び越えて足側の方へ行き、今度は、吊床の環についているロープをフックに掛けて素早く結び付ける。次に吊床を括っているロープを解いていく。解いた長いロープを輪にして吊床の中に収める。こうして吊床が出来上がり、人間が中に入って寝ることができるようになるのである。この作業を海軍で「吊床下ろし」と呼んでいた。

吊床下ろしは、最初の間は二分以上もかかってやっと出来上がる有様だった。それを訓練によって二十五秒以内にできるようにするのである。教員は「始め」の合図の笛をピーッと吹くと「五秒、十秒」と秒を読みながら、「遅い遅い」「まごまごするな」などと叫んでいる。足側のロープがうまく結べなかったり、吊床を括っているロープがスムーズに解けなかったりすると、あっという間に二十五秒は過ぎてしまう。

私は背が低いので、頭の側の環をフックに掛けるのに飛び上がらなければ届かなかった。最初に失敗すると二度三度と飛び上がってもうまく掛からない。気ばかり焦って後の動作もスピードが上がらず、しばしばタイムをオーバーした。二十五秒で「止め」の号令が掛かる。教員が正確にできているかどうか数人の吊床を点検する。そして、「終わっていない者は出て来い」と大声を上げる。そこで、大抵は数人の練習生が通路に出て並び、バッターを見舞われたものだった。

次に「総員起こし」の号令が掛かる。笛の合図と同時に吊床を括りにかかり、括り終わったらテーブルの上に元通りに置くのである。「吊床下ろせ」と「総員起こし」、これを数回繰り返し行なう。回を重ねるごとに腕が鈍り、スピードが落ちる。そこで、「貴様たちは軍人精神が抜けている」ということになり、罰直が始まる。この時の罰直は、十キロ以上もある吊床を両手で頭上に支えたり、吊床を担いで、兵舎の周りを何回も走ったりすることだった。

吊床は、教員たちの話によると、戦いの場では防弾の役目をしたり、艦が撃沈された場合は浮き袋としても使用するのだという。だからロープで固く、きっちりと括っておかなければ用をなさない。吊床訓練を厳しくしていた一つの理由であろう。もっとも、太平洋戦争では多くの艦艇が撃沈されているが、乗組員が吊床に摑まって漂流していたなどという話は聞いたことがなかった。

日本本土初空襲の日

昭和十七年（一九四二）四月十八日、われわれ甲飛十期生が基礎教育を受けている最中のこと、米軍による日本本土初空襲があった。被害は極めて軽微であったが、この空爆は正に奇襲であり、虚を突かれた日本軍の指導者層に与えたショックは大きかった。

その日、朝食の時だった。警戒警報が出ているから注意するように、と先任教員から達しがあった。当時は、日本軍が圧倒的優勢のうちに戦いを進めていた時だったので、米軍機による空襲などは考えられなかった。だから、われわれ練習生も先任教員の達しに対してあまり関心を示さなかった。

ところが、午前中の課業が終わったころ、十二時前だったが、突然、「空襲警報発令、総員練兵場に集合」という号令がスピーカーから流れた。当時、土浦海軍航空隊に在隊していた練習生は、甲飛が八期生から十期生まで、乙飛が十二期生から十六期生まで、丙飛は十期生だけだったが、合計すると五千名を超えていた。練習生の他に一般の隊員が数百名はいたから、総員は約六千名いたことになる。その六千名の者が、「総員集合」の号令が掛かると同時に、分隊ごとに集団を作って早駆け（駆足より速い速度で走ること）で練兵場に出た。

練兵場では、いつもの通り所定の位置に分隊ごとに整列して点呼を取った。点呼が終わると、分隊長が前方の一段高い指揮台に立っている当直将校に報告する。全部の分隊の報告が終わって、一瞬静かになった時だった、庁舎の屋上にいた見張員が、大声で「敵機」と叫んだ。見張員の指さす方向を見ると、ややずんぐりした形の濃紺色の双発機が一機、三百メートル足らずの低い高度で、霞ヶ浦の湖上を南西方向に飛行しているのが見えた。

「直ちに、総員退避」の号令が掛かった。そのころ、土空にはまだ防空壕がなく、練兵場の西南側にある射撃場が防空壕代わりの待避所になっていた。号令によって隊員は、分隊ごとに一斉に待避所に向かって走った。しかし、射撃場の人口は狭いので大勢の者が同時に駆け込もうとしても、すんなりとは中へ入れない。たちまち入口あたりが混雑して前進がままならない状態になってきた。

私はちょうど入口の手前にいたが突然、「馬鹿もん、何をしとるか」という怒声が聞こえてきた。見ると、入口の少し高い斜面に小銃を持って立っている教員の姿があった。そして、その教員のすぐ前に、前頭部から一筋の血を流している一人の練習生がいた。

事情はよく分からなかったが、教員が小銃で練習生の頭を小突いたのであろう。私は、その練習生の額を流れる一筋の血を見て、大変なショックを受けた。と同時に、教員に対する嫌悪の情が走り、腹が立って仕方がなかった。予科練に入隊して二週間ばかりが過ぎたころで、バッターという初めて経験する罰直に閉口していた私は、その時、入隊前に抱いてきた栄光の予科練像が一挙に崩れ落ちるのを感じた。そして、これが予科練だったのかとしきりに慨嘆したのだった。

間もなく空襲警報は解除になった。われわれ練習生にとっては、空襲による被害や、飛来した米軍機がどうなったか等に関する情報が早く欲しかったのだが、その日の内に知り得たことは何もなかった。兵舎では、新聞を見るのもままならず、ましてラジオなどなかったから、情報は専ら教員を通して入ってくるしかなかった。

後日、教員が語ったところによると、来襲した敵機はアメリカの陸軍機、ノースアメリカンB－25で、太平洋上の航空母艦から十六機が飛来したのだという。東京を始め、川崎、名古屋などが銃爆撃を受けたが損害はほとんどなかったらしい。だが、来襲した十六機は全機日本本土から逃走したという。つまり、一機も撃墜することができなかったというのである。私は、関東以西の各地域に配置されている我が戦闘機隊が邀撃して、かなりの戦果を上げているに違いないと思っていたので、これを聞いて本当にがっかりした。強い強いと報じられている日本の戦闘機隊は本当に強いのであろうか、日本本土の防空はどうなっているのだろうかと、そんな素朴な疑問も湧いて出た。

これは、戦後知ったことなのであるが、この東京初空襲は、日本軍のハワイ奇襲の報復として米国民を歓喜させ、戦意昂揚に大きな貢献をしたのだという。これに対して、現人神であり、大元帥である天皇の住む首都東京に侵入させて爆撃を受けた日本は、物的にも人的にも被害は極めて軽微と報道されたが（実際は死者負傷者合わせて約二百名）、将来に残した不安は大きかった。

軍部は、まず日本本土の防空について真剣に考える必要に迫られたが、それと同時に再び本土が空襲を受けないようにするにはどうすればよいかを考えねばならなかった。そのために、まずミッドウェー島を占領することが考えられ、その攻略作戦が実施されることになったのである。こうして起こったのが六月五日のミッドウェー海戦で、ここで日本海軍は虎の子の空母四隻を撃沈されるという惨敗を喫してしまった。それが戦局の転機となり、以後太平洋戦争は攻守ところを変え、アメリカを中心とする連合軍が攻勢をとることになった。そして、それが結局のところ日本の敗戦に繋がったことを思えば、この東京初空襲の持つ意味は、日米双方にとって非常に大きかったのである。

なお、ミッドウェー作戦遂行の人事異動により、五月上旬、土空の司令青木泰二郎大佐（海兵四十一期）は空母赤城の艦長に栄転して行った。代わって着任したのは長谷川喜一少将（海兵四十二期）だった。赤城はやがてミッドウェーの海底に沈んだのであるが、艦長の青木大佐は生き残った。しかし、直ちに予備役に回され、軍人としての生命は絶たれたのであった。

脱走への思い

さて、東京初空襲の日、総員退避の際、一練習生が教員によって頭を傷つけられて血を流した。それを見て、私が入隊前に抱いていた予科練のイメージが崩れ落ちたことは前に述べた。そのころからしばらくは予科練がつくづく嫌になり、どうしてこんな所に入隊してきたのかと、後悔のほぞをかむ思いだった。

だが、こんなやばい所にいるのは嫌だから帰ります、というわけにいかないのが軍隊である。予科練も軍隊である以上、黙って耐えるしかなかった。だが、消灯時間がきて巡検ラッパの音が緩やかに流れ、土浦駅を出入りする列車の汽笛の音が、ボーと尾を引いて流れてきたりすると、吊床の中でつい涙がこぼれることもあった。そして、ここから逃げ出せないものかと、心の底の底の方で考えたりもした。

罰直の痛さ怖さから予科練を逃げ出したいという思いは、練習生の誰もが一度は持ったことがあるのではなかろうか。その証拠に、夕食後などの比較的暇な時間に、練習生の間でよく話題になるのが「脱走」のことだった。脱走したらどんな刑罰が科せられるのだろうかとか、脱走の時効は何年だろうかなどという話は、みな憶測の域を出ないから、結局、「だろうなあ」という疑問符付きで終わっていた。先輩の九期生の中には脱走者がいたが、土浦駅で早くも捕まってしまったとか、乙飛生の中には、何年も前に脱走しかのがいるがまだ捕まっていないそうだ、などというまことしやかな話もあった。こうした話は、単なる噂話だったのだろうと思う。

それにしても、そんな話が出るということは、練習生たちに脱走願望があったことの証左ではなかろうか。入隊して、二、三ヵ月の間は、まだまだ娑婆気は抜け切らず、予科練生活は練習生たちにとっていかにも過酷であったのだ。青少年期にある練習生たちが、このような地獄的苦しみから何とか逃げ出したいという思いを持ったのも自然のことであったように思うのである。

しかし、そんな弱気は、五月に入って予科練の本格的教育が始まったころから次第に消えていった。六月ころになると、一応は娑婆気も抜けて動作もきびきびできるようになり、脱走の話などは出なくなった。貴様と俺という言葉も自然に出るようになり、そのころから次第に、頑張リズムに燃える予科練習生に育っていったのである。

東京行軍

五月一日、三等飛行兵に昇級した。階級章がなく、カラスと呼ばれていた四等飛行兵と違って、軍服の右袖に飛行機マークの階級章が付く。この階級章によって、飛行兵であることが一目で分かる。初めて階級章を付けた喜びと、自分が飛行兵であることを道行く人に見せたいのとで、外出の時など階級章がよく見えるように、右肩を前へ出すようにして歩いたものである。

四月をもって基礎教育が終わったので、五月からは、日課ががらりと変わった。陸戦や短艇は週に一回程度となり、通信、信号などの上に、軍制、運用その他の軍事学が加わり、物理、化学、数学などの普通学も始まった。これらの課業は、陸戦や短艇、武技、体技などと区別して、座学と呼んでいた。予科練の生活に慣れてきた上に、座学が多くなったので、肉体的には随分と楽になった。

ところで、予科練に入隊して以来、四月中の日曜日には、身辺整理を行なったり、すぐ隣り合わせの霞ヶ浦航空隊の見学に行ったり、隊内にある第一航空廠の見学で一日を過ごしたりしたから、娑婆の空気を吸ったことは一度もなかった。

五月三日、香取、鹿島神宮参拝の行事が実施され、やっと娑婆の空気が吸えることになった。この行軍の時、入隊以降初めて菓子が支給されたのも嬉しかった。菓子といってもお粗末で手の平にのる程度の小さいパウンドケーキ様の菓子が一個だった。しかし、菓子と名のつくものは二ヵ月以上も見たことがなく、もちろん食べたこともなかったので、それを食べた時に口の中に広がる旨さは格別だった。

両神宮とも私は初めての参拝だったが、うっそうと茂る古木の杉木立に囲まれた社の前に立つと身体全体で神々しさを感じた。ここで練習生一同は、深く額づいて、日本の戦勝と各自の武運長久を祈ったのであった。この行軍は往復とも船であった。船は、隊内に設けられている船着き場から防波堤を出て霞ヶ浦の広い湖面を走る。遠景を楽しんでいると、船はやがて狭い水路に入り岸辺の草むらが視界を遮る。あれあれと思っていると間もなくさっと視界が開ける。視界が開けたり閉ざされたりで船上からの眺めが一変する。その風景の変化が面白くて今でも印象に残っているのである。

香取、鹿島両神宮の参拝時に乗船した霞ヶ浦の遊覧船あやめ丸

　五月十日には、筑波山行軍が実施された。千余名の練習生の隊列は長く伸びて廷々長蛇の列をなし、急坂の登山道にさしかかると血気盛りの予科練習生たちも、さすがに息切れをおぼえるほどだった。しかし、山頂府近に出ると関東平野の眺望が素晴らしく、すぐ疲れを忘れて尾根の細い道を走り回って遠景を楽しんだものだった。五月の行軍はもう一度、「土浦・真鍋行軍」があった。この時は、班長引率の下で班別に土浦城趾を訪ね、真鍋神社に参詣したのであるが、印象はほとんど残っていない。

　外出が初めて許可されたのは五月二十四日の日曜日であった。入隊後約二ヵ月ぶりで、自分の行きたい所へ行き、自由に娑婆の空気を吸うことができるのである。その喜びは例えようもなかった。第三十二分隊第十六班の

東京行軍、靖国神社前の甲飛10期第32分隊16班。前列右から２番目が著者

十六名は、揃ってまず倶楽部（各班ごとに借りている一種の民宿）に足を運んだ。家主さんの案内で部屋に入ると、誰彼となく「畳だ畳だ」と言って、畳をなで回したり、大の字に寝転んだりして久しぶりの畳の感触に浸り、大いに解放感を味わったものだった。畳の上の生活から離れてわずか二ヵ月足らずなのに、なぜあんなに畳の上が嬉しかったのか、顧みたとき不思議な気がする。

六月八日には予科練恒例の行事である東京行軍が実施された。東郷会館で面会が許されるというので、私は東京市（当時は東京府東京市と呼んでいた）内で小学校の教員をしている叔父に連絡をとった。間もなく叔父から面会の時を楽しみにしているという返信が届いた。練習生たちは、私もそうであったが、東京は初めてという者がほとんどであった。だから、東京行軍に寄せる期待は非常に大きかった。

最初に行った所は皇居前広場で、二重橋を前にして分隊ごとに整列し、恭しく宮城を拝した。土浦航察隊では、毎日の朝礼で「宮城遙拝」を行なっていたが、皇居を前にしての拝礼はもちろん初めてのこと、心は引き締まり感慨は深かった。次いで靖国神社に参拝したが、いずれ近い将来、自分もここへ祀られるのだという思いが起こって、拝殿を前にして心が躍るのを覚えた。境内には片翼で帰還した樫村機（九六式艦上戦闘機）が展示されていたことは前にも述べたが、その実物を間近に見て本当に感動した。

東郷神社では、記念館の一室に国の内外から東郷元帥に贈られた勲章などが、所狭しと展示されていた。その多さと、勲章の豪華さには驚くばかりで改めて明治の英雄とその偉業を偲んだのであった。

ここでの楽しみは何といっても叔父との面会であった。記念館の見学を終わるころ、面会許可の時間となり、館の外に出てみると大勢の面会人が来ていた。叔父の姿はすぐ目に留まった。垢抜けした服装をしている叔母と一緒だった。数年前、私がまだ小学生のころ、叔父と叔母が揃って帰郷した時以来の再会だった。二人は、海軍の飛行兵となった私の姿を見て喜んでくれたが、私も成長した姿を見てもらうのが嬉しかった。早速、叔母の手作りの弁当が開かれたが、煮付け、揚げ物、焼き魚など隊内では見ることさえできないご馳走が並んでいて、おいしく有り難く頂いた。その時、どんなことが話題になったのか忘れてしまったが、訓練の厳しさや罰直のことなどには触れず、予科練の日課のことなど差し障りのない話に終始したのではなかったかと思う。

東京行軍最後のスケジュールは明治神宮の参拝であった。うっそうとした樹木に覆われた参道に入ると神々しさを覚え、自然に頭の下がる思いがした。

神宮の参拝を終わると分隊を解散して、班長引率の下、班ごとの自由行動に移った。初めて歩く銀座の街並みは、戦時中とはいえまだ賑やかで、なんとなく華やいだ雰囲気があった。しかし、とある喫茶店で飲んだコーヒーは、代用コーヒーで香りも苦みもなく、入れるべき砂糖もなかった。本物のコーヒーや砂糖などは、長引く戦争のため、東京ではとっくに店頭から姿を消していたのである。

東京――そこは私にとって小学生のころからのあこがれの都会であり、銀座は夢のパラダイスであった。一度は行ってみたいものといつも思っていたが、その思いは東京行軍という形で実現した。行く先々、生まれて初めての所ばかりであったが、それまでイメージとして描いていた風景とあまり変わりはなかった。だが、その場所へ行って、自分のこの目で見たという満足感があった。こうして、予科練入隊間もないころから鶴首して待った東京行軍は、また一つ新しい思い出を残して終わった。

飛行適性検査

五月に入って間もなく、飛行適性検査が始まった。略して「飛適」と呼んでいた。予科練時代の懐かしい思い出の一つである。

飛行適性検査というのは、練習生を操縦と偵察に選別するための検査である。検査の内容は、心理テストや機略を使用する検査など多種にわたっていた。自転車に乗って狭いジグザグのコースを走る簡単なテストもあったが、手相の鑑定が行なわれたのには驚いた。手相によって果たして飛行適性が分かるのであろうか。そんな疑問を持ちながら、練習生たちは皆手に墨を塗って手形をとったものだった。

霞ヶ浦海軍航空隊に出向いて、地上練習機による操縦適性の検査も行なわれた。地上練習機といっても、台座上に取り付けられた胴体だけの模型飛行機で、座席には操縦桿とフットバーが付いていた。これを操作すると空中を飛んでいる飛行機と同じように、上昇や下降の姿勢、左右の旋回姿勢をとることができた。検査は、一定時間水平飛行の姿勢を保つことであった。これが簡単なようでなかなか難しく、機体が左右に傾いたり、ぐるぐる回転したりして大変だった。

適性検査で、練習生が一番胸をわくわくさせて期待したのは、飛行機に搭乗して行なう空中操作による適性検査であった。土空には、予科練の他に水上機隊が置かれていたが、この水上機隊には、九〇式水上練習機が備え付けられていた。略称を「九〇水練」と呼んでいたが、この飛行機を使って空中操作の適性検査が行なわれたのである。昭和八年（一九三三）に制式機となった九〇水練は、双フロートを付けた、布張りで朱色の複葉機で、当初は水上機の初級練習機であった。しかし、同十五年ころからは専ら適性検査のみに使用されていた。

適性検査における空中操作の項目は、水平直線飛行、緩上昇と緩降下及び左右の緩旋回飛行等であった。

第一日目、生まれて初めて飛行服を着用して、格好だけは一人前のパイロット姿になった。しかし、飛行機に乗るのはもちろん初めてなので、搭乗前から緊張して体が固くなっていた。

いよいよ検査開始である。検査官は、土空水上機隊のベテラン搭乗員であった。私は、飛行指揮所で出発の報告をし、湖上で待機している九〇水練の前席に乗り込んだ。座席に着くと素早くシートベルトを締め、伝声菅を結着して「出発準備よし」と大声で後席の検査官に報告した。

「出発する」という声が後席から返ってきた。九〇水練は、霞ヶ浦の湖面をスピードを上げながら滑走し、エンジンの音が一段と高くなったところで離水した。ぐんぐん高度をとっていく。すぐ眼下に広がる霞ヶ浦海軍航空隊のあの広い飛行場と、大きなツェッペリンの格納庫かいかにも小さく見える。小学校五年生の時習った国語読本の本の中に「空の旅」と題する文章があって、「空から見ると、すべてのものが玩具のように小さく、玩具のように美しい」と書いてあったのを思い出した。

まこと、空中から眺める地上の景色は実に素晴らしい。筑波山のなだらかな山並みも美しく、関東平野の田畑がまるでパノラマのように見える。エンジンの音は快調で、機体の揺れもほとんどなく、飛行の快適さと下界の美しさにしばし酔っていた。

やがて、機は上昇飛行から水平飛行に移る。「ただ今から水平直線飛行を行なう、筑波山宜候（ヨーソロー）」という声が伝声管を通して聞こえてきた。はっと我に返り、「筑波山宜候」と復唱して、真正面に見える筑波山の頂上を目標にして飛ぶ。操縦桿を握り締め、フットバーに置い

〔左〕昭和17年5月、飛行適性検査を受けた著者。後ろの機体は検査に使った九〇式水上練習機。〔下〕適性検査を受けるため、土浦空飛行指揮所で出発の報告をする練習生

た足にも力が入って無我夢中である。筑波山も、地平線もぴたりと止まったままで動かない。飛行機は空中にうかんだまま停止しているように感じる。我ながらうまく飛行しているぞと思った。

次に、検査官の指示に従って、左右の緩旋回を行なった。旋回飛行は、機体を旋回方向に傾けて行なうのだが、その旋回飛行を始めた時驚いた。機体は水平のままで、地平線が傾き、旋回方向と逆の方向に流れていくように見えるのである。これは驚きであり、不思議でならなかった。続いて、緩上昇、緩降下を行なう。この時も、機体は水平のままで、地平線が上がったり下がったりしているように感じたものだった。

以上で、空中操作による第一回目の適性検査が終わった。飛行時間は二十分程度であったが、かなり長い時間飛行していたような気がした。飛行機が着水場所に向かって降下に移ったころ、ようやく緊張も解けてきたが、すぐそこにあるはずの大きな格納庫は、探しても目に入らなかった。やがて、ズッズッ、ズズーというようなショックを感じて機は無事に着水した。空中操作が思ったよりうまくできたので、気分は上々であった。

この空中操作による適性検査は、三日間にわたって一人三回ずつ行なわれた。二日目の朝のこと、試運転の補助役として九〇水練の機首近くにいた一人の練習生が回転を始めたプロペラによって、右手上腕部に深い傷を負った。直ちに病院に運ばれたが、右腕は、止むなく切断の処置がとられたということだった。結局彼は、練習生免除となり、予科練生活三ヵ月ばかりで帰郷の身となってしまつた。その無念さを思うと哀れでならなかった。

われわれのクラス、甲飛十期生全員の適性検査すべてが終わったのは七月の初旬だった。適性検査が終わると、さて、自分は操縦になるのか偵察になるのか、練習生は不安を抱えながらも毎日のようにそのことを話題にしていた。

大方の練習生は、自分で飛行機を操縦して大空を駆け巡りたいという夢をもって予科練に入隊している。しかし、半数は偵察にならなければならない。偵察組に入るのは嫌だというのが練習生の偽りのない思いであった。

第三章　昭和天皇の行幸と夏季休暇

甲飛と乙飛との対立

昭和十七年（一九四二）七月一日、二等飛行兵（後の上等飛行兵）に進級した。ここでわれわれより一年（正確には十一ヵ月）前に入隊している乙飛十六期生と階級の上では並ぶことになった。

この進級の早さは同じ予科練習生であり、同じ航空隊内で教育を受けている乙飛の練習生にとっては納得がいかず、大きな不満を持っていたようである。彼らは、自分たちより一年も後に入隊してきた甲飛生に三ヵ月で並ばれ、半年経つと先を越されるのである。

だが、階級はどうあれ、乙飛生には「自分たちは予科練生活が長く、甲飛生より多くの訓練を受けている、だから、何をやっても甲飛生なんかには負けないぞ」という自負があった。一方、甲飛生の方は、俺たちは中学校から入隊したのだ。甲飛は予科練のエリートコースなのだから進級が早いのは当たり前だという意識があった。こうした乙飛生の自負と、甲飛生の意識がお互いの溝を作っていた。

そもそも海軍では、「味噌汁の数でこい」という言葉が罷り通っていた。味噌汁の数が多いということは、それだけ海軍生活が長いということである。「味噌汁の数でこい」という言葉には、海軍生活の短い奴が階級が上だからといって威張るなという意味が込められていたのである。

乙飛生の心の中には、そういう海軍一般の伝統的な考えがあったのであろう。だから、後から入隊してきた甲飛生に対して、たとえ階級が上であっても敬礼をしようとしない。甲飛生の方は、上級者に対して敬礼をしないのは怪しからんということになる。その他、甲種と乙種という対抗意識もあって、予科練にいる間、両者の対立的感情は治まることがなく、暴力沙汰に及ぶような衝突もよく見られたのである。

しかし、こうした対立は予科練習生の間だけで、予科練を卒業して飛行練習生に進むと両者の間に対立感情が起きることはなかった。飛行練習生の段階になると制度が一本化されて甲種、乙種の区別はなくなり、教育や訓練内容も同じであれば進級速度も変わりがなかったからである。

昭和天皇の行幸

六月の末から七月の上旬にかけて、土空で東宝映画の「ハワイ・マレー沖海戦」（山本嘉次郎監督、昭和十七年十二月公開）のロケが行なわれた。カメラを前にして、練習生は普段にも増して張り切って行動したものである。

この映画は現在ではビデオで見ることかできる。練兵場いっぱいに広がって、数千名の練習生が統制のとれた、実にきびきびした海軍体操をやっている。豪快でアクロバチックなマット体操も見ごたえがある。霞ヶ浦湖上における短艇の橈漕シーンを見ていると思わず肩に力が入る。その他、一糸乱れぬ手旗信号の訓練風景や、通信教室で一所懸命に電鍵を叩いているシーンなど、どのシーンを見ても大変懐かしく、あれから六十余年の歳月が流れているのであるが、つい最近のことのように当時を思い出すのである。

七月十三日、土浦および霞ヶ浦両海軍航空隊に昭和天皇の行幸があった。陛下は、まず土空で、在隊予科練習生の約半数の者が、練兵場で繰り広げる海軍体操をご覧になり、続いて、湖畔に設けられた展望台に立たれて、二十艇ばかりが二列縦隊で行なう橈漕をご覧になった。

その後、陛下は隣接する霞空に向かわれる予定になっていた。そこで、海軍体操にも、橈漕にも参加しない練習生は、私もその一人であったが、あらかじめ土空から霞空の隊門に通じる通称海軍道路の両側に整列してお迎えした。待つほどに、陛下お召しの車がゆっくりと通過したのであるが、海軍大元帥の軍服姿の陛下を間近に拝して、大変光栄なことと感激もひとしおであった。

ここで一転して、そのころの太平洋戦争の戦局に目を転じてみよう。

昭和十七年（一九四二）七月、南太平洋では、ガダルカナル島を巡って日米双方の激しい攻防が始まった。それより前、五月上旬には、珊瑚海で史上初の空母同士の決戦があった。

珊瑚海海戦である。

この海戦では、アメリカの主力空母レキシントンを撃沈し、ヨークタウンを大破した。しかし、我が方も空母祥鳳が撃沈され、翔鶴は大破した。だから、当時軍部が発表したような大勝利した海戦ではなく、どちらかといえば勝ったという程度のものだったのである。

それから一ヵ月後、六月五日から三日間にわたる大海戦が、ミッドウェーの北方洋上で展開された。

このミッドウェー海戦については、先にもちょっと触れたのであるが、我が海軍の主力空母四隻、加賀、蒼龍、赤城、飛龍が撃沈され、百八名のベテラン搭乗員が戦死するという大敗を喫した。戦果は、空母ヨークタウン一隻と駆逐艦一隻を撃沈したに過ぎなかった。しかし、大本営海軍部は粉飾された戦果を大々的に報じ、その敗北を徹底的に秘匿したのである。だから国民の大方は、その敗北について戦後に至るまで知らなかったのである。

ともあれ、太平洋戦争が始まった当時、破竹の勢いで進撃し、各地を占領していった日本軍も、昭和十七年の春ころから、物量に勝る連合軍に対していたるところで苦戦を強いられていたのである。

われわれ予科練習生は、そうした戦局の推移を正確に知っているわけではなかった。しかし、日々の訓練の中で、今は大変な非常時であるという認識は強く持っていた。だから、夏季に入って「休暇」という言葉がときどき聞かれるようになっても、練習生たちは、この非常時にそれはないだろうと、あまり期待を表に出すことはなかった。昭和十六年度にも、予科練では、夏季、冬季ともに休暇はなかったと聞いていたからなおさらのことであった。ところが、八月二日、昼食後の休憩時間に、十日間の休暇が与えられるという発表があった。休暇に入るのは、甲飛十期生は八月中旬以降になるということであったが、練習生の喜びようはこの上なく、その歓声は兵舎を揺るがすほどであった。教員たちも、この時ばかりは笑顔をつくって練習生と共に喜んでくれたのであった。

夏季休暇

ほどなくして、休暇は八月十八日からの十日間であるという通達があった。私の周囲の者は、皆そのことを肉親や知人に知らせるため筆を走らせていた。しかし、私は、何の前触れもなく古里に姿を見せて、父母や家族を驚かせてやろうという魂胆で、休暇のことは誰にも知らせなかった。

休暇が二、三日後に迫ってくると、休暇中の計画をあれこれ考えたり、懐かしい知人や友人の顔を思い浮かべたりして心が落ち着かず、なかなか寝つかれなかった。巡検後ひそかにハンモックから抜け出して靴を磨いている者や、休暇中着用する軍服の手入れをしている者もあった。

普段なら、巡検後に起き出してデッキでうろうろしていると、すぐに捕まって、バッターの二、三発も食らうところである。だが、この時は当直教員も見て見ぬふりをしていた。いつも鬼のように見えた教員も、やはり人間であった。休暇のことでのぼせ上がっている練習生たちの心中を察するだけの温情は持っていたのである。

休暇に入る前日、先の天皇陛下のご訪問に際して下賜された箱入りの菓子が配られた。いわゆる「恩賜（おんし）の菓子」である。これを頂くことは、当時の国民にとっては最高の栄誉であったから、肉親へのこの上ない良い土産になった。

昭和十七年当時、長距離の旅で利用する陸上の交通機関といえば、国鉄（日本国有鉄道、現在のＪＲ）の汽車以外にはなかった。石炭を焚いて走る蒸気機関車が引く列車で、乗客は機関車が吐く煙に悩まされたものである。その上スピードが上がらず、最高時速は五十～六十キロ程度であった。だから、茨城県の土浦駅から私の故郷に近い愛媛県の伊予大洲駅までとなると、ほぼ一昼夜を要したのである。

休暇に入る当日の朝、班長から、それは何回も聞かされた言葉であったが、休暇中くれぐれも練習生心得に反することのないように、帰隊の日時は絶対遅れることのないようにと念を押された。その他、先任教員からも諸々の注意を受けた後、練習生は足どりも軽く颯爽として隊門を後にしたのであった。班員一同は揃って土浦駅まで同道したが、そこで別れてそれぞれの故郷に向かって散っていった。

私は、あらかじめ打ち合わせていた愛媛県出身の数名の練習生と同じ客車に乗り込んだ。東京駅で一休みしてから、東海道線、山陽線を乗り継いで岡山県の宇野駅（現在の玉野市）へ着く。宇野から四国の高松までは、当時は連絡船の定期便があった。急いでその定期便に乗船したが、残念ながら客室に空席はなく、高松港まで約二時間の間、立ちん坊だった。だが、故郷が近付いたせいかそれほどの疲れは感じなかった。

高松港で素早く下船し、列をなす人々の間を縫って予讃線のプラットホームへ走った。おかげで一行の者全員が座席を確保することができてほっとした。はるばる四国まで帰ってきて、故郷はもう目と鼻の先である。故郷の風景がちらつき始めた。列車はゆっくり走って愛媛県に入る。四ヵ月ぶりに聞く伊予弁の訛は懐かしかった。「ふるさとの訛なつかし停車場の人ごみの中にそを聴きにゆく」と歌った啄木の心境が分かるような気かした。

伊予大洲駅に着く。土浦からずっと一緒だった数人の同級生を車内に残して私一人下車した。駅から我が家までは十二キロばかりある。以前走っていた路線バスは廃止されており、タクシーなどあるはずもなかった。歩く外に手はない。真夏の太陽が照りつける中をてくてく歩いて山里にある我が家に向かった。

途中、仲良しだった小学校の同級生に会った。「やあ」と声を掛け合い、しばらく互いの消息を語りあった。私が、飛行機マークの二等兵（後の上等兵）の階級章を誇らしげに見せると、中学生だった彼は、いかにも羨ましそうにそれを眺めたものだった。友人と出会った後は、里を結んで延びる田舎道のことと他に会う人もなく、坂の多い道をゆっくり歩いて無事我が家に着いた。

休暇で帰郷することは連絡していなかったので、両親始め祖母や兄弟は、突然玄関に立った水兵服（当時の予科練の制服）姿の私を見て一瞬驚き、やがて全身に喜びを表して迎えてくれた。

「休暇があるんなら知らせてくれたらよかったのに」「ずっと元気なかったか」「何か食べたいものはないか」などなど、矢継ぎ早に母が語り掛けてきた。

父は、早速買い物に出かけて、魚や料理の材料を色々買ってきた。田舎の農家のことだから、魚や肉を食べることは滅多になく、村祭りの他は盆と正月くらいしかなかった時代である。しかし、予科練で訓練に励んでいる息子が帰省したのだから、せめて祭り並のご馳走をしてやろうという親心から出たものであろう。

その日の夕食は、私には本当に豪華でおいしく感じられた。そして、夕食後は、罰直の心配もなければ吊床訓練もない。久しぶりで浴衣を着て、畳の上でくつろぐ気分は解放感に満ちて最高だった。

その夜は、もちろん予科練生活の話で持ち切りだった。無線通信や手旗信号などを実演してみせると皆面白がったが、吊床や短艇訓練の話になると「それほどまでしなくても」と、同情しきりであった。バッターや前に支えなどの罰直のことは全然話さなかった。それは、予科練の恥部だと思っていたから、表に出したくないという気持が働いたのと、両親たちにいたずらに心配をかけたくなかったからである。

飛行適性検査で水上機に乗り、広大な関東平野の上空を飛行した話をすると、皆興味深く聞いていたが、兄と弟は自分も飛行機に乗ってみたいと言って羨ましがった。その当時は、村では、飛行機に乗った経験のある人は、軍人も民間人も含めて一人もいなかった。飛行機の爆音が聞こえてくると、子供たちは家から飛び出して、「飛行機だ、飛行機だ」と、大声を上げながら、それが山の端に姿を消すまで眺めていた時代である。私が、三回も飛行機に乗って大空を飛翔した話を聞いて羨ましがったのも、もっともなことだった。飛行場が全国いたるところにあり、飛行機で海外旅行に出かけ、国内旅行も飛行機を利用することが多い今日からみると誠に隔世の感がする。

休暇も半ばを過ぎたころ、母校の大洲中学校（旧制）を訪問した。三年生の時の担任だった武智先生や、在校中は個人的には顔を合わすこともなかった仙波校長先生から親しく声を掛けられて、嬉しく、誇らしい気がした。

その日は偶然にも、四、五年生の登校日になっていて、四年生の同級生たちと顔を会わすことができたのは幸いだった。数人の仲が良かった連中と予科練の話に花が咲いた。日常訓練の厳しさについては話をしたが、罰直については、ここでも一言も触れなかった。予科練の名誉のために、それはやはり隠しておくべきだという心理が働いたのである。

休暇中には、特に親しくしている数軒の親戚も訪ねた。どの家でも、心のこもったご馳走を作って歓待してくれた。

砂糖が容易に手に入らない時代だったのに、小豆のたっぷり入ったおいしい善哉（ぜんざい）を作ってくれた家があった。隊内では、甘いものが口に入ることは滅多になかったので、帰隊後もその旨さが忘れられず、その善哉が夢にまで出て来たものだった。

失敗もあった。ある親戚で刺身を食べたところ、急に腹が差し込み始め、ひどい下痢を起こした。置き薬の下痢止めでは何の効き目もなかった。休暇が後四日という時だったから、どうなることかと不安であった。ところが、隣家の人が持ってきてくれた「ヒマシ油」を飲むとしばらくして下痢は治まった。若いから回復は早い、翌日一日体を休めただけで元気になり、無事帰隊の途に就くことができた。だが、心理的にはかなりのダメージを受けたのであろう、それから二、三ヵ月経っても好物だった魚に箸をつけることができなかった。

操縦か偵察か

休暇中は、われわれ練習生の間に何等の事故も起こらず、十日間の休暇は無事に終わった。教員も、練習生が全員無事に帰隊したので安堵したのであろう、いかにもくつろいだ様子で機嫌が良かった。その夜は、もちろん吊床訓練はなく、休暇の余韻を胸に残したまま眠りに就くことができた。

翌日は課業がなく、午前中は十期生全員の健康診断が行なわれた。午後は分隊長の精神訓話であったから、休暇疲れの体を充分に休めることができた。

この日、訓話を担当した分隊長は本間峯雄大尉（海兵六十五期）であった。彼は真珠湾攻撃の九軍神の一人岩佐中佐と海軍兵学校の同期生であった。大変な熱血漢で、訓話にも力がこもっていた。岩佐中佐を引き合いに出して、大和魂を説き、忠君愛国、尽忠報国の精神を強調して、「お前たちも死を恐れず、潔く死地に赴け」と結んだ。この分隊長は、「お前たちは、死んで国のために尽くせ」というのが口癖だった。

その翌日から通常の課業が始まった。教員の「いつまでも休暇気分でいるんじゃない」という声を背にして、心の張り詰めた予科練の生活に戻ったのであった。

第一学年終了を前にした九月二日、操縦、偵察の希望調査が行なわれた。前にも触れたように、予科練に入隊してきた者は、ほとんど全員が操縦希望であった。偵察員になりたくて予科練に入隊したという者を私は知らない。

そういう実状を教官も教員もよく知っていた。だから、彼らは、希望調査の始まる前に、偵察員の必要性とか、その役目の重要性などについて説いて聞かせたものだった。偵察員がいなければ渡洋爆撃行のような洋上飛行はできないとか、敵の軍艦を撃沈するのも偵察員の役目であるなどというのである、しかし、そうは言っても、飛行機はやはり自分で操縦したいというのが練習生の本音であった。

ともあれ、操偵別の発表があるまでは、「どうか操縦になりますように」と神に祈る毎日であった。

発表があったのは九月二十六日だった。私は希望通り操縦組であった。氏名を呼ばれて、「操縦」と言われた時は、嬉しくてそこら中を飛び回りたいような気分になった。しかし、約半数の者は希望がかなえられず偵察組となった。

偵察になった連中の意気消沈ぶりは見るも哀れであった。デッキから逃げ出して泣いている者もあり、操縦に変更してもらうように教員に頼んだり、中には分隊長に願い出る者もあった。しかし、その時点では変更になった者は一名もいなかった。

昭和17年９月30日、甲飛10期の第１学年終了式のあと、土浦空の隊門に向かって行進する著者ら三重空転隊組

教官・教員や残留する同期生らの見送りの中、思い出深い土浦空の隊門を出る三重空転隊組

ところが、予科練卒業を旬日に控えた昭和十八年（一九四三）五月半ばになって、偵察分隊の最後尾の班員十六名がそっくり操縦に変更になった。操縦の適性を有する者をピックアップして変更したのならともかく、ある班に属する者を一斉に変更したのはどんな理由があったのだろうか。それは知るべくもなかったが、こうした措置があったことから、多くの練習生が、一体飛行適性検査は何のためにやったのかという疑問を持ったのであった。

それにしても、偵察から操縦に変更になった十六名の練習生たちは、諦めていただけにその喜びは非常に大きかったようである。

悲喜交々の操・偵別発表があって間もなく、分隊の編成替えが行なわれた。操縦、偵祭ともに四個分隊ずつの編成であった。そしてその日、操・偵とも半分の二個分隊ずつが、八月に開隊したばかりの三重海軍航空隊に転隊すると発表された。私は、操縦分隊の三重空転組となり、この時も小躍りして喜んだものだった。

九月三十日、われわれ甲飛十期生の第一学年終了式が行なわれた。わずか六ヵ月間の教育であったが、すっかり逞しくなり、見違えるばかりの予科練習生に成長していた。終了式が終わった後、三重空移転組のわれわれは、まずお世話になった分隊長始め教官や教員に別れの挨拶をし、次に土空に残る同期生たちと別れの言葉を交わした。「頑張れよ」と声を掛けたり、握手を交わす者もあった。

やがて、在隊者総員が見送りの位置につき「帽振れ」の号令が掛かった。それに応えてわれわれも力いっぱい帽子を振りながら、思い出多い土浦海軍航空隊を後にしたのであった。

第四章　三重海軍航空隊

新設の三重空

三重海軍航空隊は、昭和十七年（一九四二）八月一日に開隊したばかりの新設航空隊である。予科練習生の急増によって、土浦海軍航空隊だけでは収容しきれなくなり、急遽建設されたのであった。場所は、三重県一志郡香良洲町である。ここを流れて伊勢湾に注ぐ雲出川は、その河口に広い三角州を造っていた。その三角州の広さ四十万坪の田地が造成され、三重空が建設されたのである。

土浦駅から特別列車で三重空に向かったわれわれ五百余名は、翌朝、参宮線高茶屋駅に到着した。高茶屋駅から三重空までは、徒歩で三十分以上を要したと思う。隊門を入ってみるとまだ建設途上で、いたるところで工事が進められていた。隊内一帯は砂地のままで緑がなく、いかにも殺風景で、建築半ばの兵舎や講堂もあれば、まだ埋め立て工事中の場所もあった。

われわれ十期生が入った兵舎は、すぐそばが海岸であった。伊勢湾に面する海岸の大方がそうであるように、この海岸も白砂青松で、文字通り白い砂に青い松原がどこまでも続いていた。海辺に出ると、遥か沖合に淡く知多半島を望むことができた。そしてその方角に、ときどき浮島現象が現われるのであった。

蜃気楼が見えるという声を聞いて、私も海辺に出て眺めたことがあった。目を凝らすと、沖合遠くに少し空中に浮いてゆらゆらしている陸地か島影か、あるいは船のようなものがぼんやりと見えた。今まで見たことのない珍しい眺めだった。その時は、あれは正しく蜃気楼だと思って眺めたのだったが、よく考えてみると、あれは蜃気楼ではなく浮島現象だったのだと思う。

十月一日、三重空に転入隊した日、われわれ甲飛十期生は揃って一等飛行兵に進級し、同時に第二学年の課程に入った。そしてこの日、後輩の甲飛十一期生が入隊してきた。後輩ができたのは嬉しかったが、先輩としてぼやぼやしておれない責任も感じた。

ところで、三重空が開隊したのは八月一日であるが、その日開隊式に参加した予科練習生は、その前々日に転隊してきた乙飛十六期生と十七期生だけであった。十六期生は土空から転隊した六百余名、十七期生は岩国空から転隊になった約六百名で、合計千二百余名であった。彼らの後を追って、十月一日にわれわれ甲飛十期生約五百名が土空から転隊し、十一期生約六百名が入隊したのである。従って、十月一日現在で、三重空における予科練習生の総数は、約二千三百名であった。

なお、その時点で、それまで予科練教育をほとんど一手に引き受けてきた土浦海軍航空隊には、乙飛生が十五期から十八期までの合計三千二百名余り、甲飛生が九期から十一期までの合計約千九百名いて、総計で五千名を超えていた。さらに岩国海軍航空隊では、丙飛生の十三期および十四期の合計約七百名が予科練教育を受けていた。

以上の三重空、土空、岩国空の予科練習生を総計すると八千名を超えるのであるが、その後戦局の推移に伴って飛行予科練習生の採用人員は急増し、昭和十八年の秋には数万人に達することになるのである。

七つボタンの制服

一等飛行兵に進級した一ヵ月後の十月一日、下士官、兵の階級の呼称が変更になり、一等飛行兵は飛行兵長と呼ぶことになった。呼称が変わっただけなのに、何だか偉くなったような気がしたものである。階級章もそれまでの飛行機をデザインにしたマークが廃止され、縦長の黒字の布に錨を刺しゅうして、その上に金属の桜を付けたマークとなった。

また、この時、予科練習生および飛行練習生の制服も改められた。それまでは、一般兵科の兵隊と同じ水兵服（海軍ではジョンベラと呼んでいた）であったが、この日から上衣が、七つボタンの短ジャケットになった。後に作られた「若鷲の歌」の一節に「七つボタンは桜に錨」という言葉があるが、正しくボタンは、桜と錨の模様を打ち出した金ボタンであった。そして襟には、黒地に黄色い桜と翼を刺しゅうしたマークを付けていた。

帽子も水兵帽から下士官と同じつば付きのものとなり、帽章は、錨を楕円形で囲んだ真鍮製のものだった。これを、一見すると、海軍兵学校の生徒と同じような服装なので、皆大喜びであった。ただし、腰に短剣がないのが寂しかった。

津市や松阪市は三重空の外出区域内だったから、両市ともときどき市内を散策したものである。津には、とある食堂に土浦では見かけたことがなかった非常に旨い「あべ川餅」があった。これを食べるのが外出時の最高の楽しみだったが、二、三ヵ月で姿を消してしまったのは誠に残念だった。

津の市内を歩いていると、陸軍の兵隊によく出会った。彼らは応召兵で、三十歳をとっくに過ぎているように見えた。そんな彼らが、われわれに出会うと、ぱっと挙手の敬礼をするのである。十六、七歳のまだ童顔の残っているわれわれに、どんな思いで敬礼をするのであろうか。その心中を推し量って哀れを感じたものだった。

十月下旬だったと思う。午後の課業整列の時、当直将校が隊員に対して、新任の副官を紹介した。驚いたことに、その人は、私が中学生時代に教わった阿部真一先生だった。先生は、海兵出身の海軍大尉であったが、病を得て退役し、中学校(旧制)の教師をしておられたのであった。私は地理を習ったが、写真などの豊富な資料を使って、分かりやすい授業をされる先生だった。

三重空の練習生の中には、当時、先生の教えを受けた者が三人いたが、三人一緒に副官室に呼ばれて激励を受けたり、果物などを頂いたりしたものだった。練習生の分際で副官室に出入りすることなど考えられない時代のことで、本当に有り難いことだった。

三重空は、新設航空隊で伝統がなかったせいか、諸々の訓練において土空ほどの厳しさがなく、随分楽な思いをした。吊床訓練も時々やる程度であったし、罰直で分隊の総員がわけも分からずバッターを見舞われることもほとんどなかった。土空で苦労した短艇は、三重空では、櫂を使用しない帆走訓練であったから、手に豆ができたり、尻の皮がむけるなどということもなかった。ただし帆走は短艇を思う方向に走らすことが難しく、特に逆風の時はお手上げでにっちもさっちもいかなかった。

ある日の帆走訓練で、隣の第十一分隊の艇が、遥か沖合いに流されたことがあった。訓練場所は、雲出川の河口に近い海上だったから、そこは沖合に向かう海水の流れが速かった。

昭和17年10月、新しい七つボタンの制服に身を包んだ三重空時代の著者

それに加えて陸地から吹く風があり、その風と海水の流れの相乗効果で、その艇はあっという間に海岸から遠ざかったらしい。一緒に訓練していた艇が七隻いたのだが、どの艇もそれに気が付かなかったのである。訓練が終わる時刻になって、一艇足りないことに気が付き、皆であたりを見回したがその姿が見えず、これは大変だということ

になった。

十二分隊のわれわれは、ちょうどその日の課業が終わって兵舎に帰ったところだったが、十一分隊で帆走訓練中に遭難事故があったらしいというので、短艇置場近くの海岸へ走った。そこでは、十一分隊の教員と練習生が一団となって、厳しい眼差しで沖合を見つめていた。少し離れたところで分隊長も腕組みをしたまま、口元を引き締めて沖合に目を凝らしていた。

幸いなことに、短艇には橈漕もできるように櫂を積んでいた。その短艇は一度海岸を離れて、逆風で海岸に向かう帆走を試みようとしたらしい。だが、それがうまくいかず、気が付いた時には遥か遠くへ流されていたのだという。そこで慌てて帆を下ろして、必死で櫂を漕いで海岸に向かったのである。その短艇がわれわれの視野に入った時は、そこにいた者一同喜びの声を上げ、安堵の胸を撫で下ろしたものだった。分隊長も組んだ腕を下ろして、緊張した顔を緩めた。

十二分隊のわれわれは、艇が係留場に着いたのを見届けてから兵舎に戻った。その後、十一分隊の練習生はその場に整列を命じられ、百二十名余りの全員が、分隊長に頬を一発ずつ殴られたという。分隊長が練習生を殴ったなどということは、前代未聞のことだった。しかし、この騒動は、教員が乗っていた短艇が起こしたものであったから、バッターなどの罰直を食らうことはなかった。それが、練習生にとってせめてもの救いであった。

運動会

二学年の課程に入ると、課業は座学が主であったが、陸戦や短艇は思い出したように課せられることがあった。しかし、一学年の時のように厳しい訓練はなかったから、肉体的に苦しい思いをすることはなかった。

体操、武道（柔道と剣道に分かれていて私は剣道だった）および銃剣術などは、週に一回は必ず課せられた。銃剣術の代わりに相撲をやることもあった。三重空にも、土空と同じような屋根付きの立派な土俵があり、相撲の専任教員もいた。私は、体は分隊中で一番小さかったが、班対抗の相撲の試合ではよく五人抜きをやって教員を驚かせたものだった。

座学では、気象学や航海術などは比較的理解しやすいので、授業も気楽に受けられたが、発動機工学や航空機体理論などは、中三終了で入隊した私には難しくて頭を悩ませた。武道や体操は苦手だが、航空工学など理数系に強い練習生がいて、彼に聞くと得意になって教えてくれるので大助かりだった。

九〇式艦上戦闘機を教材にして、整備術の実習も始まった。指導は、教員の守田一等整備兵曹と、整備予備学生出身の教官永田少尉が担当した。永田少尉は、東大工学部の出身だったが、教え方は紳士的で分かりやすく、練習生を叱ったことなど一度もなかった。

こうした航空工学や整備術の他に、魚雷や機銃などの兵器に関する軍事学も次々に課せられた。これらは皆、飛行兵として身に付けておくべき必須の知識や技術なので、勉学には一段と力が入ったものである。消灯後、吊床の中で、そっと懐中電灯を点けて教科書を開いたこともあった。

十一月の初旬、家族や倶楽部および地域の人々を招いて、秋季運動会が開催された。開会式直後の海軍体操は、三千人を超す練習生が、練兵場いっぱいに繰り広げたのであるが、その一糸乱れぬ見事さに、観客の大きな拍手がしばらく鳴りやまなかった。プログラムが進み、私は倒立競技に出場したが、それは二十メートル競争だった。倒立は小学生のころから得意で、中学校の運動会でも倒立競走で優勝したことがあったから自信はあったが、やはり他の選手を大きく引き離して一着でゴールした。

その他、障害物競争や武装競技など諸々の分隊対抗の競争、競技が行なわれた。それらの内、大勢の観客を最高に魅了したのは、予科練のお家芸であるマット体操、跳び箱、平行棒などの妙技であった。観客ばかりでなく、入隊して間もない甲飛十一期生なども、その見事な演技や空中高く舞う大技を、溜め息まじりで見入っていたものだった。

運動会が終わって間もないころだった。体操の時間に、宙返りの練習をしていたところ、着地のショックで左の膝関節を痛めた。痛みがそれほどでもなかったので、巡検まで皆と行動を共にした。ところが、夜中ころから歩行に困難を感じるほど痛みがひどくなってきた。だから翌朝は、当直教員の許可を得て、総員起こし前に吊床を畳んだ。左膝が痛くて、てきぱきと行動ができず、やっとの思いで吊床をネッチング（吊床置場）へ運んだのだった。痛む膝の関節部分は、見るからに痛々しく腫れあがっていた。

朝食後、診察を受けるため病室へ行った。海軍では、隊内にある診療棟のことを病室と呼んでいた。軽い病気や怪我などは、この病室で診察し治療が行なわれていたのである。病室

三重空において九〇式艦上戦闘機を教材に、教育を受ける甲飛10期生たち

には通常、数名の軍医（将校）と、三十名ばかりの看護兵（下士官、兵）がいた。診察は、専ら軍医が行なっていた。治療は軍医自ら行なう場合もあったが大方は軍医の指示に従って看護兵が行なっていた。海軍でいう病院はすべて隊外にあって、〇〇海軍病院と呼び、病室で手に負えない重病の患者や重傷者の診療に当たっていた。

三重空の病室は、諸施設の一番端にあって兵舎から三百メートルばかり離れていた。痛い足を引きずりながら歩いていると、同じ分隊の根本練習生がやって来て「おんぶしてやろう、遠慮するな」と言って背負ってくれた。本当に有り難かった。彼は、気管支炎を患って病室通いをしていたのであった。

診察の結課は、「膝関節挫傷」ということで「休業」の措置がとられた。「休業」になると一切の課業に出席できず、デッキの隅に吊床を下ろして終日寝ていなければならない。課業のある日中は、デッキには誰もいないから、ただ黙って吊床の中で横になっているだけである。何か読みたいと思っても、新聞や雑誌があるわけでもなく、手持ち無沙汰で退屈極まりなかった。

翌日になっても膝の痛みは治まらず、歩行困難な状態のままなので、結局入室の措置となった。娑婆ならば入院ということである。

入室

入室して驚いたのは、意外に多くの練習生がそこにいたことである。同期生も数名いたが、皆偵察分隊の練習生で顔見知りはいなかった。

私は、二十名余り収容できる大部屋に入れられたが、ここでは甲飛生も乙飛生も一緒だった。だが、お互い病身であり、同病相憐んで皆仲良くやっていた。室の片隅には、新聞や入隊以来見たことがない雑誌類も置かれていた。私は、ベッドに寝転び、予科練の厳しい訓練を忘れて、そこにある雑誌を片っ端から貪り読んだものだった。お陰でのんびりした気分に浸ることはできたが、肝心の膝関節は一向に良くならなかった。

そこで、精密検査が行なわれ、その結果、膝に軟骨ができる「オスグット・シュラッテル氏病」と診断された。関節の挫傷ではなかったのである。その後は、専ら電気治療が続けられた。それが効果があったのかどうか次第に痛みがとれて、膝の曲がりも良くなり、歩行も少しずつ楽になってきた。しかし、早足から駆足ができるようになるまでにはまだ相当の日時を要した。

入室当初は、吊床訓練もなければ罰直もなく、まるで天国にいるような気分であった。しかし、入室が長引いてくると、課業のことが気になり、心が落ち着かなくなった。既に入室生活も二十日近くなったが、見舞いに来てくれた練習生は一人もいなかった。だから、各教科の進度とか、訓練の模様などは皆目分からない。このままでは進級もできず、一人取り残されるのではないかという不安も生じた。そんな時、ひょっこり私の班長でもある小山教員が病室を訪ねてくれた。小山教員は、通信の教員で、軍歴は十年というベテランの上等兵曹だったが、予科練の教員には珍しい、温厚な人だった。膝の状態を聞かれた後、母からの便りを手渡された。

「両親が心配しているからすぐに便りを出すように」と言われ、「早く退室できるように頑張れ」と激励も受けた。班長の顔を見、激励の言葉を聞いて、私の心は多少落ち着きを取り戻したのであった。

母親からの便りには、もう一ヵ月以上も消息がないので、家族の者一同何かあったのではないか心配している旨のことがしたためてあった。早速返事を書いた。体操の時間に、宙返りの練習で膝を痛め入室していること、治療が長引いているが間もなく治癒する見通しであることなど、簡単な内容にした。説明が面倒なので、「オスグット病」であることは書かなかった。

この便りを読んで家族の者、特に両親は心配し、見舞いに行くべきかどうか迷ったというが、結局三重空を訪れることはなかった。山村の農家だったから、わずか二、三日でも農作業を休むことが難しかったのであろう。私の方も、両親の見舞いなど全然期待していなかったから、別にそれを気にとめることはなかった。

十二月中旬になって普通に歩行ができるようになり、ようやく退室となった。剣道や体操などの武技、体技は当分の間見学で通したが、久しぶりで皆と一緒に課業に参加できるのは嬉しかった。しかし、十二月の二十五日に行なわれた予科練伝統の一万メートルを走る耐久競争には参加できず悔しい思いをした。長距離競走は得意だったから走れば上位に入る自信があったのだが。また、一月早々に行なわれた柔・剣道の寒稽古にも参加できず、残念でならなかった。

昭和十八年一月一日、予科練で迎える初めての元旦である。小学校や中学校では、年の初めを祝う式典（四方拝）があったが、予科練では特別な行事は何も行なわれなかった。しかし、朝食に餅が二つ入った雑煮と、散らし寿司が振る舞われて一応、正月気分を味わうことはできた。

私は、まだ軽業（病気や負傷により、武技・体技等が免じられる者に対する措置）の身であったから外出はできず、残念な思いをしながら隊内に残った。練習生が外出した後の兵舎内は、いかにも広々としており、不気味なほど静かであった。同じ分隊に軽業患者が、二、三人いたが、話に花が咲くでもなく、各自黙々として衣のうの中を整理したり、便りを書くなどして長い一日を過ごしたのであった。

御製奉唱

ここで、ちょっと話を変えて予科練における御製奉唱（ぎょせいほうしょう）について一言述べておくことにしよう。

予科練では、毎朝、隊員全員が第一種軍装に身を固め、練兵場に集合して朝礼を行なっていた。練兵場では、分隊ごとに整列する場所が決まっていたから、数千人の隊員が、ほとんど同時に速駆けでやって来ても少しも混乱することはなかった。

全員が整列し終わって、所定の時刻になると、庁舎正面の号令台上で当直将校が号令を掛ける。その号令に従って、まず宮城（皇居）を望む方向に向きを変える。土空では「左向けー左」の号令で西を向いたが、三重空では右向けをして東を向いた。向いた先が宮城を望む方角であった。

「帽とれ」「宮城遙拝」の号令で頭を深々と下げる。宮城遥拝の次は御製の奉唱であった。奉唱の際の曲は、宮中の「お歌所」で使われているものが元になっていると聞かされていた。あの独特の節回しはなかなか難しく、入隊当初のころ、レコードを聞きながら繰り返し練習をさせられたものである。

毎年、宮中における新年歌会始めの場面がテレビで放映されている。あれを見ているといつも予科練における御製の奉唱を思い出すのであるが、私が覚えている節回しとは似通っているところもあるが、随分違っている部分もある。大部分が違っていると言った方がよいかもしれない。予科練では、数千人もの練習中が合唱するので、それに適するように編曲されていたのかもしれない。

奉唱された御製で、戦後まで覚えていた歌はほとんどない。だが、次の二首はなぜかいつまでもよく覚えている。

「あさみどり　澄みわたりたる大空の　広きをおのが心ともがな」

「国をおもう　みちにふたつはなかりけり　軍の場にたつもたたぬも」

土空でも三重空でも、練習生が多い時には数千名を超す大合唱であった。その歌声は、広い練兵場の四方に響きわたっていた。練兵場のすぐ近くには、多くの民家が立ち並んでいた。毎朝、早朝に流れてくる荘厳な響きの御製の奉唱をどのような思いで聞いたのであろうか。

野外演習

膝の痛みがとれ、全力で疾走できるようになり、武技や体技等にも参加できるようになったのは、一月も半ばを過ぎたころだった。ただし、正座ができるようになったのはずっと後のことであった。

二月の末から三月の上旬にかけて、第二学年の修了試験が行なわれた。われわれ甲飛十期生は、卒業が繰り上げとなり、五月下旬に卒業することになったので、これが事実上の卒業試験となった。病室にいた一ヵ月ばかりの空白は取り戻す術もなく、試験の出来は極めて悪かった。成績は公表されなかったから実際のところは分からないのであるが、恐らくは最後尾であったろうと思う。

三月中旬、予科練における陸戦訓練の総仕上げとして、野外演習が実施された。場所は、現在松阪市になっている伊勢寺村で、期間は二泊三日であった。

三月も半ばというのに、手が凍えそうな寒い朝だった。操縦分隊および偵察分隊合わせて五百余名の十期生は、雑のうと水筒を肩に掛け、三八式歩兵銃を担いで、元気よく三重空の隊門を出た。

途中、広い道路からそれて脇道が山中に入ったところで演習が始まった。操縦分隊二個分隊と偵察分隊二個分隊とが敵と味方に分かれて、互いに攻撃したり、守ったりの演習であった。小学生たちがやる戦争ごっこの規模を大きくした程度のものであったが、本物の銃を持って行なうのであるから多少の迫力はあった。特に、広い松林の中で双方が空砲を撃ち合った時は、射撃の音が山中にこだまして、ちょっぴり実戦の雰囲気を味わったのであった。

伊勢寺村に入ってからは、山中に陣取る敵情偵察のための斥候を出したり、田畑の中を駆けまわって突撃したりして、演習はやたらと本格的になった。しかし、われわれ練習生は、飛行兵であるから、将来銃剣を持って戦うことなどは考えられなかった。だから、野外演習にはそれほど真剣になれず、気を抜くこともあった。と言ってもだらだらしていたわけではなく、緊張すべきところは緊張して行動し、最後まで節度を崩すことはなかった。

宿泊はもちろん民家で、各班ごとの分宿であった。一つの班に十七、八名いたから、それだけの人数を一軒の家で民宿させるのは大変なことだったと思う。中には練習生に母屋を提供して、家族の者は粗末な離れで過ごした家もあったと後で聞いた。海軍の兵隊がこの村へやって来たのは初めてだというので、とにかくどの家でも温かく歓迎してくれた。私の班が宿泊した家では、夕食後（食事は村の小学校で主計兵が作ったもの）、手作りの菓子を振舞ってくれた。座敷で車座になり、その菓子をつまみながら家の人たちとの会話が弾んだ。畳の上でゆっくり休むこともできて、まるで旅行気分だった。

野外演習は一件の事故もなく、一人の落後者を出すこともなく、分隊長の講評も上々のうちに皆気分を良くして終わった。

それから二週間ばかり経った日曜日のことだった。野外演習の時宿泊した民家（名前を失念）の小母さんが、津市にある倶楽部を訪ねて来た。班員の一人、芝原練習生がその家にお礼の手紙を書いて、その奥さんのことを「小母さん」と書いたそうで、それが大変嬉しかったと繰り返し言っていた。そして、お土産に大きな「ぼた餅」を持参してくれた。その大きさもさることながら、これ以上旨いぼた餅は食べたことがないというほどの代物だった。班員一同で、舌鼓を打ちながら瞬く間に平らげてしまった。小母さんの温かい心遣いと、ぼた餅のおいしさがいつまでも忘れられないのである。

中村分隊士

三重空では、罰直があまりなかったと前に書いたが、もちろん全然なかったということではない。ただ、私の記憶では、全体責任だと言って、班員あるいは分隊員の全員がバッターを見舞われたことは一度もなかった。だが、罰直のことで一度だけ忘れられないことがあった。

ある時、原因は忘れてしまったが、Y練習生が、分隊全員の前で一人呼び出され、数発のバッターを食らっていた。よほどこたえたのであろう、彼はのけ反り大きな呻き声をあげていた。ちょうどそこへ、分隊付の中村秀司中尉（整備予備三期）がやって来た。そして、直ちにバッターをやめさせて、教員全員を教員室に入れた。中村中尉が、教員に対してどんな指導をしたのか、もちろん知る由もなかった。

やがて、中村中尉とともに教員たちも室を出て来た。整列して待っていた練習生を前にして、先任教員がY練習生に対して口頭で指導を行ない罰直は終わった。教官が、教員がやっている罰直をやめさせた行為は、私が見たのは後にも先にもこの一件だけだった。この勇気ある行為は、練習生を感服させたものであるが、さらにこれによって、中村中尉に対して尊敬の念を持つようになると同時に一層の親しみを覚えるようになったのであった。

中村中尉は、整備予備学生の出身で、第十一、十二分隊の分隊付（分隊長を補佐する士官）将校であり、航空工学に関する講義を受け持つ教官でもあった。温厚な人柄であったが、講義は歯切れよく明解であった。彼は、ラバウル帰りであったが、時々兵舎へやって来て練習生相手に雑談を交わし、ラバウルの搭乗員生活のあれこれを話してくれたものだった。

当時は、士官と兵隊である練習生といえば、天と地ほどの隔たりがあったが、そんな上下関係を感じさせない、威張ったところのない人格者だった。

昭和二十年（一九四五）一月、私は、岩国基地の戦闘機隊（六〇一空、戦闘三一〇飛行

隊）にいたが、飛行指揮所付近で、偶然中村大尉に（進級して大尉になっていた）出会った。岩国には、基地に隣接して海軍兵学校の分校があり、その分校で分隊長をしているということだった。ゆっくり会話を交わす暇はなかったが、三重空でお世話になりましたと挨拶をすると、「そうか、頑張れよ」という力強い励ましの言葉を受けて別れた。予備学生出身で、海軍兵学校の分隊長になったということは、よほど成績が優秀だったのであろう。

T伍長

予科練では、将来搭乗員となる者として致命的な負傷をしたり、あるいは病に冒されたりすると練習生は免除となる。われわれ甲飛十期生では、十五名の者が練習生免除になっている。その中の一人、T練習生は、三重空で私と同じ第十二分隊にいた。

予科練の分隊は、前にも触れたように八個班で編成され、これを二組に分けて、前半班の四個班を一組、後半の四個班を二組としていた。一個分隊の人数は、百三十名程度であったから、陸戦や短艇、あるいは武技、体技などの課業は分隊単位で受けていたが、座学は、教室の広さの関係があって、通常は二組に分かれて受講していた。

各組には、それぞれ組長がいて、その組長のことを伍長と呼んでいた。だから、伍長は一分隊に二名いたのであるが、どちらか一方を先任伍長と呼んでいた。伍長の任務は、教官や教員と連絡をとったり、必要な際には号令を掛けたりすることで、学校における級長のようなものであった。分隊単位で行動をする場合は、先任伍長が指揮を執っていた。そういう重要な任務を持っていたから、伍長は組の中の元気者で、しかも成績の優秀な練習生を教員が指名していた。

T練習生は第十二分隊第二組の伍長であった。あれは、昭和十八年（一九四三）、二月の半ばころであったと思う。ある日、T伍長が突然異常な行動をとり始めた。支離滅裂で意味不明のことを言ったり、鼻歌を歌っているかと思うとデッキを走り回ったりするのである。食事中に箸を置いて不意に立ち上がり、湯飲みを持ってのこと班長のところへ行き、湯飲みのお茶を班長の頭に注いだりもした。班長は、T伍長が精神異常をきたしていると判断していたから、そうした行為を止めもせずその場を笑ってすませた。

しかし、彼をそのままにしておくわけにもいかないので、結局入室の措置がとられた。入室中、彼の行為かどうだったのか、どんな治療を受けたのか、われわれは知る由もなかった。だが、彼は意外に早く、数日後には退室になった。その時点での彼は会話も正常で、異常は見られず、入室前にやった自分の行為は全然記憶にないと言っていた。ところがほどなくして、以前と同じような異常行動をし始めた。

病室では本格的な治療ができないので、今度は横須賀海軍病院へ入院することになった。分隊長の同行で入院して行く彼を私はそっと見送ったものだった。分隊の中でトップを争うほどの優秀な彼が、一体どうしたのであろうかと同情を禁じ得なかった。それから幾日か過ぎたある日、分隊長からT伍長が練習生免除となり帰郷した旨を知らされた。

Tは、秋田市の出身であったが、同郷の練習生が後日休暇で帰省した際彼に会ったという。

その時、Tは秋田鉱山専門学校（現秋田大学）に入学して、将来は海軍の飛行科予備学生を受験したいと言っていたそうである。その話が練習生の間に流れたのであろうか、Tは過酷な予科練生活から逃げ出すために、偽の病を演じたのだという噂が広まった。もちろん真偽のほどを確かめる術はなかった。

二度目の休暇

四月二十四日から五月二日の九日間、休暇が与えられた。休暇は嬉しいことに変わりなかったが、二回目となると感激というか、嬉しさはそれほど大きくなかった。

だが、前回の休暇の際はジョンベラ（水兵服）姿で帰省したが、今度は七つボタンの短ジャケットという颯爽とした服装である。その姿を、家族や古里の人々に見てもらうことが、練習生にとって大きな喜びであった。

既にそのころ、予科練は人々によく知られており、青少年のあこがれの的になっていた。小学校を訪ねると早速講演を依頼された。思いがけないことで、全然準備をしていなかったからどうするか迷ったが、結局引き受けた。

聞き手は、高等科一、二年生（中学校一、二年生相当）の数十名であった。十七歳になったばかりの私にとって、大勢の人前で話をするのは初めてのことだったから随分緊張した。しかし、予科練習生の採用試験のことや、短艇訓練、無線通信などを交えた予科練生活の一日を話しているうちに、五十分の時間はあっという間に過ぎてしまった。

前回の休暇の際訪問した中学校は、この時は訪ねなかった。しかし帰隊の日、大洲駅に行ったところ、五年生のかつての同級生たちが駅前に整列していた。それが何のためだったかは忘れてしまったが、何はともあれ七つボタンの制服姿を皆が見てくれたうえに、帰隊する私を見送ってくれる形になって喜びは大きかった。この時の七つボタンの制服が同級生たちを刺激したのであろうか、その後七、八名の者ものが予科練に入隊し、私の後輩となったのであった。

この休暇中、佐世保海兵団にいた二等兵曹（通信科）の叔父がやはり休暇で帰省した。一日、二人で町へ出かけたが、知人から声を掛けられたり、家でお茶を振る舞われたりして叔父は旧交を温めていた。

私はその日、一人の顔見知りとも出会わず、中学生時代によく立ち寄った書店に入った。初老の女主人が、私の顔を覚えていて笑顔をつくり、「偉くなりなさってよかったなあ」と言ってくれたが、予科練習生ですという言葉が出ないで、いきさか照れ臭い思いをしたものだった。

丁度下校の時間になったのであろう、歩いていると次々に出会う小学生たちが、立ち止まってお辞儀をするのである。当時は、小学校で「兵隊さんよ有り難う」と歌っていた時代である。こちらを兵隊さんと見てお辞儀をするのであろう。道行く小学生に挨拶をされるのは初めてのことで、一々挙手の礼で返しながら「俺もいっぱし兵隊さんになったのかなあ」と他人事のように思ったのであった。

前回の休暇の時と同じように、この時も近くの親戚巡りをした。どの家でも前と同じようにご馳走を作り歓迎してくれた。今度はしかし、腹痛を起こすような失敗もせず、無事に帰隊の途に就くことができた。

帰隊の途次、大阪から近鉄線の電車に乗車したところ、車中にお伊勢参りの一団がいた。それは、偶然にも郷里の人たちであった。顔見知りの人が数人挨拶に見えて初めてそれと分かった。その人たちから、温かい激励の声を掛けられ、餞別まで頂戴した。有り難いことだった。

予科練卒業

楽しみにしていた休暇は、あっという間に終わった。自由気ままに過ごした日々から、規律正しい予科練の生活に戻るのにあまり抵抗はなかった。予科練に入隊して一年以上が経っている。その間に、肉体的にも精神的にも鍛えあげられた結果であろう。

休暇が終わって間もないある日、われわれ甲飛十期生は、五月二十四日をもって予科練習生を卒業することが発表された。予科練の期間が四ヵ月短縮されたのである。一期先輩の九期生の一部が、一年二ヵ月で卒業しているが、同期生全員が同時に一年二ヵ月で卒業したのは、昭和十四（一九三九）年五月に卒業した二期生以来のことであった。後二週ばかりで予科練卒業と聞いて、練習生の心は早くも飛練に飛び落ち着きがなくなった。

そのころ、南太平洋では、米軍の強力な反攻にあって厳しい戦局を迎えていた。半年に及ぶ争奪戦が続いたガダルカナル島では、米軍の猛攻に耐えられず、日本軍は遂に撤退を余儀なくされた。同十八年二月七日のことである。大本営は、この「撤退」を「転進」と発表したが、われわれ練習生にさえ、それが「退却」であることが分かった。また、ソロモンの空で常に優勢に戦っていた零戦（零式艦上戦闘機）も、米軍機の豊富な数の前に、次第にその優位が崩れ始めていた。

一方、北方のアリューシャン列島では、米軍がアッツ島に上陸、二千六百人の守備隊は、十倍以上の敵を相手に勇猛果敢によく戦ったが、五月二十九日、遂に玉砕してしまった。これまでにも、十八年一月に、ニューギニア戦線のブナで、守備隊が全滅した例はあった。しかし、大本営が部隊全滅のことを「玉砕」という言葉で公表したのは、これが最初であった。

そんな中にあって、われわれ予科練習生には、戦局がそれほど厳しくなっているという認識はなかった。ところが、五月二十一日、山本五十六連合艦隊司令長官が、南方の最前線で戦死したという衝撃的なニュースが伝わった。

大本営の発表文は、「連合艦隊司令長官海軍大将山本五十六は本年四月前線に於いて全般作戦指導中敵と交戦飛行機上にて壮烈なる戦死を遂げたり。後任は海軍大将古賀峯一親補せられ既に連合艦隊の指揮を執りつつあり」というのであった。戦死は四月八日だったから、戦死してから一ヵ月を過ぎて発表されたのである。

海軍の頂点に立つ山本連合艦隊司令長官戦死のニュースは、戦局の悪化を告げるものであり、われわれ海軍軍人のみならず、国民に与えた衝撃は大きかった。国民の中には、この二

昭和18年５月、甲飛10期第12分隊第13班の卒業記念写真。前列左端が著者

ユースはデマであろうという者さえあったという。

そしてわれわれは、このニュースによって米軍の戦闘機が侮り難い強敵であることを初めて知ったのであった。当時、南の前線ラバウルでは、とにかく飛行機と搭乗員を早く寄越せという声がしきりに起こっていたという。われわれの予科練卒業が繰り上げになったのも、海軍当局がその声に応えたものであろう。

五月二十四日、卒業式が行なわれた。恩賜賞である山階宮賞は、皆が本命視していた日光安治ではなく、須原実が受賞した。彼は、私と同班で、非常に大人しく、目立たない存在だったから彼には失礼であるが全く意外であった。卒業式における内田司令の訓示の大要は「海軍が挙げて期待していることを胸にたたんで、透徹した死生観を持ち、不動の心を養い、救国のためならば勇躍平然として死地に赴くことができる搭乗員となるように。国家を双肩に担う立派な搭乗員となることを期待している」というような内容であった。

私は、第二学年の半ばに、左足の膝を痛めて入室し、病室通いも含めると、課業に四十日以上の空白があったから、卒業できるかどうか内心不安があったが、甲飛十期生として皆と一緒に卒業できたことは大きな喜びであった。

卒業式が終わると、練習生は、これから向かう飛練での厳しい訓練に思いをはせて、やや緊張の趣ではあったが、一様に大空へ羽ばたく希望に目を輝かせていた。

「第十期生甲種飛行予科練習生卒業退隊、総員見送りの位置につけ」という、拡声器から流れる号令によって、在隊練習生および隊員は庁舎前から隊門までの通路の両側に相対し並んだ。われわれ卒業生は、その中を四列縦隊になって挙手の札をしたまま隊門まで行進した。「頑張れよ」「お世話になりました」「元気でなあ」などと、激励や別れの言葉が飛び交った。隊門前で立ち止まり、回れ右をする。そこで「帽振れ」の号令が掛かる。見送る者、見送られる者、互いに高く掲げた帽子を力一杯振って名残を惜しんだ。こうして、思い出多い懐かしの予科練、三重空を後にしたのであった。

第五章　飛行練習生 —— 練習機教程

百里ヶ原基地へ仮入隊

飛行予科練習生は卒業すると、予科という文字が消えて「飛行練習生」となる。略して「飛練」と言った。飛行練習生を教育する航空隊のことも「飛練」と呼んでいた。「予科練」という言葉が、飛行予科練習生のことだったり、予科練習生を教育する航空隊のことだったりするのと同様である。

昭和十八年五月二十四日、三重空の隊門を出て、われわれが向かった先は、茨城県の百里ヶ原海軍航空隊であった。ただし、ここは仮入隊で、数日の内に青森県の三沢海軍航空隊に入隊することになっていた。

百里ヶ原への途次、列車が常磐線に入ったころ、土空における厳しかった訓練や、罰直のことを思い出した。そして、土浦駅を間近にした時、突然上半身に震えが走った。土空を出て八ヵ月が過ぎるというのに、罰直に対する恐怖感や、もろもろの嫌な思いが、まだ体内に残っていたのであろう。反射的に走る震えに自分でも驚いたのであった。

百里ヶ原海軍航空隊（百里空）に最も近い駅は、鹿島鉄道（平成十九年廃線）の常陸小川駅である。常磐線の石岡駅から出ているローカル線の小さい駅だった。この駅でわれわれを迎えてくれたのは、意外にも教員ではなくて、飛行兵曹長の分隊士であった。いかにもベテラン搭乗員らしい、鋭い目つきをしていた。

この分隊士に引率されて百里空の隊門を入ったのであるが、寝泊まりは武道場であった。空いた兵舎がなかったのである。吊床訓練がないので皆大喜びだった。一人三枚ずつの毛布が配られ、その毛布にくるまって横になったが寝心地はあまりよくなかった。

翌朝、総員起こしまでにはまだ三十分以上もあろうというのに、飛行場の方向からごうごうと爆音が轟いてくるので目が覚めた。予科練の朝は、総員起こしの時刻までは静まり返っていたので、この爆音を耳にして飛練に来たのだという実感が湧いてきた。

百里空における数日間は、専ら飛行機操縦に関する地上教育であった。まず、教科書やフィルムで、飛行機操縦の理論や方法、離着陸訓練のやり方等について学習した。フィルムで見る限りでは、操縦はいとも簡単にできそうである。

台座上で、空中における飛行機と同じように動く地上練習機に乗り、操縦桿とフットバーを操作して、操縦感覚を養う訓練もあった。フットバーはその名が示す通り足で操作し、前後に動くだけであるが、操縦桿はもちろん手で操作し、前後左右の三百六十度どの方向にも自由に動く。

フットバーの操作と操縦桿の操作のバランスがとれていないと、飛行機は思う方向に飛んでくれないし、正しい姿勢が保てない。この操作のバランス感覚がなかなかつかめず、飛行操縦は簡単にはできないということがこれで分かった。

訓練の最後はロープウェイ式の模型飛行機に乗って、高度七メートルの感覚を身に付けることであった。地面がどのように見えた時が高度七メートルなのか、それを瞬時に判断するのは非常に難しかった。

高度七メートルというのは、九三式中間練習機（当時の飛行練習生が使用していた練習機）が着陸する際に、エンジンを最微速に絞る高度である。着陸の上手、下手は、この基準高度七メートを正確に判断できるかどうかにかかっていた。

「予科練は天国、飛練は地獄」と予科練の教員がよく言っていた。だが、百里空の数日間では地獄のかけらも見られなかった。もっともわれわれの指導に当たったのは、二等飛行兵曹の教員が一名と、われわれの百里空入隊を迎えてくれた分隊士一名のわずか二名であったから、しごきようがなかったのかもしれない。

予科練の時のように集合場所へ速駆けで行くこともなかったし、動作が鈍いとかいって怒鳴られることもなかった。もちろん、教練がそんなに甘いものではないことは分かっていたが、何かゆとりを感じる数日間だった。

訓練の合間には、飛行場へ出て、先輩たちの飛行訓練を見学した。繰り返し離着陸の訓練をやっている飛行機もあれば、宙返りなどをやっている飛行機もあった。青空にループを描きながら飛んでいる飛行機を見ていると、自分も早くあのように大空を飛び回りたいものだと心がはやった。

三沢海軍航空隊

百里空における地上教育は、五月末で終わった。六月一日早朝、われわれは百里空を出て三沢海軍航空隊に向かった。霞ヶ浦海軍航空隊三沢分遣隊というのが正式名称であるが、一般には三沢空で通っていた。

三沢は青森県北上郡（現三沢市）にあり、東北本線の古間木駅（現三沢駅）からほど遠くないところにある大型機の基地であった。この基地は、昭和十七年（一九四二）二月に完成し、以来陸攻隊（三沢空）がこの基地を使用していた。その陸攻隊が五月下旬、部隊を挙げて南の前線ラバウルに進出したので、その後へわれわれが入隊することになったのであった。

三沢に向かう列車の車中から眺める景色は美しく、東北地方は初めてである私の目には、その風景がいかにも新鮮に映った。盛岡を過ぎたころ姿を現わした秀麗な岩手山には、しばらく見とれたものだった。青森県に入って間もなく「尻内」という駅があり、列車がプラットホームに入ると、「尻内、尻内」と、独特の調子で連呼する駅長の声が聞こえてきた。「尻内」が「尻打ち」を連想させて、私の周りにいた者は皆自嘲気味に笑っていた。

やがて、古間木駅に着いて下車し、駅前に整列した。百里空に仮入隊した時とは違って、大勢の教員がわれわれの到着を待っていた。飛練の教員は、予科練の教員と比べて皆若い。

年齢は、二十歳を出たばかりの者が多く、中には練習生の年長者より年若い教員もいた。

その若くて威勢のよい教員の号令に従って三十分ばかり歩き、三沢空の隊門を入った。正確な時刻は覚えていないが既に夜の帳に包まれていた。

兵士舎に入ると休む暇もなく、第一種軍装から事業服に着替える。着替えを終わるとすぐ、各自自分の吊床を倉庫に受け取りに行った。到着したばかりだから、まさか吊床訓練はないだろうと思っていたが、そんな考えは甘かった。早速吊床訓練が始まる。予科練では「吊り床下ろし」は二十五秒だったが、飛練は十八秒でやるのだという。しかし、さすがにその夜は、三回ばかりの訓練で終わった。もちろん十八秒でできるはずもなかったが、教員は、「明日から十八秒でできるようにやるから、いいなあ」と言って教員室に消えた。

翌朝、六月二日、朝食前に飛行場に出てみた。津軽海峡から押し寄せる濃霧に遮られて何も見えなかった。見通しがきかないから、何だか、途方もない広い飛行場に思われた。実際、三沢の飛行場は、中央に長さ千八百メートル、幅百メートルの滑走路があり、その外側に飛行場の両端を斜めに走る長さ千三百メートルの滑走路が二本あって、当時国内では最大級の飛行場であった。

朝食が終わったころ、霧はどこかへ流れ去り、青空が広がった。遠くに、まだ雪を被っている八甲田山の頂きが頭をのぞかせていた。

その日は、飛行場へ出て、飛行訓練に関する説明や諸注意があり、その後飛行訓練用の衣服一式が支給された。かなり使い古されたもので、飛行服はだぶだぶの冬服で、飛行靴はサイズはどうにか合ったが、踵の外側が大きくすり減っていた。飛行帽と救命胴衣は、どうやらサイズも合うし、痛んでもいなかった。そんなおんぼろの飛行服一式であったが、翌日からの飛行訓練のことを思い描いて喜びは大きかった。

三沢分遣隊におけるわれわれ飛行練習生約二百八十名は、第一、第二分隊および第四、第五分隊の四個分隊に編成された。一個分隊の練習生は約七十名で、分隊長は二個分隊に一名、分隊士は各分隊に一名ずつおり、教員は各分隊に十二、三名いた。一人の教員が六名もの練習生を受け持ち、これをペアと呼んでいた。

私は、第二分隊第六班で、教員は艦上爆撃機搭乗員の青木二飛曹（丙飛出身）であった。ペアの練習生は、笹原幸次（樺太）、堀江真（秋田）、北川磯高（福井）、野口宏一（栃木）、高橋良生（愛知）、それに私（梅林義輝、愛媛）の六名であった。北川は土空で同班であり、野口は三重空で同班であった。他の連中は、予科練では班を同じくしたことはなかったが、三重空で同じ分隊だったので、気心の知れた者ばかりでチームワークは良かった。

ところで、飛行練習生になると、予科練習生の時のように甲種、乙種、丙種という区別がなくなる。飛行練習生として入隊した順番に、第一期飛行練習生、第二期飛行練習生というように通し番号で呼ばれるのである。ただし、この制度は、昭和十五年から始められたもので、第一期飛行練習生はその年の四月一日に飛行練習生となった甲飛の三期生であった。それ以前は別の呼称があったのだが、それについては説明が長くなるのでここでは触れないことにする。

以上のようなことから、われわれは第三十二期飛行練習生となり、予科と共に甲種という文字が消えたのである。

飛行訓練

飛行訓練が始まったのは、六月三日からであった。使用する飛行機は九三式中間練習機と呼び、略称を「九三中練」といった。機体が橙色だったので通称「赤トンボ」と呼ばれていたが、現在では全く見かけなくなった羽布張りの複葉機で複座であった。

初日は、飛行機に慣れるための慣熟飛行で、練習生は後席に乗り、操縦桿には手を触れず、終始教員が操縦した。飛行機に乗るのは、予科練での飛行適性検査以来のことで、約一年ぶりのことである。後席にただ乗っているだけだというのに、私はかなり緊張した。

飛行機は離陸地点に出て滑走を始め、エンジンの音が一段と高くなったところで離陸した。ぐんぐん上昇していき、高度千メートルに達したところで、教員が「飛行場はどこか」と聞く。慌てて今飛んできた方向を見回したが見つからなかった。「分かりません」と答える。

高度千五百メートルで水平飛行に移った。今度は、二桁程度の簡単な足し算の問題を出された。それにはすぐ答えることができてほっとした。初めて飛行機に乗ると、不安な気持が先に立ち、思考力が鈍って簡単な足し算さえできなくなる者がいるという。もっともこれは、一般の人が飛行機に乗ることはおろか、見ることさえあまりなかった時代のことである。乗っている飛行機は赤トンボで、座席を覆う風防さえなく、首から上は空中に出ている。今時

昭和18年６月、三沢空で飛行練習生として、飛行訓練を受ける著者。後ろの機体は「赤トンボ」と呼ばれた九三式中間練習機

の旅客機のように、気圧も温度も調整されている客室に座っているのとはわけが違うのである。

やがて、高度を下げて飛行場に向かい、誘導コースを回って着陸した。飛行時間は二十分程度であった。地上に降りてからゆっくり空を見上げたが、誘導コースの他はどのあたりをどう飛んだのか、さっぱり分からなかった。

六月四日から本格的な飛行訓練が始まった。飛行訓練は、四個分隊が同時に行なうのではなく、二個分隊ずつ一週間交替で午前と午後に分けて行なわれた。一度に多くの飛行機が上がると空中が混乱するので、それを避けるためである。

最初の飛行訓練は、離着陸同乗飛行であった。練習生は前席に、教員は後席に乗る、操縦装置は、前後席連結されているので、操縦桿もフットバーも前席と後席で同時に全く同じように動く。また、前席と後席との会話は、一本のパイプで繋がっている伝声管で行なう。伝声管は大きな補聴器を飛行帽の内側に付けるので、エンジンの轟音に邪魔されることなく、お互いの声がよく聞こえるのである。

離着陸同乗飛行は、一人当たり二、三十分ずつ行なわれる。伝声管から、飛行機の姿勢や降下時のスピード、着地前の操縦桿の引き方等について教員の厳しい声が聞こえてくるが、なかなかうまくいかない。着陸直前の高度七メートルの判断が悪くて、どすんと着地してジャンプしたり、目標にしていた着地地点をオーバーしたり、手前だったりで着陸は本当に難しく、我ながら泣きたくなるのであった。

次のような歌が、練習生の間でよく歌われていた。

ジャンプしたとて壊しはせぬが
　耳の伝声管がやかましい
ハイハイ返事はしているものの
　どこが西やら東やら
叱る教員の心より
　できぬ俺らの身がつらい
泣き泣きもぐるハンモック
　夢で教員がまた叱る

いつ、誰が作った歌か分からないのであるが、飛行練習生の心情を、実にうまく織り込んだ歌である。恐らく、長年にわたって、飛練で歌い継がれてきたのであろう。われわれも、倶楽部などでよくこの歌を歌ったものである。

単独飛行

飛行訓練が始まって約一ヵ月、飛行時間が十時間を超えるころになると、単独飛行の話が出るようになる。誰が一番先に単独飛行を許可されるか、練習生の一大関心事であった。

単独飛行を許可するかどうかは、教官（分隊長と分隊士）と教員（下士官）が練習生の操縦操作をよく観察して判定する。中心になるのは、その練習生のペアの教員であった。付言すると、指導者の中には上等兵や飛行兵長もいたが、これらの「兵」は教員とは言わず「助手」と呼んでいた。助手は、通常ペアを持っていなかった。

七月に入って間もなく、単独飛行許可の第一号が出た。古旗という練習生であった。彼は、皆の羨望の眼差しを背にして颯爽と離陸していった。見事に着陸して、「古旗練習生、離着陸単独飛行帰りました」と、分隊長に報告する彼の顔は、いかにも誇らしげであった。

二番手以降は、毎日十名程度の者が許可され、一週間後には全員無事、初の単独離着陸飛行が終わった。見ていて、誠に危なっかしい着陸をする者もあり、中には、数回のやり直しをして皆を冷や冷やさせた者もあった。しかし、その間、一件の事故もなく終わったのは幸いであった。この初めての単独飛行は、操縦者たる者誰にとっても感激は大きく、搭乗員生活の中で最も記念すべきことであった。

私は、なかなか単独飛行の許可が出ず、内心やきもきしていたが、五、六十番目のところでやっと許可が出た。初めて単独で空を飛んだ日から既に六十年以上が経っているが、あのときの感激は今でもなお心に残っている。

搭乗の順番が近付いてくると、そわそわして落ち着かなかった。一人で空を飛ぶ嬉しさもあったが、果たしてうまく飛べるだろうかという不安の方が大きかった。分隊長に「梅林練習生、離着陸単独飛行出発します」と、大声で報告をして飛行機に乗り込む。列線を離れて離陸地点へ行くまで胸がどきどきしていた。

離陸地点で一度滑走を止めて深呼吸をし、心を落ち着ける。さあ、離陸である。エンジンを全開にしてスピードを上げていく。やがて、飛行機はふわりと浮いた。離陸はうまくいった。

第一旋回を終わってさらに上昇を続ける。第二旋回を終わったところで高度二百メートルとなり、ここで水平直線飛行に移る。「俺は、今一人で飛んでいるんだ。父よ母よ見てくれ、やったぞ」という思いが胸中を走った。第三旋回は降下旋回である。そこから徐々に高度を下げながら飛行する。

第四旋回を終わると正面に飛行場が見えてくる。着陸の最終コースであるパスに入り、着地地点の見当をつけてエンジンを絞りながら降下していく。

高度七メートルになったところで、エンジンをいっぱい絞る。同時に操縦桿を静かに後ろへ引く。なかなか着地しない。あれあれと思っているうちに、どすんという感じで着地し二、三度バウンドして停止した。

　無事着陸できてほっとし、急に全身から力が抜けていった。指揮所に帰ってくると、ペアの青木教官から、エンジンを絞る位置が高すぎる、もう一呼吸おいてエンジンを絞り操縦桿をゆっくり引けという指導があった。

　こうして、操縦訓練生としての第一目標である私の初単独飛行は、満足とはいかなかったが無事に終わった。その夜早速、三沢の空を単独飛行した感激を綴り、やがて立派な海鷲となって国のために尽くしたい旨の手紙を両親宛に書いたのであった。

特殊飛行

　離着陸単独飛行の訓練は、全員が初単独飛行を終わった後も、一週間ばかり続けられた。一方、その間に特殊飛行の同乗訓練が始まった。特殊飛行というのは、一般には、曲技飛行（スタント）と言っていたが、その項目は、垂直旋回、失速反転、宙返り、急横転、緩横転、宙返り反転、背面飛行、錐揉み等であった。訓練は、一番易しい垂直旋回から始まって、次第に難度の高いものに移っていく。最後が錐揉みであった。

　これらの特殊飛行に関する操縦は、理論的には簡単であり、また地上からその飛行を見ていると容易にできそうであるが、実際にはなかなかうまくいかない。

　例えば宙返りは、空中に縦の円周を描くように飛ばなければならないのであるが、飛行機に傾きがあったり、操縦桿操作の微妙な動きによって正しく円周を描けず、宙返りが終わったところでとんでもない方向に機首が向いていたり、極端な場合は反対の方向に向かって飛んでいたりする。キックロールを行なう際には、飛行機の機首の上げ方やスピードによっては、同じ操作をしても横転はしないで錐揉みになったりする。

飛行機は、操縦者の思うようには動かない。と言っても、それは未熟な間であって、技量が上達すれば自分の手足のように思いのままに動くようになるのである。

特殊飛行中で面白いのは錐揉みだった。錐揉みというのは、飛行機が機首を下にし、胴体を軸にして回転しながら落下していく飛行である。その際、エンジンは最微速にしておく。飛行機が錐揉みに入ると、自分は動かないで、地面がくるりくるり回転しながらせり上ってくるように感じる。初めてのときはびっくりしたが、二回目三回目になると面白さを感じた。だが調子にのってっていると地面に激突することになるから、一定の高度に下りたとき回転を止めなければならない。練習生にとっては、この高度の判断と、回転を止める操作が難しいので、単独飛行では錐揉みはやらなかった。

怖かったのは背面飛行であった。飛行機が背面になった時、体がぶら下がる。腰と両肩にシートベルトを締め、落下傘も装着しているのだが、九三中練には座席に覆いがない。高度千五百メートルで、頭を下にして宙ぶらりんになった時は、一瞬はっとして、操縦桿から手を離し、思わず座席の金具にしがみついたものだった。本当に怖かった。

特殊飛行の単独が許可されたのは、八月に入ってからであった。北国の青森でも、地上では夏の暑さが身にこたえる日もあったが、上空に上がると誠に涼しくて気分は爽快になる。

青く澄んだ大空のもと、一人で宙返りをやったり、スローロールを打ったりして、思う存分飛び回るのは実に愉快であった。

飛練の罰直

この辺で、飛練における罰直について述べておくことにしよう。

飛練の一日は、飛行訓練が半日、後の半日は、気象学その他の講義とか、航法などの飛行術に関する講義および実習等が課せられていた。

飛行訓練は、一週間置きに午前中だったり午後になったりする。飛行訓練が終わると、練習生は飛行指揮所前に整列する。そこで分隊長や分隊士が、その日の飛行訓練に対する簡単な講評、指導を行なう。その後、続いて教員が、飛行訓練全般について指導を行なう。

これが終わって、「解散」の号令が掛かればしめたもの、練習生は一目散に兵舎に駆け込むのである。どっこいそうは問屋が卸さない。解散の前にしばしば罰直が待っていたのである。

「予科練は天国、飛練は地獄」という言葉を予科時代によく聞かされた。「こんな天国なんかあるものか」と、その当時は反感を込めて思っていたが、飛練に来てみると予科練は本当に天国だった。飛連の教員は、若い上に教員の経験は初めてという者が多い。だから、罰直をやりたくてしょうがないのである。

飛行訓練の終わりに当たって、教員が行なう指導というのは大抵決まっていた。整列の号令に対する反応が遅い、分隊長に対する報告の声が小さい、指揮所で待機中に訓練している飛行機をよく見ていない、眠そうな顔をしている等々、言わば難癖をつけるのである。そして、罰直となる。

飛行場における罰直は、三沢では、前に支えか飛行場一周の駆足と相場が決まっていて、バッターはなかった。バッターは兵舎に帰ってからということになっていた。滑走路で行なう前に支えもかなりこたえたが、飛行場一周は大変だった。七十余名の練習生が四列縦隊となり、だぶだぶの飛行服に重い飛行靴でどたどたと走った。走り始めるとすぐ汗が流れ出す。飛行場を一周すると四キロ以上（滑走路の内側の場合）になるのである。十代の若さあふれる練習生も、さすがに疲労困憊したものだった。

兵舎では、吊床下ろしの前に必ず甲板整列があった。分隊員全員が居住区の甲板に整列するのである。こうした甲板整列は予科練にはなかった。整列した練習生を前にして、教員がその日一日の総括を行なうのである。

言うことは、飛行訓練の終了時に言ったこととの繰り返しか、外出時の行動、態度などについてである。褒めることはないので、最後に言う言葉はたいてい決まっていた。「気合いが抜けている」「練習生にあるまじき行為だ」と言うのである。そこで、総員バッターを見舞われることになる。

予科練では、バッターといっても手作りの丸太ん棒だったが、飛練では、どこで仕入れたのか、本物の野球用バットが用意されていた。若い教員が力まかせに振るバッターは、上げた両手の拳を思わす握り締めるほど骨身にこたえた。

私の分隊に、乙飛（乙種飛行予科練習生）出身で二十歳前の若い教員がいた。われわれは、予科練の甲飛である。予科練では、前にも触れた通り甲飛と乙飛は犬猿の中であった。彼曰く、「俺が乙飛なものだから、甲飛の貴様らを敵にして殴るのだと思っているだろうが、俺はバッターは三度の飯よりも好きなんだ」と。実際彼は、何かというと練習生に整列を掛けてバッターを振るっていた。われわれ練習生にとっては、正に蛇蝎のような存在だった。

彼は、理由は何であったか忘れてしまったが、自分のペアの一人を、デッキに倒れるまでバッターで叩いたこともあった。練習生に何かあった時、介抱するのは通常ペアの者であった。その時もペアの者が、倒れた練習生をうつ伏せに寝かせて、水を含んだタオルで尻を冷やしていた。そうすることで尻の痛みを和らげ、痛んだ尻の筋肉の回復が早くなるのである。

その教員が、私に対して「貴様の家は水呑み百姓か」と言って声を上げて笑ったことがあった。農家出身の練習生は大勢いたのだが、なぜ私だけに対してそんな言葉を吐いて笑うのか、わけは分からなかった。だが、自尊心を傷付けられて腹が立ち、やり場のない憤りを感じたものだった。

またある時、郷里の女性から慰問の手紙がきたことがあった。郷里の様子や、激励の言葉を書いたごくありふれた内容の便りだった。ところがその教員は「この女性は貴様とどんな関係か」とか「歳は幾つだ」とか怖い顔をしてしつこく聞くのである。本当に嫌な気分になり、怒鳴り付けて、殴りかかりたい気持になったものである。

この教員は、昭和十九年（一九四四）十一月、フィリピンのセブ基地から特攻隊員として出撃し、途中敵戦闘機に襲われて戦死した。新聞で戦死者の欄に彼の名前を見た時、私は思わず手を打って喜んだ。嫌な奴が一人、この世から姿を消した。ざまを見ろという思いだった。キリストは、「許して忘れなさい」と言ったそうだが、私は当時、まだ彼を許す程度量の広い人間ではなかったのだ。だが今考えると、それは大変不謹慎なことだったと反省している。

バッターを食らって倒れた練習生を立ち上がらせ、両手を吊床用のビームに縛り付けて倒れないようにし、叩き続けた教員もいた。戦地では、そういうバッターの好きな古参搭乗員が戦死すると、若い搭乗員たちは手を叩いて喜んだものである。

海軍では、航空隊だけでなく、軍艦生活でもそういう罰直をよくやったらしいが、私には、とても人間が行なう行為には思えなかった。十八秒で吊り終わらなければならない吊床訓練も毎夜のように猛烈を極めたし、甲板整列で、分隊員全員が正当な理由もなく、教員たちのその日の気分で、痛いバッターを見舞われることは度々であった。

罰直は、教員の憂さ晴らしみたいなもので、練習生の方に何か不都合があって、受けて当然という罰直はほとんどなかった。

乱気流（エア・ポケット）

八月中旬、一方で特殊飛行単独の訓練を行ないながら、編隊飛行同乗の訓練が始まった。

編隊飛行の訓練は、普通三機で行なう。一番機の左側に二番機、右側に三番機がつく。飛行
中、一、二、三番機を交代しながら訓練を行なうのである。
編隊飛行は、編隊を組むまでが大変であった。列機の二、三番機は、早く定位置につこう
としてスピードを上げる。するとスピードが出過ぎて、一番機より前に出てしまう。慌てて
エンジンを絞りスピードを落とすと、今度は後ろへ下がり過ぎる。最初のうちは、前に出た
り後ろへ下がったりでなかなか定位置につくことができない。
また、定位置についたと思ったら、機軸が一番機と平行になっておらず、横滑りしながら
飛んでいたりする。これを「かにの横這い」と呼んでいた。
苦労しながら訓練を重ねること一週間程度で、編隊飛行の単独ができるようになる。ただ
し、編隊飛行単独の場合は、一番機は必ず教員が操縦した。練習生は技量未熟で、とっさの
判断ができず、空中接触を起こす恐れがあるからである。
編隊飛行同乗の訓練をしていたある日、エアポケットに入ったことがあった。青空の広が
る気持の良い天候だったが、時々数メートル以上の、中練にとってはやや強い風があった。
高度は千五百メートル、私は二番機で、三機編隊の隊形も上々で水平飛行中であった。突然、
一番機が視界から消えた。いや、一瞬何も見えなかった。その時、がくんと衝撃を感じた。
私には、何が起こったのか全然分からなかった。後部の教員が「大丈夫か、エアポケット
だ」と叫んだのが聞こえてきた。飛行高度は二、三百メートル下がっていた。一番機は、は
るか前方の上空に見えたが、三番機の姿はどこにもなかった。実に驚いた。直ちに訓練を中

止して飛行場に帰ったが、間もなく一、三番機も無事着陸してきてほっとしたのであった。
「エアポケット」とは、乱気流のことである。飛行機がエアポケットに入ると、機体がほとんど垂直に落下する。数百メートル落下することもあるという。エアポケットに入って、乗員が機外に放り出され、即死した例は時々あると教員から聞かされていた。昔の小型機には、座席を覆う風防などがなかったからである。九三中練も同様であったから、座席に座ったらまずシートベルトを締め、落下傘バンドを落下傘にきちんとセットするようやかましく言われていた。もちろん私は、そのことを固く守っていたから、エアポケットに入っても事なきを得たのである。

何年も前のことであるが、成田発のUA機がホノルルに向かって飛行中、乱気流に巻き込まれ、一人が死亡、多数の人が重軽傷を負うという事故があった。旅客機だから、客室は機体によって囲まれ、天井があるから、座席から体が浮き上がっても機外に放り出されることはない。しかし、浮いた体があちこちにぶつかって怪我をしたり、時には命を落とすこともあるのである。

乱気流というのは、現在の科学の力を持ってしてもその存在を予見するのは難しいという。それだけに旅客機に乗った時は、いつどこで乱気流に遭遇しても大丈夫であるように、各自きちんとシートベルトを締めておくべきであろう。

予科練の宣伝

三沢の夏は短かった。九月の声を聞くと、もう秋風が吹いていた。純白の格好よい夏服で外出したのはわずか二回しかなかった。七つボタンの夏服は、結局この二回着用しただけで返納となったのであった。

八月の初め、練習生分隊および整備分隊が挙げて浅虫温泉に出かけたことがあった。目的が何であったのか思い出せない。旅館の広間で休憩したが、昼食は同行した主計科の兵隊がそこで用意してくれたものであった。おかずに肉などが入っていて、普段隊内で食べている昼食よりずっとおいしかった。昼食後、私はすぐそばの海に出て泳いだが、海水が冷たかったせいか泳いでいる者は少なかった。大方の者は、旅館周辺の散策か、あるいは滅多に入ることのない温泉浴を楽しんでいたようである。

あれはいつだったか。予科練の宣伝のため練習生総員で、青森中学校と弘前中学校を訪ねたことがあった。青森中学校では、練習生の代表が鉄棒の演技を行なった。彼は数ヵ月以上鉄棒に触ったことさえないというのに、大車輪などの見事な演技をしてみせ、大きな拍手と感嘆の声が上がったものだった。

弘前中学校では、班単位（十二名）に分かれて座談会を行なった。三沢空における飛行訓練が話の中心であったが、細かいことは忘れてしまった。学校を辞するとき、われわれの歓迎のために来校していた父母たちが、土産にといって皆にりんごを配ってくれた。帰途、弘前駅までは自由行動だったので、練習生は三々五々弘前城を訪れ、もらったりんごをかじりながら城址を散策したのだった。両中学校を訪問したことが果たして予科練の宣伝になったのかどうかは、われわれの関知しないところであった。

三沢空時代の外出についても語っておくことにしよう。昭和十八年（一九四三）ころになると、わが国では食べ物や衣服その他あらゆる物資の不足が目立つようになっていた。特に砂糖などは早くから配給制になっていて、菓子屋はあっても店頭に菓子はなく、本物のコーヒーを飲ませてくれる喫茶店も巷では姿を消していた。

ところが、古間木や八戸には、まだ甘い物を食べさせる店があった。古間木駅の前に並んでいた店の中には、おはぎを売っている店があった。もっとも、そのおはぎはすぐ姿を消したので、私はそれを口にしたことはなかった。

駅の裏手の方には、手焼き煎餅を売っている店があった。数に限りがあるので、練習生は外出時、これを手に入れようと走ったものである。煎餅屋の近くには水飴を売っている店もあった。その水飴を、焼きたての煎餅につけて食べると、煎餅の香りと水飴の甘味が口中に広がって本当に旨かった。

時には八戸市まで足を運んだ。市の東海岸寄りの町中には一軒の汁粉屋があった。甘いあんこの入った団子も売っていた。いつ行っても三沢空の隊員たちでいっぱいだった。皆甘いものに飢えていたのである。

汁粉や団子に舌鼓を打った後は、よく近くの小高い丘に登った。丘の向こうには太平洋が広がり、海猫の繁殖地として有名な蕪島が見えていた。頂きあたりに腰をおろして、どこまでも広がる大海原を眺めていると心が安らぎ、厳しい練習生生活のことを忘れるのであった。

航法訓練中の悲劇

九月九日、朝礼で分遣隊長竹中正雄中佐（海兵五十二期）の訓示があった。「同盟国のイタリアが無条件降伏をした。大東亜戦争も現今の戦況は厳しくなっている。練習生は奮起して訓練に励み、一日も早く第一線における戦力となるよう努力せよ」という内容であった。

欧州戦線のことなど全然認識がなかったわれわれは、イタリアが無条件降伏をしたと聞いて驚いた。日独伊三国同盟の一角が崩れたことによって、大東亜戦争の行方も楽観できなくなったのではないか、そんな思いが胸中をよぎったのであった。

九月上旬の飛行訓練は、編隊飛行の単独と並行して計器飛行の訓練が始まっていた。計器飛行同乗では、教員が前席で練習生が後席に乗る。後席には、正面の遮蔽板のところに大きい幌が取り付けられて、前方が見えないようになっている。

飛行機が適当な高度に達すると、教員から「高度〇〇〇メートル、針路一三〇度、計器飛行始め」というような指示が出る。練習生は、教員の指示を復唱し「計器飛行始めます」と言って、教員から指示された通りの高度と針路を保つように、羅針儀、高度計、水平儀、速度計等の計器類だけを見て操縦するのである。

こうした計器飛行は、雲中飛行とか、天候不良で視界がきかなくなったときに備えて行なわれる訓練であった。幌を被っていても座席の左右方向はよく見えるし、水平直線飛行であるから思ったより簡単な飛行であった。

計器飛行の訓練中に、夜間飛行が二回実施された。暗くなると周囲にいる飛行機がよく見えないので極めて危険である。灯し火が山中にあったりすると、それが他の飛行機の翼端灯や尾灯に見えたりする。練習生には無理な飛行なので、教員と同乗の体験飛行にとどまった。一回の飛行で四回の離着陸を行なうので、夜間飛行は計八回の離着陸を経験したことになる。

九月中旬ころから航法訓練も始まった。計器飛行の時と同様、教員は前席である。練習生が乗る後席の外側には偏流測定儀が取り付けてある。飛行機は、飛行中風の影響を全面的に受ける。つまり風速五メートルならば、毎秒五メートル風の方向に流されるのである。だから、地図上に示されたコースを飛行しようとすれば、風の影響を修正しながら飛ばなければならない。その修正針路を示してくれるのが偏流側定儀である。

練習生は、シートベルトを外して座席の床上に立ち上がり、肩から上を機外に出して地面を見ながら測定儀を操作し、そこに示される風向、風速および修正方位を前席の教員に伝える。教員はそれを聞いて、針路を練習生が伝えた方向に修正して飛行するのである。海軍の飛行機は、何の目標物も見えない海上を飛行することが多いので、航法の知識は必須のものであった。もっとも、航法は通常偵察員が行なうので、われわれ操縦練習生は、基本的な技術の習得にとどまった。

航法の訓練中、第四分隊の橋本練習生が、機外に放り出され、畑に落下して即死するという悲劇的な事故が起こった。前にも触れたように、偏流測定を行なう場合、九三中練ではシートベルトを外して立ち上がり、真下の地面を覗き込む形で測定儀を操作しなければならない。非常に危険なので、必ず落下傘を体にしっかり装着するよう注意されていた。橋本練習生は、落下傘を装着していなかったらしい。

私は、測定儀を操作する際には、落下傘が落下傘バンドにきちんと装着されているのを確かめてからシートベルトを外して立ち上がり、座席の下の方の突起物に足を掛け、左手は座席の上部にある突起物をしっかりつかんで身体を安定させてから操作を始めたものである。身体は安定しているのだが、頭部は機の外側に出ている。そんな形で高度千五百メートルの上空から地面を見るのはやはり怖かった。

橋本練習生の事故があった時、たまたまその畑で農作業をしていた人があった。その人の話によると、空から何か黒い物が落ちてきたと思ったらドスンと音がして、それがかなり高く跳ね上がったという。何事が起こったのかと大いに驚いたのであるが、空から降ってきたものが人間だと分かって、腰を抜かさんばかりであったとのことだった。

この事故により、その日の飛行訓練は直ちに中止になった。朝からごうごうと轟いていた爆音が消えて、隊内が急に静かになった。その静けさは、あたかも殉職者に対して哀悼の意を表しているかのようであった。なお、三沢空における五ヵ月間の飛行訓練中、殉職者が出たのはこの一件だけだった。

移動訓練と定着訓練

十月初旬、移動訓練として、大湊航空隊への往復飛行が実施された。一個分隊の練習生約七十名が三十数機の九三中練、通称赤トンボに分乗し、大編隊を組んで行なう長距離飛行である。

私は、ペアの教員との同乗飛行であったが、ほとんどの者が前、後席とも練習生が乗る互乗飛行であった。だから気分的に楽なはずなのに、初めて行なう長距離の大編隊飛行ということで、出発を前にして練習生は皆緊張気味であった。

分隊長機がまず離陸し、続いて第一班の六機が次々に離陸していく。第六班の六機が最後の離陸であったが、最後尾の三機編隊の三番機を務めたのが私であった。だから、私の機は編隊全体の中でも最後尾に位置していたのである。

飛行場上空を一周するころ、三十数機の編隊がきれいに出来上がった。針路を北にとって一路大湊の飛行場へ向かう。その日は快晴で、空はどこまでも青く、眼下には陸奥湾の静かな紺碧の海が広がっていた。最後尾を飛んでいるので編隊全体をよく見渡すことができる。赤トンボとはいえ、三十数機の大編隊は、当時の私には勇壮に見えたものであった。

飛行時間約一時間半で、大湊の飛行場に全機無事着陸した。三沢飛行場の半分にも足りない狭い飛行場だった。この飛行場はあまり使用されていないらしく、滑走路周辺は伸び放題の枯れ草に覆われていた。伸びた枯れ草の上に二十分ばかり腰をおろし、往路飛行の緊張も解けて、心身ともリラックスしたところで帰路についた。

帰路は下北半島を迂回する飛行コースであった。離陸して編隊を組み終わり、全機が水平飛行に移って間もなく津軽海峡に出る。海岸にそそり立つ断崖が見えた。黒い岩陰に打ち寄せる波が白く砕け、変化のある風景が美しかった。大間崎上空で針路を東にとり、さらに尻屋崎上空で大きく右旋回して南に変針し、三沢に向かう。太平洋沿いを南下して、飛行時間約一時間三十分で全機無事三沢の飛行場に着陸した。この移動訓練を無事終えたことで、練習生は皆操縦に自信を持つようになり、その技量は目に見えて上達したのであった。

十月になると、北国では吹く風が寒い。八甲田山の頂きあたりは、いつの間にか白くなっていた。中旬ころになると、飛行指揮所ではドラム缶に薪を入れて火を付け暖をとっていた。しかし、兵舎は寒冷地のことと窓が二重になっており、スチームが通っていたのであまり寒さを感じなかった。

そのころ、飛行場に隣接している牧場を使用して飛行訓練が行なわれた。ときどき放牧している馬が近付いて来たりして、追い出すのに手間どることもあった。牧場は、広い飛行場と違って離着陸場所が限定されるので、着陸の技量向上には大いに役立ったのであった。

練習生に最後に課せられた飛行訓練は、定着訓練であった。飛行場に白布で幅二十メートル、長さ五十メートルのゾーンを作り、その中心に着陸する訓練である。ゾーンの左側の定位置に、高低差のある赤と白の着陸誘導標識坂が一定の間隔をおいて立ててある。着陸のパスに入った時、この赤と白の標識が横一線に見えるように降下し、ゾーンのエンドでエンジンを絞ると中央に着地するようになっているのである。

しかし、パスに入ってからの飛行機の姿勢、あるいはスピードによって、ゾーンのエンド近くに着地したり、ゾーンをオーバーして着地したりする。だから、パスに入ると全神経を集中してスピードを一定に保ち、飛行機の正しい姿勢の保時に努めるのである。

理屈は分かっていてもなかなか思うようにはいかず、機首が上がっていたり下がっていたり、飛行機が傾いていたりするのである。私は、訓練中、ゾーンの中央に三点着陸（前輪と尾輪が同時に接地する着陸）できたことは一度もなかった。

十月の半ば過ぎには、飛行練習生の練習機教程におけるすべての訓練項目が終わった。そこで、練習生同士が乗る互乗飛行の訓練が多くなった。特殊飛行、計器飛行、編隊飛行等の互乗による訓練である。

三沢飛行場のすぐ近くに淋代海岸がある。ここは、昭和六年（一九三一）、アメリカ人の飛行士二人が、ミス・ビードル号で太平洋無着陸横断飛行一番乗りを遂げた時の出発地点としてその名が知られている。私は、その淋代の上空を互乗飛行訓練の時初めて飛んだ。上空から見たところでは、飛行機が離着陸できるような場所は見当たらず、ただ普通の砂浜が広がっているだけだった。

銀嶺の八甲田山を正面にして、八甲田山宜候で飛んだこともあった。互乗だから気は楽である。「おい、向こうに十和田湖が見えるぞ」「あそこに汽車が走っている、見えるか」などと会話も弾む。互乗飛行は、訓練というより気分は遊覧飛行であった。このころは、罰直もほとんどなく、夜の吊床訓練もなかったから、三沢空時代における一時の気楽で楽しい時期だった。

機種別選定、練習機教程卒業

予想はされていたのであるが、われわれ甲飛十期生は、練習機教程が一ヵ月短縮されて五ヵ月となり、十月末で卒業することになった。訓練項目はすべて終わっていたからその点は問題なかったが、卒業飛行としての長距離飛行は実施されなかった。

卒業を待つばかりになったわれわれの関心事は機種別選定であった。操縦員になったからには戦闘機乗りになりたいというのが大方の希望であった。二十日ころ希望調査が行なわれた。練習生の希望を元にして、技量および性格や健康を考慮しながら機種別が決定されるのである。

海軍の航空機は、大別して陸上機と水上機に分けられていた。甲飛十期生の操縦組はなぜか全員が陸上機であった。陸上機の機種は、艦上戦闘機（艦戦）、艦上爆撃機（艦爆）、艦上攻撃機（艦攻）および陸上攻撃機（陸攻）の四機種に分けられる。しかし、希望調査では、陸攻を除く三機種から選ぶことになった。だから、同期生には水上機と陸攻の操縦員は一人もいなかった。

私は、希望調査では、艦戦か艦爆か迷ったが、特殊飛行があまり得意でなかったので艦爆を選んだ。数日後、選定結果が発表され、私は希望通り艦爆専修生に選定された。もちろん、希望通りいかなかった者もあったが、別に悲観している様子はなかった。

練習生は、これで操縦員としての自分の将来が決まったと思ったのであったが、二、三日後機種別選定の変更があった。艦攻や艦爆に決定していた者の中から相当数の者が戦闘機に変更されたのである。私も変更された者の一人であった。開戦以来の戦闘機の活躍はよく耳にしていたので、戦闘機乗りもまたよしという気持で不満はなかった。

こうして、三沢空における甲飛十期生の機種別は決定したのであるが、その配分は、戦闘機百九十名、艦爆四十名、艦攻四十名であった。土空で予科練を卒業し、北海道の千歳空で練習機教程を終えた者と合わせて、十期生全体としては、戦闘機三百八十名、艦爆八十名、艦攻八十名であった。

これは、他の期と比較して戦闘機が異常とも思える多さであった。なぜ甲飛十期生に限って戦闘機操縦が特別に多かったのか、その理由は分からなかった。ちなみに、同じ時期に飛練を卒業した乙飛十六期生の機種別人数は、戦闘機がやや多い程度で、概ねバランスのとれた配分になっていた。

ともあれ、甲飛十期生（第三十二期飛行練習生）の練習機教程は十月末をもって修了した。十一月一日、二等飛行兵曹に任官した。私は、

昭和18年、飛練の練習機教程の卒業時の記念写真。後列右端が著者、２番目が堀江真。11月１日に二等飛行兵曹に任官した

当時十七歳で、海軍では最も若い下士官であった。ただし練習生の身分であり、服装は七つボタンのままであったから、下士官といってもあまり様にならなかった。

この日、練習機教程の卒業式が行なわれた。十分間程度で終わる形ばかりの卒業式だった。そして、徳島空に入隊する艦戦専修の百二十名と、宇佐空に入隊する艦爆専修の四十名は直ちに三沢空の隊門を後にした。艦戦組の残り約七十名と、艦攻専修の四十名は、受け入れ先の航空隊の準備が整わないので、しばらく三沢空にとどまることになった。私も残留組の一人だったが、取り残されて悔しい思いをしたのであった。

その後しばらくの間、三沢空では残留組の飛行訓練が続けられた。訓練項目は、編隊飛行と定着訓練で、毎日一人六十分程度の訓練であった。しかし、北国の冬は急速にやって来て、降雪もあり訓練はままならなかった。

こうして六月三日に始まった三沢におけるわれわれの飛行訓練は、十一月十日をもって幕を閉じることになった。三沢の冬は降雪も多く、練習機の飛行訓練は困難なため、次期練習生の受け入れもなく三沢分遣隊は解散することになった。そこで、不用になった九三中練は、われわれの手で茨城県の筑波航空隊に空輸することになった。三沢空から筑波空までは六百キロを超える長距離で、卒業飛行のなかったわれわれにとっては思わぬプレゼントになった。

十一月七日、約四十機の九三中練は、三沢空を離陸した。先導機に教員が乗っている以外は、すべての機に前、後席とも練習生が乗っている。誠に気楽な互乗飛行である。飛行場上空で編隊を組み終わると機首を南に向けた。高度は千二百メートル、視界は極めて良好、眼下に続く陸中海岸は、海が複雑に入り込んで変化に富み素晴らしい景観だった。

途中で宮城県の松島基地に着陸した。燃料の補給と昼食を取るためである。この時、一機が着陸に失敗をして脚を折った。その修理のために機体が格納庫に運ばれ、クレーンで釣り上げたところロープが緩んで機体が落下した。ちょうどそこにいた練習生が二人、運悪くその下敷きとなって重傷を負った。小野靖利練習生と根本利民練習生である。

小野練習生は、三ヵ月ばかりの入院生活で全快し、一期遅れて飛練を学業したが、根本練習生は背髄をやられて搭乗員としての生命を絶たれてしまった。彼は、美男子で性格も優しく、かつて三重空の予科時代、私が膝を傷めて入室する際に私を背負ってくれた男である。誠に痛恨極まりない事故で胸が痛んだ。

四十分の休憩で、われわれは再び機上の人となった。基地上空で編隊を組み終わり、針路を東南方向にとったところ、日本三景の一つ松島が見えてきた。湾内に浮かぶ大小様々な島を一望におさめて、正に絶景であった。

島々が後方に去ったころから次第に雲が多くなり、天候が怪しくなってきた。高度を一挙に八百メートルに下げる。その辺から、編隊を崩さないように飛ぶことで精一杯となり、眼下の風景を楽しむ余裕はなくなった。飛ぶこと二時間ばかりで筑波空の飛行場が見えてきた時はほっとした。

今度は全機無事着陸して空輸は終わった。約四十機の大編隊で、六百キロを超す長距離を四時間余りかけて飛行したのである。練習生にとっては、編隊の大きさも、飛行距離とその時間の長さも皆初めての貴重な体験であった。しかも、われわれを操縦員として育ててくれた九三中練、懐かしの赤トンボとは今日でお別れである。感動がないはずはなかったが、練習生たちに喜びの色はなかった。松島基地で起った事故が、皆の心を暗くしていたのである。

われわれ残留組が三沢空を後にしたのは、十一月二十日であった。その日、古間木（三沢）駅には、練習生の倶楽部の人たちが大勢見送りに来ていた。私の倶楽部の娘さんもやって来て、大きな袋一杯のリンゴを餞別にもらった。大方の者がもらった餞別はリンゴであった。汽車の中で食べなさいという温かい親心が有り難かった。

見送る者、見送られる者、ここで別れた後は再び会うことはないであろうというのに、そんな別れの湿っぽい雰囲気はどこにもなく、皆明るい顔をしていた。

第六章　飛行練習生 —— 実用機教程

九六艦戦による飛行訓練

飛練の練習機教程を卒業した練習生は、次に機種別に分かれて実用機教程に進む。これを延長教育とも言った。甲飛十期生の延長教育は、戦闘機組は人数が多かったので、徳島空（約二百四十名）、大村空（約七十名）、松島空（約七十名）の三ヵ所に分かれた。艦攻と艦爆の延長教育は共に宇佐空であった。私は、松島空で、戦闘機操縦術専修生としての延長教育を受けた。正式名称は、霞ヶ浦海軍航空隊松島分遣隊といった。

松島空は、仙台市の北東に位置する矢本町（現東松島市）の海岸寄りにあって、飛行場は石巻湾に面していた。三沢空から筑波空へ九三中練を空輸する途中立ち寄った飛行場である。その時、格納庫内で修理中の九三中練の下敷きとなり、二人の練習生が重傷を負った。その事故については既に述べた通りである。

松島空では、すぐにも戦闘機の操縦訓練が行なわれるものと期待していたが、われわれが入隊した時には、戦闘機はおろか飛ぶことができる飛行機は一機もなかった。そこで、訓練に使用する「九六艦戦」の性能や操縦技法等に関する座学が日課となった。

九六艦戦というのは、九六式艦上戦闘機の略称で、主として日中戦争で活躍した戦闘機である。これを複座にして練習用に改造したのが二式練習戦闘機で、略称を二練戦といったが、われわれは「九六練戦」と呼んでいた。

座学といっても、松島空は新設の航空隊であったから、教育設備は何もなく、兵舎のデッキに練習生を集めて教員が説明する程度のものであった。だから、一日中座学が続くことはなかった。かといって別にやることもないので、何となくぶらぶらしている時間が多かった。

しかし、決してリラックスしているわけではなく、心の中はいつも緊張していた。毎日のように罰直があったからである。吊床訓練は毎夜で、吊床下ろしが十八秒を超えるとバッターを食らった。教員は、何かと言えばバッターを振るので、練習生はいつもびくびくしていた。

教員の中に一人バッターが下手なのがいた。彼は、尻より少し下がった太ももを叩くのである。ここをやられると痛さは倍加するし、内出血もひどい。だから、練習生はバッターとなるとその教員を避けようとして、競って他の教員の前に列を作ったものである。

飛行訓練が始まると、罰直は一段と激しさを増した。当時、戦闘機の練習生は海軍の中で一番鍛えられると聞いていたが、厳しい訓練で鍛えられるのではなく、罰直が凄まじいということであった。

十二月に入って間もなく、教員たちの手によって、九六艦戦とその複座型の二式練戦が空輸されてきた。十日ころから訓練が開始されたが、最初は地上滑走であった。

座席に入ると、まず計器類の多いのが目についた。計器類以外に、正面に射撃用の照準器、座席の右横にフラップ操作用の把手、左手のスロットルレバーには、機銃発射装置が付いており、座席周りが複雑で実用機であることを実感した。

また、九六艦戦は金属製で低翼単葉であったから、座席に座った感覚が複葉機の中練とは全然違う。おまけに、エンジンの馬力が強いので滑走のスピードがつい速くなり、左右への方向転換などは思うようにいかなかった。

第一日目の地上滑走訓練が終わった後、突然、松島飛行場における訓練は中止すると発表された。そして、仙台市の郊外にある霞の目飛行場を使用することになったのである。松島飛行場は砂地に造成されていたので、奥羽連山から吹き下ろす強風によって砂嵐が舞うことが多かった。砂嵐は、視界を遮るので訓練がままならなくなる。そこで、松島空に近い民間の飛行場を借りて訓練することになったのである。

霞の目飛行場は、当時は、逓信省の航空機乗員養成所として、民間機の操縦士（後に陸海軍に徴用された）を訓練していた。飛行場は芝生の根付きもよく、砂嵐が舞うことはなかった。滑走路はなく、広さは三沢飛行場の半分程度で、しかもわれわれが使用できるのは南側半分に限られていた。北側半分では、養成所の乗員が訓練をしていたのである。兵舎として使用した建物は、デッキ（甲板）がなく、狭い室内に二段ベッドがぎっしりと並んでいた。

吊床訓練がないことが分かって、練習生は皆大喜びであった。

十二月下旬になって、やっと本格的な飛行訓練が始まった。教官は分隊長と分隊士の二名、教員および助手が十一名で指導者は合わせて十三名、練習生は七十二名であった。最初の訓練は、二式練戦による離着陸同乗飛行である。スピードが速いのと、着陸時にフラップ（翼の後縁についていて、気流の抵抗を調節する小さな翼）を使用するので、九三中練とはまるで操縦感覚が違っていた。

また、左右の脚の間隔が狭いので、着陸して滑走中に脚を軸にして機体が右に回る癖があった。半回転で止まることもあれば、一回転以上することもあった。しかし、着陸の上手な者がやれば決して回ることなく直進していた。飛行機の機体が勢いよく回ると、荷重のかかった方の脚が折れたり、エンジンを地面に打ちつけて飛行機が逆立ちすることもあった。ただし、それで搭乗員が負傷することはなかった。

私は、着陸そのものが悪いのか、あるいはフットバーの操作が悪いのか、着陸時の滑走中よく回された。そんな時には飛行指揮所にいる練習生全員の前で、教員の命令によって、両手を地面につき、片足を高く上げて「回されました。回されました」と大声を出しながらくるくる回ったものだった。別にしんどくはなかったが、屈辱的な罰直で泣きたい気持だった。

戦闘機操縦の練習生は、厳しい罰直で鍛えられたと前に書いたが、予科練および練習機教程で罰直には慣れていたはずなのに、ここでの罰直は、一段と骨身にこたえた。飛行訓練が終わると、整列している練習生を前にして指導、注意があるのは三沢空の時と同じだった。

日中戦争で活躍した九六艦戦を複座に改造した二式練習戦闘機

そして、「鰯の腐ったような目をしている」とか「集合、解散の際全力疾走していなかった」とか、教員の言うことも同じようなことだった。違うのは、バッターを振る回数が、三沢の時の二倍も三倍も多く、罰直時間も長かった。

ある時、教員が五人ずつ二組に分かれて、一人の教員が二発ずつ一人の練習生にバッターを見舞ったことがあった。五人目の教員になると、つまりバッターが九発、十発になると痛さは感じなくなり、バッターが尻に当たったという感じがしただけだった。バッターが終わると、「これで終わったと思ったら大間違いだ。四列縦隊に整列、飛行場一周、駆足」と教員が叫ぶ。飛行場一周が終わると、今度は「二列縦隊に整列。前列回れ右」の号令が掛かる。そして、向き合った者同士で顔の殴り合いをさせる。手加減をしているとすぐ教員がやって来て、「貴様、こういう風にやるんだ」と言って、思い切り殴られるのであった。

霞の目飛行場における罰直は、概ねこんなものであったが、もちろんバッターがなかったり、殴り合いがない日もあった。また、飛行場一周の代わりに、前に支え三十分などということもあった。

飛行場周辺の田畑で農作業をしていた人たち数人が、バッターで叩かれているところを見ていたこともあった。もちろん教員が追い払いに走ったものだが、見ていてどんな気持になったのか聞いてみたかった。とにかく、納得がいく罰直ではなく、わけの分からない理由で練習生を地に這わせ、長距離を走らせ、鉄拳が炸裂し、バッターが唸った。練習生の中には、尻の筋肉が傷んで入院し、卒業できなかった者さえいたのである。

世間では、栄光の海の荒鷲などと持てはやしていたが、練習生の期間中、野蛮な罰直を受けて惨めな日々を送っていたことなど知る由もなかったであろう。練習航空隊の教員たちは、バッターで尻を叩くことによって海軍魂が注入され、技術が向上すると本当に思っていたのであろうか。万事叩かれるからやるというのであれば、牛や馬と変わりがない。人間には、叩かれなくても分かる「心」がある。予科練や飛練では、しばしばその心を忘れ、人間性を無視した教育を行なっていたのである。

元旦の殉職

十二月三十一日、大晦日である。この日は珍しく飛行訓練後の罰直はなかった。夕食には心ばかりのご馳走が出た。夕食後、教員から声が掛かり演芸会を開くことになった。海軍の航空隊は演芸会が好きで、どの部隊でもよくやっていた。兵隊の中には、玄人はだしの芸人もいて結構盛り上がったものである。

ところがこの時は、練習生の中に芸人がいなかった。会場は狭い食堂だったが、指名された者が皆の前に出で歌を歌った。もちろん楽器もなければマイクもなかった。娑婆では、流行歌（歌謡曲、演歌）など歌わないで軍歌を歌えと言われた時代であったが、軍隊では逆で、演芸会で軍歌を歌うことはまずなかった。この日も、教員、練習生ともに皆流行歌を歌った。練習生の中には、残念ながら人に聞かせるような歌を歌う者は一人もいなかった。だが、教員の中に一人、レパートリーが広く、小節のきいた歌を歌うのがいて結構皆を楽しませてくれた。

この夜、歌で楽しんだ後、練習生に酒が振る舞われた。練習生は、飲酒、喫煙は禁止されていたが、大晦日ということで教員も気を許したのであろう。練習生は初めて飲む酒で適量が分からず、飲み過ぎて酔っ払う者が多かった。私も、湯飲みに二杯飲んで、真っすぐに歩けないほど酔っ払った。理性がきかなくなり、大声を上げたりしたがそれを止めようとする者は誰もいなかった。酒に酔うということを、生まれて初めて経験した夜だった。

翌朝、昭和十九年（一九四四）の元旦である。六時、総員起こし。昨夜の酔いは、体のどこにも残っていなかった。朝食の時間になるまでに、整備兵たちと共同で訓練機の暖気運転を行なう。エンジンを暖めて、訓練開始と同時に飛行機が飛び立てるように準備しておくのである。仙台の朝は寒いから、暖気運転をやっておかないと、エンジン始動に時間がかかったり、高速運転を始めようとするとエンジンがストップしたりして、飛行開始に手間どることになるのである。

朝食には、餅が二切れ入った雑煮が出て、ちょっぴり正月気分を味わったが、飛行訓練は平常通り八時に開始された。霞の目飛行場で、われわれは四十日余りの訓練を受けたのであるが、その間休日はわずか二日しかなかった。文字通り、月月火水木金金の猛訓練で、おまけに訓練開始後は、終日休憩時間がなかった。昼食は、搭乗割がない時間を見計らって各自食堂へ走り、食べ終わると直ちに飛行指揮所へ戻らなければならなかった。

さて、元日のその日、主たる訓練項目は特殊飛行同乗であった。一方では、離着陸単独飛行も並行して行なわれていた。私は、午前中、特殊飛行同乗と離着陸の単独飛行を行ない、午後再び離着陸の単独飛行に飛び立った。

最後の着陸もうまくできて指揮所に帰った時、練習生が慌ただしく動いていた。様子がおかしいと思ったが、案の定墜落事故があったという。墜落機は、特殊飛行同乗訓練中の一機で、教員は池永義明一飛曹（乙飛十三期）、練習生は西浜学二飛曹であった。彼らは、高度約千五百メートルあたりで「宙返り反転」の訓練中、背面錐揉みに入り、そのまま墜落したとのことだった。

背面錐揉みに入ると、飛行機は機体が背面状態になったまま、螺旋状に回転しながら落下する。この回転を止めるのは極めて困難なので、搭乗員は素早く機体から脱出して、落下傘降下をするのがよいとされていた。事故機は、錐揉みの回転を止めようとして脱出の機会を失ったのかもしれない。あるいは、機体が回転する遠心力によって、座席の片側に押しつけられ、脱出できなかったのかもしれない。それは知る由もないが、とにかく二人とも脱出することなく、仙台市を流れる広瀬川の河原に墜落し、若い命を落としたのであった。

事故が起こった時点で、その日の飛行訓練は中止になった。教官や教員は、沈痛な面持ちで事故の処理のため奔走していたが、われわれ練習生が受けた衝撃もまた大きかった。しかし、翌日から通常通りの飛行訓練が実施された。

訓練開始に当たり、練習生を前にして、分隊長の森井宏中尉（海兵六十九期）から、「背面錐揉みになった場合は回復操作を行なわず、速やかに機体から脱出して落下傘降下せよ」という訓示があった。

殉職した二人の海軍葬は、一月三日、本隊のいる松島基地において、分遣隊長以下任務に支障のない隊員が参列して執り行なわれた。それぞれの両親および親族が参列したことは言うまでもない。だが、われわれ練習生は、代表の一名が参列したのみで、その日も休まず飛行訓練を行なったのである。

休日なしの飛行訓練が続く中、殉職者が出たことで分隊長は休養が必要だと考えたのであろうか、一月六日、七日の二日間、連続して外出が許可された。しかも、親族に面会可能な者は外泊することが許された。東北や関東地方出身の練習生は大喜びであった。面会不可能な大部分の練習生も、二日連続の外出を大いに喜んだものだった。

一日目、私は、数人の練習生と仙台城址を訪ねて伊達政宗を偲び、戦国時代の昔を思いながらあたりを散策した。市内へ出て飲食店を探したがどの店も休業状態で、うどん一杯にもありつけずがっかりした。

二日目、松島まで足をのばして島々を歩き、瑞巌寺を見学した。うっそうとした杉木立に面して、沢山の岩穴があった。修行僧たちがそこで座禅をしたのだという。座禅に関する知識は、当時皆無だったから、どうしてこんな所で座ったのだろうという疑問を持っただけだった。松島でもあちこち飲食店を訪ねたが、やはり外食にはありつけなかった。

二日続けての外出だったが、土地の人々との出会いがなかったのも残念だった。しかし、よい休養になり、心身ともにリフレッシュして、翌日からの飛行訓練には充分に気合いを入れて臨むことができた。

戦闘機操縦術練習生卒業

八日から特殊飛行単独の訓練が始まった。特殊飛行は、九三中練で相当の時間をかけて訓練したから、その操作方法や空中感覚などはよく分かっていた。九六戦は安定度もよく、操縦桿の利きが非常によかったから、宙返りやロールなど中練よりも楽にできた。続いて編隊飛行の訓練に入ったが、これは最初から単独飛行であった。ただし、中練のときと同じように一番機は教員が操縦した。編隊飛行も、中練でかなりの時間をかけて訓練していたので、それほど難しくはなかった。だが、中練は複葉機、九六戦は低翼単葉機だから、編隊を組んだ時の一番機との距離感覚は中練とは随分違っていた。しかし、その違いにはすぐ慣れてきた。

霞の目飛行場における最後の訓練は、基本攻撃であった。基本攻撃というのは曳的機が引いている曳的（長さ二メートル程度の白い吹き流し）を目標にして、後上方から攻撃する方法である。敵機を攻撃する方法は色々あるか、後上方から入る攻撃が最も容易で、しかも正確な射撃ができる。だから敵機を攻撃する際の第一歩として、基本攻撃の訓練を行なうのである。

曳的機は、曳索約千二百メートルの先端に付けた曳的を引き、高度千メートルで一定のコースを反復飛行することになっていた。操縦するのはもちろん教員である。訓練機は、高度千五百メートルまで上昇し、曳的機との高度差五百メートルを保ちながら曳的機と対面飛行する。曳的機が自分の飛行機の翼端下に来たところで垂直旋回を行なって攻撃体勢に入り、曳的に向かって急降下するのである。

訓練機には、機首に写真銃が取り付けられており、曳的からの距離およそ二百メートルあたりから銃の引金を引く。正確な射撃ができているかどうかは、フィルムに写っている曳的の形で分かる。

二百ノット以上のスピードで急降下しながら、飛行している曳的を射撃するのであるから、たやすく命中するはずがない。確かに照準器に曳的を捕えていたはずなのに、なぜか曳的は影も形も写っておらず、がっかりすることが多かった。

大村航空隊で訓練を受けていた同期生のSは、曳的を見失ったまま降下を続け、翼端で曳索を断ち切ってしまった。攻撃体勢に入るタイミングが早過ぎたのである。早過ぎると、飛行機を背面にしないと曳的は見えない。かといって、遅いと急降下の角度が浅くなり、曳的とともに曳的機まで撃つことになる。基本攻撃は、攻撃体勢に入るタイミングがポイントで、早過ぎても遅過ぎても正確な射撃はできなかった。

大村空の件の同期生は、結局、戦闘機搭乗員としての適性に欠けると判断され、機種の変更を命じられた。彼は、戦闘機搭乗員としてとどまることを嘆願したがかなわなかった。ただ一回の失敗で、機種変更とはいかにも厳しい措置であったが、いかんともし難く、無念の思いを引きずって、彼は宇佐空へ転隊し、艦攻の操縦練習生となったのであった。

一月二十五日、実用機教程における最後の飛行訓練が行なわれた。私は、午前中基本攻撃、午後は特殊飛行単独の訓練だった。

基本攻撃は、飛行機の降下角度もよく、真っ白い曳的をうまく照準器に捕えて気持よく射撃ができた。午後の特殊飛行は、私にとって九六戦の最後の飛行であった。連続宙返りやスローロールなど約三十分間、思う存分飛行して訓練を終わった。

今日を最後の霞の目飛行場に向かってゆっくり降下し、着陸誘導コースに入って滑り込むような着陸ができた。指揮所に帰った時、そこにいた練習生が「教員が貴様の着陸を褒めていたぞ」と言った。最後の最後にドンピシャリの最高の着陸ができたことは本当に嬉しかった。

この日をもって、われわれの実用機教程における飛行訓練は終了した。本来ならこの後、追蹤攻撃訓練や空中戦の訓練を行ない、さらに実弾射撃訓練を行なって全訓練項目が終わり、そこで実用機教程卒業となるのであるが、戦局の悪化が、そんな訓練の余裕を与えなかったのである。第一線部隊では、訓練半ばでもよいから、早く搭乗員を寄越せという声が大きかったのだという。

翌日の二十六日、霞の目飛行場を引き揚げ、本部のある松島空へ帰った。二十七、八日は、卒業に当たって必要な身辺整理をして過ごした。飛行服や予科練以来着用していた「七つボタン」の制服も返納した。その日に下士官服が支給され、右袖に二飛曹の階級章、左袖には卒業時に授与される高等科術科章を縫い付けた。

この徽章は、直径三センチ程度の黒くて丸い布に、黄色い糸で八重桜を刺しゅうしたもので、中心には金属製の桜を付けていた。兵科によってこの桜の色が異なり、飛行科は青であった。術科章は、左袖の上腕部あたりに付けていたから通称を「左マーク」と呼んでいた。左マークは、どの兵科でも練習生を卒業した印として与えられていた。ただし、飛行科以外は普通科課程があり、普通科の卒業生は黄色の桜が一重であった。八重桜は、高等科練習生を卒業した印であった。だから、海軍の軍人は、どの兵科の出身であっても八重桜の左マークを付けることを大変誇りとしていたのである。

飛練実用機教程修了時に授与される八重桜の高等科術科章

二十八日の午後は、卒業を祝って茶話会が開かれた。われわれが久しく口にしていない菓子が席上に置かれていた。娑婆では、影も形も見かけなくなった菓子が豊富にあるのを不思議に思ったものである。

会が始まって、練習生は一人一人飛行訓練の反省と将来の抱負を述べさせられた。立ち上がった練習生それぞれが立派なことを言っていたという記憶はあるが、どんなことを言ったのかその具体的な内容については全然覚えていない。

私自身は、着陸の際よく飛行機が回され、その度に、罰直として指揮所前で四つん這いになり、片足を上げて「回されました、回されました」と大声を上げながらぐるぐる回ったことが一番心に残っていると言っただけで、「技術を磨いて、強い戦闘機乗りになり国のために尽くしたい」などという立派な言葉は出なかった。

教員たちは、「くだらんことを言う奴だ、もっとましなことが言えないのか」とでも思っている風で、ただ苦笑いしているだけだった。

昭和十九年一月二十九日、松島空の庁舎前で待望の卒業式が挙行された。前日支給されたばかりの下士官服を着用して式に臨んだ。

予科練および飛練の練習機教程を卒業しても練習生の身分に変わりがないが、実用機教程を卒業すればもはや練習生ではなく、一人前の下士官搭乗員である。その印として、卒業式において航空術章の高等科術科章が授与されるのである。

式の冒頭、分遣隊長の松田大佐から「第三十二期戦闘機操縦術専修の課程を卒業す」という言葉を聞いた時は、誠に感無量であった。「とうとう日本海軍の戦闘機搭乗員になった。小学生のころから抱いていた夢が今実現したのだ」、そんな思いの感動が胸を熱くした。

この日卒業した七十一名（一名次期回し）の同期生は、皆本当に晴れ晴れとした顔をしていた。式が終わって兵舎に入ると、初めて付けた左マークを見せ合いながら、しばらくは笑い声が絶えなかった。

しかし、そんな談笑の時間は瞬く間に過ぎて、別れの時はすぐやって来た。予科練に入隊以来一年十ヵ月、同じ釜の飯を食ってきた同期生たちは、「今度会うのは靖国神社だなあ」などと言って別れを惜しみながら、松島航空隊を後にしたのであった。そして、各自、それぞれの任地である基地航空隊や艦隊航空隊へと散って行ったのである。

第七章　実施部隊──零戦搭乗員となる

築城海軍航空隊

私の戦闘機搭乗員としての最初の任地は、福岡県築上郡築城村（現築城町）にある築城海軍航空隊であった。松島の延長教育を卒業した同期生十四、五名が一緒だったから、心強かった。

教員が、われわれ一行に対して「築城空は、母艦搭乗員の訓練基地である。お前たちは将来母艦部隊の搭乗員になるのだから、しっかり頑張れ」と言って激励してくれた。私は母艦搭乗員と聞いて喜びを感じるよりも、むしろ、自分が果たして母艦搭乗員になれるのだろうかという不安がよぎったものだった。

築城空に入隊する一行は、一月三十日の午前十時に東京駅で落ち合うことにして、隊を出て間もなく解散した。私は、霞の目飛行場に移る前に、二度ばかり訪れたことのある民家に、卒業の報告を兼ねて別れの挨拶に行った。外出の際は、いつも行を共にしていた野地と一緒だった。

その家は、お祖母さんと中年夫婦の三人暮らしだったが、練習生を卒業して一人前の戦闘機乗りになったことを告げると大変喜んでくれた。そして、お祝いだと言って早速餅つきが始まった。一方では大きい鍋であんこを作っている。

当然、あん入り餅ができるものと見ていると、つきあがった餅を無造作に千切って、あんこが一杯の鍋に入れている。そして、入れた餅をあんこでくるむのである。つまり、中身が餅であるという違いはあるが「おはぎ」そのものである。この地方ではこれを「あんころ餅」というのだそうである。

最高においしくて、野地も私も腹一杯ご馳走になった。矢本町(現東松島市)あたりでは、今でもあんころ餅を作っているのであろうか。大変親切にして頂いた家であるが、礼状も出さなかったし、名前も失念してしまった。失礼なことで、今でも心残りになっている。

その日は、仙台から直行して横浜の野地の家に行った。お袋さんが一人で暮らしておられたが、一夜お世話になった。お陰で畳の上で心地よくゆっくりと眠ることができた。翌朝、東京駅に向かう二人をお袋さんに見送ってもらったが、野地親子は別れを惜しむという風でもなく、実に淡々としていた。だが、野地はこの年八月に戦死したから、これが母親との永遠の別れとなったのである。彼が戦死した場所は、マリアナ諸島のテニアン島であった。

一月三十日、申し合わせた時刻に全員東京駅に集合した。揃って列車に乗ったのであるが、道中のことは一向に覚えていない。翌日、われわれにとって初めての実施部隊である築城海軍航空隊に無事入隊した。

築城空は、飛行場が周防灘に面していて、滑走路は一本、芝生の部分が広く、海岸寄りには背の低い松林が続いていた。入隊して初めて知ったのであるが、築城空には戦闘機隊の他に艦攻隊もいた。三沢空で別れた艦攻操縦の同期生と約七十日ぶりに再会し、互いに肩を叩きあって懐かしがったものである。

われわれが入隊したころの築城空は、実施部隊（第一線部隊）とはいっても、練習生を卒業したばかりのいわゆる錬成員を訓練する航空隊となっていた。当時の錬成員には、われわれ甲飛十期生の外に乙飛十六期および丙飛十五期生がいた。

零戦での訓練始まる

訓練で使用する飛行機は、実用機の「零戦」である。正式名称は、零式艦上戦闘機といった。昭和十二年（一九三七）に試作発注したので初期には十二試艦戦と呼ばれていたが、皇紀二六〇〇年（昭和十五）に制式化されたのを期に、年号の最後の数字をとって「零式」と名付けられたのである。アメリカ軍では、これを「ゼロファイター」と呼んでいたので、いつの間にか通称をゼロ戦と呼ぶようになったのである。しかし、この通称が国民の間に一般化したのは戦後のことである。

零戦には、当時まだ複座の練習機がなかった。だから搭乗員は、最初から単独飛行であった。九六戦と比べて、零戦は計器類が多い上に、座席周りには脚の出し入れや、フラップの操作装置、無線機など複雑な機器がびっしり組み込まれている。だから、われわれは零戦の性能に関して学んだ後、それらの計器類の見方や、各装置の操作方法について丹念に学習し、次いで、座席に乗り込んで、実物を見ながら先輩搭乗員の説明を受けたのであった。こうして築城空に入隊して数日後に、やっと離着陸の訓練が始まった。

初回、初めて乗る飛行機だから多少の不安はあった。しかし、離陸地点に出て前方の安全を確かめると、逡巡することなくスロットルレバーを前に押し、エンジンを全開にした。スピードが上がり飛行機が空中に浮く。そこで風房を閉め、引込脚のレバーを操作して脚を入れる。脚が完全に納まると赤ランプが点く。プロペラの回転もスムーズで振動が少なく、空中における飛行機の安定性が非常に良い。

誘導コースの第二旋回を終わり、水平直線飛行に移って間もなくフラップを下げる。九六戦と違って自動装置だからボタンを押すだけでよい。パスに入ってスピードを六十ノットにして降下を続け、地上五メートルになったところでエンジを絞る。操縦桿をゆっくり後ろに引くと、着地の衝撃もなく三点着陸が見事に決まった。

着地後、九六戦のようにフットバーを必死で左右に動かさなくても機首を振ることもなく滑走路を直進した。零戦の着陸は、思ったよりずっと易しく、最初から離着陸は上々の出来であった。よし、これなら零戦搭乗員としてやっていけるぞ、という感触をつかんだのであった。

離着陸の訓練は二日間で終わり、続いて特殊飛行、編隊飛行とそれぞれ二、三回の訓練で別メニューに進んでいった。月の半ばころ、高々度飛行の訓練が始まった。高々度飛行というのは、酸素吸入を必要とする四千メートル以上の高度を飛行することである。この飛行は、練習生時代に経験がなく初めての飛行であった。

フラップを下げて、三点着陸によって、着陸寸前の零戦二一型

築城空における高々度飛行の訓練は、六千メートルまで上昇して、数分間の水平飛行を行ない飛行場に引き返すという訓練であった。高い高度になると酸素が薄くなるので、酸欠にならないように四千メートルで酸素吸入を始める。酸素吸入マスクを付けて、酸素ボンベの酸素を吸うのである。空気と少し味が違うので何となく酸素を吸っていることが分かる。

高々度飛行を行なう場合は、搭乗するとすぐボンベに酸素が入っているかどうかを確認し（酸素ボンベはあるが中は空ということもある）、高度四千メートルでボンベの栓を開くことを忘れてはならない。これをうっかり忘れていたり、酸素がボンベに入っていることを確認しなかったりして酸欠となり、失神して墜落事故を起こすことが希にあったのである。

墜落途中高度が下がったところで意識を取り戻し、危うく命拾いをした運のよい搭乗員もいた。

さて、高々度飛行の訓練と並行して追蹤（ついじゅう）攻撃の訓練が始まった。追蹤攻撃は、空戦訓練の第一段階をなすもので、略して追攻といった。追攻の要領は、訓練機は指導者が操縦する一番機の後方約三十メートルに拉置をとり、その間隔を保ったまま一番機の後に付いていくことである。

一番機は、失速反転、宙返りなどから始めて、次第に難度の高い宙返り反転、スローロールなどあらゆる特殊飛行を行なう。訓練機は、一番機が行なった通りの飛行を行なって、離れないように付いていかなければならない。追蹤攻撃と言われる所以である。ちょうど逃げる敵機を後ろから追い掛ける格好となるので痛快な訓練であった。大空を縦横無尽に飛び回るという表現がぴったりで、この訓練に入って初めて戦闘機の搭乗員であることを実感したのであった。

ところで、実施部隊に出ると、われわれのような新米搭乗員も、古参搭乗員と同じように待遇され、半舷上陸が許可される。入湯上陸とも言ったが、二日に一回の外泊が許されるのである。海軍では、軍艦生活を基準にしていたから、陸上部隊においても一つの分隊を右舷と左舷に二分して、交互に外出させていた。だから半舷上陸と言い、また軍艦から外出するという意味で上陸とも言ったのである。

日曜日の外出は、二十四時間外出であったから、朝八時に出ると月曜日の八時までに帰隊すればよかった。ただし、この時間は部隊によって異なり、十時から十時までなどという部隊もあった。外出禁止区域もなければ、女性と道を歩いていても誰にとがめられることもない。まだ成人に達していなかったが、酒もたばこも自由であった。いつも神経をぴりぴりさせて、戦々恐々としていた練習時代を思うと、まるで極楽にでもいるような気分だった。

問題は、二日に一度の宿泊となると、宿泊代がかさむからいつも旅館に泊まるというわけにいかず、下宿を探さねばならないことだった。幸いなことに、艦攻隊の同期生が「俺の下宿に来い」というので、松島から一緒だった野地と二人で遠慮なく世話になることにした。

その下宿は、椎田町にあって、庭木に囲まれた二階建ての立派な邸宅だった。ご主人は、元町長をしていたということだったが、そのころは中風を患い寝たきりになっていた。家族は、その人の奥さんと三十歳に手が届きそうな娘さんの三人だった。

奥さんも娘さんも物言いが柔らかく、優しい方だった。野地と四人でテーブルを囲んで会話も弾み、トランプ遊びなどして団欒の時を過ごしたものだった。夕食に「かきご飯」をご馳走になったこともあった。田舎者の私は、生まれて初めて「かきご飯」を頂いたのだったが、そのおいしさはしばらく忘れることができなかった。本当に家庭的雰囲気に囲まれた居心地の良い素晴らしい下宿だった。

しかし、残念ながら築城空にいたのは一ヵ月ばかりだったから、その素晴らしい下宿とのお付き合いもほんの短い期間で終わってしまった。予科練入隊以来初めて罰直や吊床訓練のない隊内生活を送り、外に出れば下宿は最高という全く天国にいるような気分に浸っていた矢先、無情な転勤命令が出たのである。

そのころ、南の前線では、強力な機動部隊を持つ連合軍の熾烈な反攻を阻止することができず、日本軍は苦戦続きで戦線は次第に北上していた。二月に入ると、米軍はマーシャル諸島のクエゼリン環礁に来攻したが、その戦闘が続いている最中、二月十七、八日の両日にわたって、アメリカの機動部隊がトラック島に大挙来襲した。トラック島は、我が海軍最大の根拠地であったが、この空襲によって、飛行機約三百機が撃墜破され、艦船も総計四十三隻が海の藻屑となった。

この二日間で、米機動部隊は、九隻の空母から延べ千二百五十機を出動させたというが、これを迎え撃つ我が海軍機は、零戦六十機と水上機十七機、合わせて七十七機だったというから、所詮勝負にはならなかったのである。

内地にいて、前線の情報があまり入らないわれわれは、トラック島の大敗を正確には知らなかった。ところで、こうした事態の発生によって、海軍では急遽飛行隊編成の変更が行なわれ、築城空の戦闘機隊は解散することになったのである。われわれが築城空に入隊して一ヵ月ばかりしか経っていないのに転勤を命じられたのはそのためであった。従来築城空にいた古い搭乗員も全員転勤になったことは言うまでもない。

近い将来、母艦搭乗員になれるという明るい希望を持って訓練していた時であったから、転勤と聞いて残念な思いがした。当時、空母瑞鶴が近いうちに築城の沖に姿を見せるという噂もあった。その瑞鶴の雄姿を見ることもなく築城を去ることになって、残念な思いを一層強くしたのであった。

佐空大村派遣隊

私の転任先は、長崎県大村市にある佐世保海軍航空隊大村派遣隊であった。予備学生十一期生の畑井、勝田両少尉とわれわれ同期生八名、計十名が同じ部隊への転勤であった。築城空にいた下士官、平搭乗員の中には、乙飛や丙飛出身者も大勢いたのであるが、佐空派遣隊へ転任になったのは、なぜか甲飛十期生のわれわれ八名だけだった。

築城空を出たのは、二月二十六日の土曜日だった。明日は日曜日だから、慌てて大村へ直行する必要はなかろう、適当に寄り道をして行こうと転任者一同の衆議は一決した。私は、岩国空へ転任になった野地と二人で居心地の良い下宿へ行き、娘さんを交えて三人で花札遊びなどをして時を過ごした。

翌日、列車を乗り継いで大村線の竹松駅へ着いたのは昼をかなり過ぎていた。駅から十分ばかり歩くと大村航空隊の飛行場が見えてきた。飛行場の端っこを道路が走っていて、それが隊門に通じていた。

隊門の近く、庁舎のすぐ前に、佐空派遣隊の兵舎らしい建物があった。小さな掘っ立て小屋みたいで、兵舎にしてはお粗末な建物だった。その建物の前に一人の飛行兵曹長がいたので、われわれ一同は、直立動の姿勢をとって着任の報告をした。すると、その飛曹長（中納勝次郎、操練三十七期）は、「貴様たちはどこで何をしていたのだ、昨日着任するはずではなかったのか」と、われわれを一喝した。

ふと気が付くと、そばに畑井少尉が立っていた。それで、万事が了解された。畑井、勝田両少尉は、築城空を出るとそのまま大村へ直行し、前日のうちに着任していたのである。

「しまった」と思ったが後の祭である。言いわけの余地はない。そこへ、古参の下士官が一人、バッターを持って出て来た。でっかい樫の棒だった。一人五発ずつそのバッターで思い切り殴られた。実施部隊に出て、最初で最後のバッターだったが痛さが身にこたえた。これ以後、バッターを食らったことはなかったから、これが人生における最後のバッターでもあった。

さて、佐空大村派遣隊というのは、所属は佐世保海軍航空隊であるが、大村海軍航空隊を基地とする戦闘機のみの小飛行隊であった。大村空は、古い航空隊で陸上攻撃機の基地だった時代もあるが、当時は、戦闘機の延長教育を受け待つ練習航空隊であった。飛行場は大村空と佐空派遣隊が二分して使用していたが、広い飛行場なので訓練に支障はなかった。

転任して来た時、最初に目についた掘っ立て小屋のような建物は、仮兵舎だった。そこでは、古参の搭乗員のみ七、八名が寝起きしていた。飛行場のすぐそばにあって飛行指揮所も近くに置いていたから、何かと便利だったのであろう。われわれが起居する兵舎は少し離れたところにあったから、飛行訓練以外で彼らと顔を合わすことはほとんどなく、その点では誠に気が楽であった。

錬成員としての最後の訓練

飛行訓練は、着任した翌日の二月二十八日から始まった。飛行隊長は、分隊長兼務の飯塚雅夫大尉（海兵六十六期）だった。この隊には、珍しいことに隊付の中尉が一人もいなかった。だから、隊長の次は少尉で築城空から転任してきた例の二人だった。

われわれ新米の搭乗員が最も信頼を寄せる搭乗員歴の長い飛曹長は三人いた。心強い思いをしたものだった。先任搭乗員の名原安信上飛曹（操練四十四期）は非常に温厚な人で、われわれを殴ったり、怒鳴ったりしたことは一度もなかった。

搭乗員総勢三十余名ばかりの小さな飛行隊であったから、飛行訓練は非常に順調に進んだ。初日の訓練は、高度三千メートルにおける特殊飛行であった。この日の午後の訓練中、面会人が来ているという連絡があった。面会所へ行ってみると思いがけず両親が来ていた。築城空を訪ねたところ、大村空へ転勤になったと聞いて追っかけて来たのだという。

父母の顔を見るのは、三重空時代の休暇の時以来で約一年ぶりのことだった。嬉しいには違いなかったが、飛行訓練のことが気になって、落ち着いて会話ができなかった。心残りではあったが、三十分ばかりで面会を切り上げ、隊門で両親を見送って、そのことを分隊士の佐伯義道飛曹長（操練二十七期）に報告した。分隊士は、「今日は外泊を許可するから呼び止めろ」と言って、すぐ隊の車を走らせてくれた。

幸い、飛行場内を走っているうちに、道路をとぼとぼと歩いている両親を見つけ、事情を話して竹松駅前の旅館に泊ってもらうことにした。部下を思いやる心で、こうした手配をしてくれた分隊士に対しては感謝の他なく、誠に有り難かった。

夕刻、両親の待つ旅館へ行って夕食を共にしたが、何よりも家から持参したおはぎが本当においしかった。隊内の面会所で話すのとは違って、リラックスした心で会話もできた。搭乗員になって初めて顔を合わせたものだから、飛行機のことをあれこれ聞きたがった。特殊飛行の際の目まぐるしく変わる空中感覚のことなど、興味深く聞いていたが、我が子が戦闘機乗りになったことが夢のようだと言って嬉しそうだった。

あぐらをかいていると、前日バッターで叩かれた尻が痛くて困った。よほど尻を見せて、バッターのことを話そうかと、口にまで出かかったが思いとどまった。両親が抱いている、名誉ある海の荒鷲のイメージを壊したくなかったからである。翌朝、我が子の成長した姿を見て安心したのか、両親とも晴れ晴れとした顔で、帰隊する私を見送ってくれたのであった。

飛行訓練は、その後、高々度上方攻撃、追蹤攻撃、射撃訓練および反復攻撃と進んだ。追攻は、築城空では特殊飛行の追跡だったが、ここでは、追攻という形で巴戦の訓練を行なった。この訓練は、連続して変形宙返り（捻り込み）を行なう一番機を、二番機が追尾するのであるが、二機が楕円形を描くようにぐるぐる回るので巴戦と呼んでいた。一対の一の空戦、つまり単機空戦の訓練にもなるのである。

中国戦線から太平洋戦の初期までは、単機空戦もよくやったそうだが、われわれが第一線に出たころは、編隊空戦が主流で、単機空戦になることはまずなかった。だが、この訓練は空中感覚を養い、体力強化に大いに役に立った。全速力で連続宙返りをやるので、宙返りを始めた時と、円の底の方に近付いた時は平常の三倍から四倍のG（遠心力）がかかる。口の中がからからに渇いて唾も出なくなり、背骨は圧迫されて折れそうに感じる。もっとも、訓練を重ねているうちにそうした感じは全然なくなってしまう。身体全体がGに慣れるのであろう。

また、この訓練では、旋回半経を最小にするために、斜め宙返りの頂点で、操縦桿とフットバーを急激に操作して、つまり補助翼と方向舵を限度いっぱいまで使って機体を回転させていた。これを捻り込みといって、単機空戦に勝つ極意とされていた。捻り込みに入ると、最初斜めに見えていた水平線が急激に垂直になったり、大地が頭の上にきたり、かと思うとどこかへ飛んでいって見えなくなったり、目まぐるしく光景が変化する。戦闘機搭乗員のみが味わうことのできるスリルである。

実弾射撃の訓練で、私は一度大失敗をした。射撃に入る際の切り返し（垂直旋回）が早過ぎて、降下に入った時曳的を見失ってしまった。だが、降下角度を深くすれば曳的を捕えることができるだろうと思って突っ込んで行った。案に反して、曳的は見失ったままで結局射撃はできなかった。しかも、右主翼で曳索を切断してしまった。

どんな制裁を受けるのか、内心びくびくしながら飛行指揮所に帰った。そして、曳索を切断したことを分隊長に報告した。厳重な注意があるものと覚悟していたが、分隊長はうなずいただけで何も言わなかった。古い搭乗員からとがめられることもなく、制裁は杞憂に終わっていささか拍子抜けがしたものだった。

三月二十日から反復攻撃の訓練が始まった。後上方攻撃を三回、四回と繰り返し行なう攻撃方法である。練達した搭乗員は、何回でも反復攻撃を続けていたが、新米搭乗員は、三回反復するのがやっとだった。

佐空派遣隊におけるわれわれ錬成員の訓練は、この反復攻撃の訓練をもって終わった。戦闘機搭乗員としての訓練は、まだ実戦形式の空戦訓練（同位戦、優劣位戦など）が残されていたが、基本的な訓練はすべて終了したのである。大村空の佐空派遣隊で錬成を受けたわれわれ同期生（甲飛十期）十数名の者は、一部の者を残して大多数の者が四月二月に転勤命令を受け取った。そして、翌日、それぞれが赴任先の航空隊へと向かったのである。

「ギンバイ」の思い出

ここで、飛行訓練以外の思い出を語ることにしよう。佐空派遣隊には、「ギンバイ」のうまい同期生が一人いた。Yといった。ギンバイというのは、多分「ギンバエ」が訛ったものであろう。ギンバエが物にたかるように、食べ物にたかって、それをかっぱらう、つまり盗むことを海軍ではギンバイと言ったのである。

軍艦でも、陸上の部隊でも、どこへ行っても海軍にはギンバイと呼ぶ風習があった。かっぱらう対象は、専ら食料品であった。食料品を主計科の兵隊が軍艦に積み込んだり、烹炊所に運び込む時をねらってやるというのが本来のギンバイだという。私が知っているのは、そうしたかっぱらいではなく、主計兵と懇ろになってこっそりもらってくるというのであった。

これも食べ物にたかることに変わりはないので、やはりギンバイと言った。

Yがやるのもこの手のギンバイだった。彼には、仲の良い主計兵が二、三人いたようであるが、どんな方法で面識もない主計兵と懇意になるのか、私には皆目分からなかった。ともかく彼は、砂糖、しょう油、味噌などの調味料から、ビール、酒、シロップなどの飲み物までいろんなものをギンバイしてきた。ギンバイ品は、大抵古参搭乗員の手にわたっていたから、彼はそうした先輩から重宝がられ、可愛がられていた。

それを見て、私も一つギンバイをしてやろうという気を起こしたのである。ある日、のこのこと一人で烹炊所に行った。仲の良い主計兵はもちろんいなかったし、顔見知りの主計兵さえいなかった。

思い切って烹炊所に入ったが、見たところかっぱらうような物は何もなかった。きょろきょろしていると、薄汚い、大きな前垂れを掛けたいかつい顔の下士官が奥の方から出て来て、

「何をうろうろしているんだ」と大声で怒鳴られた。

ギンバイどころの騒ぎではない、ほうほうの体で逃げ帰ったのであった。爾来、ギンバイをやろうなどという気は起こさないことにした。

第八章　練習航空隊での教員勤務

筑波海軍航空隊

昭和十九年（一九四四）四月三日、延長教育を終わって二ヵ月ばかりしか経っていないというのに、早くも二回目の転勤となり、佐空派遣隊を後にした。大村という地域にも、隊そのものに対しても別れの感慨はなかった。私は、同期生の大塚明、中島三郎と三人で大分航空隊へ転任になった。春の早い大村では、桜の花が既に散り始めていたが、大分ではちょうど満開で、春は正に爛漫であった。

大分海軍航空隊は、当時、戦闘機の実用機教程（延長教育）を受け持つ練習航空隊であった。そのころ訓練を受けていたのは、予科練特乙一期の第三十四期飛行練習生と、飛行科予備学生の第十三期前期生および海兵七十一期の飛行学生（階級は中尉）であった。

教官、教員の中には、戦地帰りの威勢のいい搭乗員が十名ばかりいたが、撃墜王に名を連ねている杉野計雄上飛曹（丙飛三期）もいた。私は、ここでもまだ一番若い搭乗員であった。

同期生（甲飛十期）は、佐空派遣隊から転任になった三人以外に、他の航空隊から既に着任していた六人がいたから総勢九名であった。

同期生一同は、しばらくは教員になるための錬成教育を受けたが、同位戦（同高度の二機が行なう）、優劣位戦（高度差五百メートルの二機が行なう）などの単機空戦が中心だった。

四月十六日、以前から予定されていたとのことだったが、大分空は隊を挙げて、茨城県の筑波に移り、筑波海軍航空隊となった。移動は専用の列車であったが、水戸市に近い常磐線の友部駅に降りたわれわれ一同を満開の桜が迎えてくれた。この年私は、大村、大分、筑波と合わせ、三回満開の美しい桜花に出合い、長い春を楽しんだのであった。

五月一日、海軍一等飛行兵曹に昇進した。誕生日が、大正十五年（一九二六）四月二十八日であるから、満十八歳になったばかりであった。現在ならば高校三年生というところである。搭乗員としても、まだまだ青二才であったが、内心「一飛曹になった、俺は偉いんだ」というおごりの気持があった。笑止なことであった。

外出時に酒を口にするようになったのは筑波空に来てからであった。練習生を卒業して三ヵ月近く経っていたから、大人になったという気分になったのであろう。筑波空を出て一番近い町、友部に美人姉妹のいる小料理屋があった。同期生数人がよくそこへ飲みに行ったものである。

同期生の中では年長者だったKは、その美人姉妹と仲良くなり、よく杯のやり取りなどしていた。あまり相手にされない私は羨ましくも思い、面白くなかった。水戸市にまで足を伸ばして梯子酒をすることもあった。酔いがまわると、町中を放歌高吟して歩いたものだ。人びとの迷惑を顧みない行為は、全く若気の至りであった。

筑波へ移動してからの飛行訓練は、引き続き実践的な空中戦の訓練であった。晩春初夏の候には、関東地方の空はよくミストがかかる。この地方特有のミストで、横の力向はよく見えるのであるが、上下方向になると視界が悪くなる。うっかりすると飛行場を見失う。高度三千メートルあたりで空戦訓練を終わった後など、高度を下げながら、さて飛行場はいずこと探し回ったこともあった。

零戦五二型の空輸

五月下旬、フィリピンのダバオ基地へ、零戦を空輸することになった。筑波空にいた同期生は全員空輸員に指名された。海外に出るのは初めてであったから、修学旅行を前にした小学生のように喜んだものだった。

空輸する零戦は、昭和十八月の秋ごろから第一線に配備され始めた五二型甲であった。五二型が、それまでの二一型などと異なる点は、主翼を短くしたことなど色々あるが、外見上大きく変わったところは、集合排気管が推力式単排気管になったことであった。これは、排気を後方に高速で吹き出すロケット排気管であったから、スピードアップした利点はあったが、バリバリ、バリバリと響く爆音は凄まじかった。

空輸員は、まず、筑波空へ急遽運ばれた一機だけの五二型を使用して、離着陸の訓練と慣

推力式単排気管を装備した零戦五二型。写真は六五三空の機体

熟飛行を行なった。初めての飛行を終わって地上に降りた時は爆音が耳に残り、しばらくは人の声が聞こえなかった。しかし、二日、三日経って飛行回数が増えるに従って、爆音は次第に気にならなくなった。

五二型の離着陸訓練や慣熟飛行は数日間で切り上げられた。そして、筑波空の空輸員は群馬県の太田飛行場へ空輸機を受け取りに行ったのだが、そこには、中島製のぴかぴかの五二型がずらりと並んでいた。

空輸隊長の諸注意の後、受け持ち飛行機が割り当てられ各自試飛行を行なうことになった。私は、飛行機に乗り込むとすぐエンジンを始動し、試運転を行なった。エンジンの音は快調で、プロペラの回転もスムーズだった。

ところが、離陸直後、何か弾けるような大きい音がして、いきなり目の前が真っ暗になった。何事が起きたのかと、一瞬ひやっとしたが、すぐに左右の景色が目に入ってきた。見ると、胴体タンクのカバーの前部がめくれて正面の風防にくっついていた。前方が見えないはずである。カバーが風防に打ち付けられた衝撃で、風防の強化ガラスはひび割れていた。

正面は見えないが、左右とも斜め前方はよく見えるので、操縦はさほど難しくはなかった。通常の誘導コースを回って着陸することにする。第四旋回を終わって着陸のパスに入ってからはさすがに緊張した。何事もなく平常通りの着陸ができた時は安堵の胸をなでおろしたものだった。

その日、試飛行を終わって受領した零戦五二型二十数機は、まず厚木航空隊へ運んだ。ここで兵器である機銃と無線器を搭載した。

格納庫前で飛行機から降りると、そこに数名の同期生がいた。実用機教程を徳島空で受けた連中である。三沢空で別れて以来のことだったから約七ヵ月ぶりの再会であった。お互いに無事の再会を喜びあったが、彼らの飛行隊はこれから南方へ進出するのだと話していた。ちょうどマリアナ海戦の前だったから、恐らくマリアナ諸島のいずれかの基地に進出したのであろう。

その出会いから約二十日後の六月十五日、彼らの中にいた一人、富岡敬がサイパン島方面の空戦で戦死している。戦争とは誠に無情なものである。

さて、筑波空に持ち帰った新品の零戦五二型は、翌日から空輸員の慣熟飛行を兼ねて、入念な試飛行が行なわれた。こうして、空輸機二十数機は筑波空に勢揃いして出発を待つばかりになった。だが、空輸員はその全員を筑波空で担当することはできないので、他の航空隊からの応援が必要であった。五月末近く、そうした応援の搭乗員たちも筑波空にやって来た。

空輸員が全員揃ったところでミーティングが開かれ、そこで空輸隊長から空輸の飛行コースおよび途中立ち寄る各飛行場の特徴や着陸時の注意事項などの説明があった。ちなみに飛行コースは、筑波空を出発して鹿屋空、上海空（戊基地）、台南空と飛び、マニラのニコルス基地を経てミンダナオ島のダバオ基地が終着の飛行場であった。整備員による空輸機の整備点検も完了し、出発準備は万事整った。

筑波〜鹿屋〜上海

五月の末、快晴の日、〇八三〇、零戦五二型二十数機は筑波を飛び立って第一中継点である鹿屋基地に向かった。

長距離の編隊飛行は、九三中練で三沢空から筑波空へ飛んだ時以来のことである。しかし、別に緊張することはなかった。雪を頂いている富士山を上空から眺めるのは初めてだったが、絵葉書などで見る通りの秀麗な姿をしていた。流れるように移り変わる眼下の風景を眺めながらの飛行は楽しかった。

鹿屋の飛行場は、やや高度があるので、その分誘導コースは高く飛ばなければならない。その点は充分に注意されていたので、慎重に飛行し無事着陸した。鹿屋で一泊して、翌日上海へ飛ぶ。ここからは長時間洋上を飛ぶことになるので、偵察員や通信員を乗せている大型機の九六陸攻が誘導してくれた。戦闘機では、信頼のおける航法ができないので、目的地に向かって間違わず飛行することが困難なのである。

二日目、五月晴れの好天に恵まれ、気分も爽快に鹿屋の飛行場を離陸した。まず、北へ針路をとり、北松浦半島あたりを過ぎてから西に変針、済州島を遥か北に望みながら上海へという飛行コースだった。洋上の長時間飛行は初めてだったので、済州島の淡い島影が姿を消したころから心細くなってきた。眼下に広がるのは、東シナ海の青い海原だけで、島影一つなく、一隻の船も見えない。「ここでエンジンがストップしたら一巻の終わりだ」などという思いが頭をよぎる。風防を開けたり閉めたり、大声を張り上げてみたり、流行歌を口ずさんだりしながら飛ぶ。

鹿屋を立って四時間が過ぎたころ海の色が変わってきた。揚子江（長江）の濁流が海に流れ込み、ずっと沖の方では海の色を黄色くしている。その黄色い海が黄褐色になったころ陸地が見え始め、空中に霞む高層ビルが見えてきた。上海に高層の建物があるとは知らなかったのでちょっと驚いた。

やがて、上海航空隊の飛行場が視野に入ってきた。滑走路がT字形に走っていて、芝生は青く広々としていた。全機無事着陸して、飛行機を格納庫に納めた。上海空は、同期生の偵察専修者が訓練を受けたところである。卒業後もここに残って教員をしている顔見知りがいるに違いないと期待していたが、残念ながら誰にも会うことはなかった。

上海では、町中にある海仁会（下士官・兵の集会所）で二泊した。到着した翌日、出発する予定で飛行場へ出たが、丁度警戒警報が発令され、危険を避けるため出発を一日遅らせたのである。お陰でわれわれは、一日余分に上海の町を楽しむことができたのであった。一行の同期生数人で、初めて見る異国の町をきょろきょろしなから歩き回った。行き交う中国の若い女性（当時日本ではクーニャンと呼んでいた）は皆美しく、つい振り返るほどだった。日本では、とっくに姿を消していた人力車が走っているのも面白かった。

蘇州河にかかるガーデンブリッジという橋があった。イギリス租界とアメリカ租界を結ぶ橋である。「上海ブルース」という歌があったが、その歌詞の一節に「ガーデンブリッジ誰と見る青い月」という文句があった。その歌をよく歌っていた私は、ガーデンブリッジと呼ぶ橋があることは以前から知っていた。片仮名の名前にロマンを感じて、いつか行ってみたいものという思いを抱いていたから、よい機会だとばかりに、皆を誘って見に行くことにした。イメージとは異なり、鉄骨のごつごつした橋でロマンを感じさせるようなものは何もなかった。

橋の近くに、二十四階建の興亜ビル（国際飯店）があった。これが、上海到着時に上空から見えた高層ビルだった。当時は、陸軍が接収し、その一階を士官用のクラブにしていた。そうとは知らず入っていくと、陸軍の士官たちが、飲み物を置いたあちこちのテーブルを囲んで談笑していた。われわれの来る所ではなかったかと、ほうほうの体で出ていこうとすると呼び止められた。振り向くと「海軍さんでしょう、まあどうぞ」と言われて、談笑の仲間入りをさせられた。コーヒーをご馳走になったが、内地ではとっくに姿を消していた香りの良い本物のコーヒーで、砂糖やミルクも用意されていた。

そう言えば、町中を歩いていると、商店頭には、煙草や菓子なども並んでいた。内地では見られない光景であった。こんなこともあった。とある町角で若い女性に道を尋ねようとして近付くと急いで逃げられてしまった。二人、三人皆同じであった。若い女性たちの、日本軍人に対する悪感情が読み取れるようであった。

二日目の夕方のこと、北四川路の日本人街で飲み歩いているうちに、同期生の一人がはぐれてしまった。テロリストがいて危険だから、町中では必ず集団で行動するよう注意されていたから一同大いに心配した。皆がやきもきしているところへ、彼は人力車で帰ってきた。いささか酔っ払っていて、皆の心配をよそに「人力車は良かったぞ」などと言ってけろりとしていた。塚原といって、練習生時代から物事に動じない男であったが、私は、彼の大胆な行動に感心するより呆れてしまった。

上海〜台南〜マニラ

上海で二日間にわたり異国情緒を楽しんだ後、台湾の台南航空隊に向かって戊基地を飛び立った。

天には雲一つなく、台湾海峡へ出ると海の藍と空の青が果てしなく広がっていた。視界に入る物に変化はなく、飛行機の爆音は単調である。東シナ海上空では不安に襲われたが、ここでは緊張が緩んで眠気が襲ってきた。うつらうつらしていたのであろう。爆音がごうごうと轟いたり、消え入るような音になったりしていた。

爆音がぴたりとやんで、音が消えた瞬間、にわかに目が覚めた。エンジンがストップしている。一瞬、戦慄が背中を走った。座席右下のコックを増槽から翼槽に切り替え、手動ポンプを二、三回押すと、エンジンはぶるんと回って一息ついてから爆音を上げて快調に回転し始めた。増槽のガソリンが空になっていたのである。安堵の胸をなで下ろした。

編隊を組んでいた一、二番機が、はるかかなたの上空に小さく見える。プロペラの回転を上げて追っかけた。眠気は一遍に吹き飛んでしまった。やがて、三番機の位置につくと、一番機の津田上飛曹がこちらを見てにやりと笑った。

南方では飛行中、時々居眠りをする搭乗員がおり、中には居眠りしながらスローロールを打った搭乗員もいたという。そんな話を先輩搭乗員から聞いた時は信じられなかったが、自分が居眠り飛行をして初めて有り得ることだと思うようになった。

上海を発って三時間ばかり飛んだころ、青空に霞む台湾山脈が見えてきた。台南上空に入って高度を下げると、むっとする熱気が機内に入ってきた。着陸するとすぐ飛行機を格納庫に入れる。日向にいたのはほんの三十分程度だったのに、腕の露出部分は赤くなり塩が噴き出していた。さすがに亜熱帯地方であり、今まで経験したことのない暑さだった。

夕方、ここでも同期生数人が打ち揃って台南の町に出た。店頭には、マンゴー、パパイア、その他われわれには珍しい南国の果物が色彩も豊かに並んでいて、ここが南国であることを実感した。しかし、町そのものは内地の地方都市のような感じで、別に外地を感じなかった。もっとも、それは歩いた範囲がごく限られていたからであった。

日本人が経営する内地風の旅館に泊ることにした。その旅館に五歳くらいの可愛い女の子がいて、われわれの部屋で愛想を振りまいていたが、「大きくなったらお嫁さんになってあげる」と言って皆を笑わせ、喜ばせてくれた。

台南には一泊しただけで、翌日マニラのニコルス基地へ飛んだ。大東亜戦争開戦時、昭和十六年（一九四一）十二月八日、台南のすぐ南にある高雄基地から出撃した五十三機の零戦は、バシー海峡を越えてルソン島の米空軍根拠地を攻撃し、大戦果を挙げて帰ってきた。そのバシー海峡を下に見て、開戦時の零戦の雄姿を思い浮かべながら南下していった。

やがて、深い緑に覆われたルソン島の北端が見えてきた。島の中に点在する赤い屋根が濃い緑と調和して絵のように美しく見える。リンガエン湾の上空に差し掛かった時、海上に丸い輪を描いている虹を見た。虹は、本来半円ではなく、円形であることを知ってはいたが、真ん丸い虹を見るのは初めてであった。

マニラ上空に入る時、先頭を飛んでいた私の編隊三機は編隊を解いて単縦陣になり、味方機識別の波動型飛行を行なった。波動の頂点から下降に移った時、体が放り上げられるような感じで浮き上がるので気持が悪かったのを覚えている。

ニコルス飛行場へ全機無着陸。格納庫へ行ってびっくりした。沢山の猿が、屋根裏で賑やかに遊んでいるのである。しばらくは、猿たちが格納庫の鉄骨の間を忙しく動き回る様を興味深く眺めていたものだった。

マニラの美女

空輸員のわれわれ下士官と兵は、上海のときと同じくここでも基地の集会所に宿泊した。

集会所は、木造建築だったが大きくて食堂は別棟になっており、広々としたロビーがあった。そして、フィリピンの若い女性たちがホステスとして働いていたから、集会所といってもホテルと変わりはなかった。

マニラでは、搭乗員の首に懸賞がかかっているから慎重に行動せよ、などの諸注意を聞き軍票をもらって町中へ繰り出した。

集会所を出るとすぐ、道路脇に七、八人の子供たちがたむろしており、中に長身で眼つきの悪い青年が一人いた。われわれを見つけると早速近寄ってきて「兵隊さんたばこ」と言って、皆が一斉に手を差し出した。マニラでは日本の煙草、特に高級の「光」は非常に人気が高く、日本内地の十倍以上の高値で売れるということだった。

子供たちは、兵隊からもらった煙草を吸うのではなく、それを売って生活の足しにしているらしい。哀れには感じたが、一人に与えると、次々に与えねばならなくなって収拾がつかなくなるから皆で無視することにした。

町中に出て驚いた。走っているバスのボンネットの上にも、尾根の上にも、文字通り鈴なりに乗客が乗っているのである。あれでよく事故を起こさないものだと変に感心したものだった。尖った屋根の建物があったり、建物の壁に彫刻があったりして、いかにも外国だという感じを深くした。

商店には、飲食物とか衣類など様々な商品が豊富に陳列されていた。しかし、その値段の高さには驚くばかりで、例えば、たばこ一本が一円とか二円とかするのである。日本ではもちろんたばこのばら売りはなく、二十本入りの「ほまれ」一箱が一円以下で買えた時代である。マニラに来て、私はインフレという言葉を初めて知ったのであった。

われわれ同期生の一行は、とあるバーに入った。ホステスが数人いたが、その中に一段と目立つ青い眼の美女がいた。同期生の一人が彼女とすっかり意気投合し、結婚の約束だといって指切りげんまんをした。空輪の旅で起こった楽しいエピソードで、後々われわれの間でよく話題になったものだった。

美女と言えばマニラの集会所にも、私の目についた美女が二人いた。一人は、白人系で青い目をしており、八重子と呼ばれていた。つんと澄ましたところはあったが、金髪で、均整のとれた容姿は、フィルムから出て来た女優のようであった。

もう一人は、色白で黒いひとみをしており、髪は飽くまでも黒く、日本人そっくりで笑顔が美しかった。愛子と名乗っていたが、彼女にふさわしい名前だと思った。日本語が上手で、日本へ行けるようだったら横浜へ行って女学校で勉強がしたいと言っていた。戦争が、彼女に学業を放棄させ運命を変えてしまったのだ。日本人相手のホステスを生業とするなど夢にも思わなかったに違いない。戦争の持つ矛盾と非情を思って少し寂しい気がした。

彼女のつやのある美しい黒髪に、小さくて奇麗なピンク色の花が一輪無造作に差されていた。「その花が欲しい」と言うと、彼女は、にっこりと笑ってそれを頭から抜き取り「はいどうぞ」と言って手渡してくれた。

私は、その花を大事に紙に包んで内地へ持ち帰り、押し花にして終戦まで持っていた。復員の際、荷物を整理しているとき思いがけず、その花を入れた紙袋が出て来たのである。中の花弁は色あせていたが、そこに彼女の長い黒髪が一本からまっていた。押し花にした時は、髪の毛などなかったはずだがと首をかしげながら、愛らしいフィリピン娘との語らいを思い起こしたのであった。

平和が訪れたマニラで、彼女は果たしてハイスクールに復学できたのであろうか。彼女の人生に幸多かれと祈ったが、祈りは果たして届いたであろうか。

マニラ集会所の宿泊室には、幾つもの二段ベッドが置かれており、すべて蚊帳で覆われていた。蚊が媒介するマラリヤを防ぐためである。お陰で蚊に襲われることはなかったが、ヤモリには参った。長さ十センチばかりの見慣れないヤモリが、天井といわず壁といわず、至るところにへばりついているのである。それがちょろちょろと小刻みに動くのが気味悪くて、なかなか寝付くことができなかった。

マニラ～ダバオ

マニラから最終目的地であるダバオ基地へ向かう。マニラを離れて間もなくすると、まるでコニーデ式火山の模型を置いたような山が見えてきた。マヨン山である。しばらくはその端麗な姿に見とれていた。

フィリピンは島が多い。シブヤン海上空から大小様々な島を下に見て南下し、ミンダナオ海上空に出る。ここまで来るとやがて大きな島が見えてくる。ミンダナオ島である。椰子の葉や熱帯植物が茂る濃い緑の中を、黄色く濁った水をたたえた川が蛇行している。熱帯地方特有の景観である。

やがて、椰子林の中にダバオ基地の滑走路が見えてきた。千メートル足らずの短い滑走路で、芝生の部分は滑走路の両サイドにわずかにあるだけである。しかも、滑走路は傾斜があって多少捻れている。着陸難度の最も高い飛行場とされていた。

着陸のパスに入って、飛行機の姿勢とスピードに細心の注意を払いながら降下する。滑り込むように着陸し、機首を左右に振ることもなく直進して静かに停止した。着陸体勢に入ってからの緊張も解けてやれやれという気持になり、目的地まで無事飛行してきたことの喜びが湧いてきたのであった。

同時刻にマニラを立った零戦十数機は、全機無事着陸した。残りの十機余りは約三十分遅れて到着することになっていた。それを待たないで、われわれ先発隊は一応、基地の司令に対し空輸機の到着を報告げた。司令は、「さすがに教員だ。内地を出た飛行機が全機無事故でここまで来たのは今までに無いことだ」と言って感心していた。

ところが、後発隊が予定時刻になってもやってこない。到着したのは、その日の夕刻であった。何かトラブルがあったのではないかと一同心配していたのだが、案の定事故が起こっていた。同期生の笹誠の搭乗機がニコルス飛行場を離陸直後に墜落し、彼は即死だったというのである。墜落の原因は不明だが、おそらくエンジンの故障だろうというのが大方の見方であった。それにしても、空輸途中で殉職するとは残念至極で、空輸に参加した同期生一同が受けたショックは大きく、心が沈んだ。

当時、ダバオ基地には飛行隊がいなかった。われわれが空輸した零戦は、一体どこの飛行隊が使用したのであろうか。そのころ、南方の最前線で最も飛行機を必要としたのは、第一機動艦隊であろうと思う。この機動艦隊には、大鳳、瑞鶴など空母九隻が含まれており、昭和十九年六月初旬には、比島南西端からほど近いタウイタウイ泊地に集結していた。あ号作戦に備えていたのである。ダバオから比較的近いし、この第一機動隊のいずれかの飛行隊が、われわれが空輸した零戦を使用し、マリアナ沖海戦に出撃したのではないかと私は思っている。

ダバオの思い出

ダバオ基地から兵舎までは、椰子林の中を細い道が通じていた。途中で日本にいる亀とは多少形の違う亀を見かけたり、長さ一メートル程度の大トカゲを見かけた。「大トカゲの肉は旨いよ」と聞かされていたが、そのグロテスクな姿を見ると、とても食べる気など起こらなかった。

われわれが宿泊する兵舎は、周りを椰子林に囲まれた高床式の平屋だった。中はだだっ広くて仕切りがなく、二個分隊の二百人くらいは優に入れそうな広さだった。その大広間の片隅が、われわれ空輸員の休息する場所であった。

夕方になって太陽が沈むと気温が急に下がって微風が吹き、焼け付くような日中の暑さを忘れさせてくれた。日本のような蒸し暑さがなくからりとしているのである。ただし、深夜から明け方に至るまでは、気温がぐんと下がって寒くなり、毛布が必要であった。南方の夜空は美しいと聞いていたが、夜空に輝く大小の星が椰子の葉陰に見え隠れする光景は誠に美しかった。

巡検が終わって間もなく、私は眠りについた。夜半に近いころ「烹炊所に虎が出たから注意せよ」という拡声器の声を聞いて目が覚めた。近くで、「おい、虎が出たと言うぞ」と話す声も聞こえてきた。虎が、残飯を漁りにやって来たのだろうか、なんと物騒な所だなあと思いながらそのまま再び眠りに落ちた。

翌朝、私が「夜中に虎が出たと言っていたが?」と言うと、誰かが「このあたりに虎はいないだろ」と言う。虎ではなかったとすると、烹炊所に現われたのは何者だろう。確かに「虎」と聞いたのだがという疑問は残った。しかし、別に詮索することもなく話はそこで終わってしまった。

ダバオの町は、本造の粗末な家が並んでいて、いかにも田舎風の町だった。もっとも、われわれが歩いた所が町の中心部ではなくて郊外だったのかもしれない。後で振り返っても、町のどのあたりを歩いたのか全く見当がつかなかった。

皮膚の色が褐色の人たちを見かけたが、白人、黒人、黄色人しか知らなかったのでちょっとびっくりした。町中には、マニラ市内のような賑わいもなく、店頭に並んでいる商品も数少なかった。バナナはさすがに豊富だったが、そのバナナにも色々の種類があることを初めて知った。とにかく、熱帯地方を歩くのは生まれて初めてなので、見るものすべてが珍しく、フィリピンでは大いに見聞を広めたのであった。

陸攻での内地帰還

ダバオ基地で二日間滞在した後、われわれ空輸員二十数名は、九六陸攻二機に分乗して日本への帰途についた。

マニラに着くと、同期生数人と共に、笹誠君の遺骨が安置してある市内の寺に急いだ。つい数日前まで談笑の仲間だった同期生が一人、小さな白木の箱に納まったのを見ると、一掬の涙が流れたのであった。遺骨を受取りに行った数人は、互いに語る言葉もなく、静かに寺を辞して基地に帰った。

次の日、マニラから台南へ向かって飛ぶ。しかし、台南地方にちょうど激しいスコールがあって着陸できず、南下して台湾の南端を迂回し、太平洋側に出て北上、台東飛行場に着陸した。飛行場周辺には、田圃が広がり、近くにはひなびた町があった。田圃の畦道を走っている黒い豚はわれわれには珍しく、町中にはにらの臭気があって、ここは台湾だという感じを強くしたのであった。

翌日の飛行は、離陸して間もなく西に飛び、台湾海峡側に出て北に針路をとり沖縄に向かった。ところが、その日も、台中の少し南あたりから激しいスコールに見舞われた。しかし、引き返すこともできないので、高度をどんどん下げて百メートル以下の超低空で飛行を続けた。

陸攻の窓から下を見ると、急にやって来たスコールで、人々が右往左往し、爆音に驚いたのか驚らしい白い大型の鳥が慌ただしく羽ばたいていた。機は、上下左右に揺れ動き、厚い雲と大粒の雨で視界が遮られ、かつて経験したことのない恐怖の飛行であった。戦闘機ではとても飛行できない状況である。

恐怖の飛行に耐えているうちに、多少空が明るくなり雨も上がった。さらに飛行を続けるのだろうと思っていたら、見えてきた飛行場に着陸した。新竹海軍航空隊の飛行場であった。予定を変更してここで一泊することになり、早速外出した。

新竹の町並みは、台中や台東と異なり、いかにも都会らしい風情があった。そして、あちこちの建物に色彩が施されていて、一見中国を思わせるものかあった。隊からホテルへの道を往復しただけだったから、新竹についてはその他の印象は何も残っていない。

翌日は、最初の予定を変更して沖縄へは寄らず、鹿児島基地に直行した。基地に到着し着陸前の飛行場上空通過に際し、九六陸攻は百メートル以下の低空で飛行した。通常は、二百メートル以上の高度で飛ぶことになっていた。

着陸すると、陸攻の機長だった若い中尉は、基地の飛行隊長に呼び付けられて大目玉を食った。私は、機長が中尉であったことをその時初めて知ったのだが、その中尉はフィリピンから連れてきたと思われるポケットモンキーを肩に乗せていた。その小型の猿が、大目玉を食っている間、中尉の肩の上できょとんとした顔をしているのがいかにもおかしかった。

鹿児島から筑波への帰路は汽車を利用することになった。途中、下関駅のプラットホームで、土空時代三十二分隊の先任教員だった清水上曹に出会った。「予科練時代とは違って目玉が光っている」と言って感心していたが、「皆戦闘機搭乗員です」と言うとうなずいていた。一年九ヵ月ぶりの出会いだったが、しばらく入院していたということで、何となく元気がなく、鼻の下に蓄えられた髭も寂しそうだった。

筑波空へ帰り着いたのは、出発してから十日ばかり経っていた。焼け付くような暑さの台湾、フィリピンを回って、わずかな間なのに顔は日焼けしてすっかり黒くなっていた。その真っ黒になった顔を見て、隊内でも外出先でもあちこちで笑われたものである。こうして、比島への零戦五二型の空輸は終わった。上海、台南、マニラ、ダバオと生まれて初めての外地で見聞を広め、楽しい思いもした。しかし、マニラで同期生の笹誠君を事故で失ったことは一大痛恨事であった。

昭和十九年六月初旬にかけて、南太平洋ではビアク島逆上陸の「渾作戦」が展開され、「あ号作戦開始」も既に発令されていた。マリアナ諸島の外島には、強力な米機動部隊の艦載機が来襲し、六月十五日には海兵隊がサイパン島に上陸を開始している。一方ビルマでは、陸軍がインパールで苦戦を続け、作戦は停滞していた。

そんな時期であったにもかかわらず、われわれが空輸途中で立ち寄った台湾もフィリピンのマニラも平穏そのもので、戦争の影さえ感じられなかった。軍人たちは、享楽をむさぼり、あたかも勝ち戦を続けているように振る舞っていた。一方で、兵士たちが死闘を演じているというのに、一方では、同じ兵士たちが紅灯の巷で遊んでいる。なぜそんなことになったのであろうか。

思うに、軍の上層部が、最前線における負け戦をひた隠していたから、後方の兵士たちには戦に対する切迫感が持てなかったのではないだろうか。兵士たちには、常に生死をかけた戦場にあるのだという緊張感を持たせておくべきだったと思う。嘘の情報が流れていたからか、あるいは情報の提供がなかったからか、戦場から遠くにいる軍人一般の戦争に対する認識は、私もそうであったが極めて甘かった。

神ノ池海軍航空隊

比島ダバオへの空輸から帰って間もないころ、筑波空に近い神ノ池航空隊に転勤を命じられた。神空は、昭和十九年（一九四四）二月に開隊された新設の練習航空隊（実用機教程）で、飛行場は鹿島灘に面しており、近くに武神を祭る有名な鹿島神宮があった。

私が神空に赴任した当時、ここで戦闘機操縦の訓練を受けていたのは、海兵七十二期の飛行学生と、予備学生十三期の後期学生であった。私は、予備学生分隊の教員配置であった。飛行学生の教員は、実戦経験のある古い搭乗員だけだったが、予備学生の教員は私のような若い搭乗員が多かった。それだけ予備学生は軽視されていたのであろう。もっとも教官（士官）の方は両者に差別はなかった。

神ノ池航空隊で、私は初めて零式練習戦闘機に乗った。零戦を複座に改造して練習機としたもので、零戦と同じく安定性があり、小回りのきく練習機であった。離着陸同乗飛行から始まったが、教える立場で乗る気分は格別であった。しかし、第一線の部隊に出ればまだまだ四番機なのに、一人前の搭乗員面をして指導に当たるのは面映い限りであった。

しばらくすると、後輩の甲飛十二期生（飛練三十七期）が入隊してきた。教員のうち数名はその練習生分隊に配置替えになったが、私は予備学生の教員にとどまった。私が飛行練習生の時代は、何かというと罰直が課せられ、バッターや吊床訓練でしごかれたものだが、ここでは飛行場でも兵舎でもバッターを見かけなかった。恐らく彼らは飛練の地獄を経験しないで実施部隊に出たものと思われる。無意味なしごきを受けなかったのであれば、誠に結構なことであった。

海軍飛行科予備学生というのは、大学や専門学校（旧制）を卒業して、海軍の飛行機搭乗員を志願し採用された者のことである。飛行科将校の不足を補うため、昭和十八年（一九四三）の秋から大量に採用された。彼らは、入隊すると、海軍少尉候補生に準ずる身分となり、卒業時に少尉に任官した。

私が受け待ったのは、ちょうど大量採用が始まった時の学生で、学生長は東京帝大（現東大）の卒業生だった。私は、十八歳になって間もないころで、階級は一等飛行兵曹だった。

下士官の身分で、しかも年齢が三、四歳上の士官に準ずる人たちを教えるのであるから、指導はかなり困難であった。飛行場では、教える教員と教わる学生という関係だったが、飛行場を一歩出ると立場が逆転して、士官に準ずる者と、下士官という構図になるのである。

だから学生の中には、教員を見下げたような態度をとって、指導を素直に聞かない者もいた。単独飛行を許可しても自信がないからもう一度同乗飛行をやってくれと言ったり、特殊飛行単独に出すと、飛行指揮所から見え隠れする所で、ただ垂直旋回だけを数回やって着陸してくる学生もいた。教員は、自分のペアの学生、あるいは練習生を単独飛行に出した場合、指揮所で離陸から着陸までの一部始終を双眼鏡で見ていたのである。もちろん、飛行指揮所には、訓練空域の全体を望遠鏡で監視している見張員も置かれていた。

飛行訓練の合間に、彼らと話を交わすことがよくあった。「俺たちは、適当な時期に退役して、民間航空のパイロットになるから、教員は海軍で頑張ってくれ」などと言って笑っている学生もいた。それは、彼らにとって本音だったと思うのだが、ただ太平洋戦争についての見通しは甘かったようである。結果として彼らは、予備学生を卒業すると間もなく特攻隊員として出撃する運命が待っていた。民間航空のパイロットなどというのは、夢のまた夢に終わったのである。

そうした学生ではあったが、彼らのよいところは、人間性が豊かで親しみやすかった点である。外出を共にして一緒に飲んだり、旅館の一室でカード遊びを楽しんだりして親しく交際した学生もあった。

予備学生の飛行訓練は順調に進んで、特殊飛行単独も終わり、追蹤攻撃の訓練に入った。学生の操縦技量は目に見えて上達し、間もなく難度の高い特殊飛行でも正確に一番機を追跡できるようになった。教員としては、訓練項目が進み、学生の腕前が上がっていくのを見るのは実に楽しかった。

しかし、そうした楽しみのある教員生活は長くは続かず、七月下旬に四回目の転勤命令がきたのである。

第九章　母艦搭乗員となる

六五三空大分基地

神ノ池空を出て赴任した先は、大分市郊外に基地を持つ第六五三海軍航空隊であった。海軍では六〇〇番台の航空隊は、母艦航空隊を示していた。ちなみに、陸上の戦闘機航空隊は二〇〇番台および三〇〇番台で、艦爆・艦攻航空隊は五〇〇番台であった。

昭和十九年（一九四四）六月十九日、二十日の二日間にわたるマリアナ沖海戦は、我が海軍が起死回生を図った戦いであったが、結果は我が方の惨敗であった。この海戦で機動艦隊の空母三隻（大鳳、翔鶴、飛鷹）が撃沈され、その搭載機三百七十機以上を失ったのである。

これで日本の空母機動部隊は、壊滅状態に陥った。しかし、弱音を吐いている場合ではないので、急ぎ機動部隊の再建が計画されたのである。その計画に基づいて、六〇一空、六三四空、六五三空の三つの空母部隊が再編され、それぞれが松山、岩国、大分に基地を置いて再建を急いだ。これらの航空隊は、それぞれ第一航空戦隊、第四航空戦隊、第三航空戦隊と呼ばれ、略称を一航戦、四航戦、三航戦と言った。

各戦隊とも、当然搭乗員が不足したが、その分は、各航空隊から補充することになった。その補充要員として、私は、三航戦に転勤になったのである。神ノ池空からは教官だった石森学中尉（海兵七十一期）と私が三航戦へ、その他一、二名は岩国の四航戦へ配属となった。

第六五三航空隊（三航戦）は、瑞鶴、瑞鳳、千代田、千歳の四隻の空母を持っていた。そして、この航空隊の主力は、マリアナ海戦で生き残った搭乗員たちであった。搭乗員に実戦経験者が多かったから、再建された三つの航空戦隊の中では最も強力な存在であった。

飛行隊は、戦闘一六四飛行隊、戦闘一六五飛行隊、戦闘一六六飛行隊、攻撃二六三飛行隊の四飛行隊から成っていた。そのうち、戦闘一六四飛行隊は、戦闘機に二百五十キロ爆弾を搭載して攻撃を行なう戦闘爆撃隊で、本来の戦闘機隊ではなかった。攻撃二六三飛行隊は、艦上攻撃機の飛行隊であった。

戦闘一六五と一六六の二つの飛行隊が戦闘機隊で、戦闘機隊の隊長は、中川健二大尉（海兵六十七期）であった。両飛行隊の先任搭乗員は、一方が橋口嘉郎上飛曹（操練四十二期）、もう一方が白浜芳次郎上飛曹（操練五十六期）であった。母艦航空隊だけのことはあって、ベテラン搭乗員が多く、兵隊上がりの士官（旧特務士官）や准士官（兵曹長）クラスで輝かしい戦歴を持っている搭乗員も数名いた。もちろん、下士官搭乗員の中にも、南方の苛烈な戦いをくぐってきた搭乗員が二十名ばかりいた。若手搭乗員としては、私の同期生である甲飛十期生が八名、予科練時代からのライバルだった乙飛十六期生が同じく十名足らず、丙飛の十五期以下の連中と特乙一期生が合わせて十名程度いた。これらの搭乗員が概ね各編隊の四番機、つまり殿を務めたのである。

なお、六五三空の戦闘機隊には私の記憶している限りでは、愛媛県出身者が私以外に三名いた。丙飛十三期生の池田速雄二飛曹、および乙飛十五期生の森田正三郎一飛曹と中矢長蔵一飛曹（いずれも当時の階級）の三名である。

このうち森田一飛曹は十月三日、霞ヶ浦の第一航空廠から大分基地へ零戦を空輸する途次、天候悪化により四国石鎚山系の山中に墜落殉職した。また、中矢一飛曹は、十一月二日、フィリピンのレイテ島上空で敵機と交戦し戦死した。だから、生き残ったのは三名のうち池田二飛曹だけだったが、彼と私はその後同じ航空隊、六〇一空へ転任となった。そして、終戦まで同じ戦闘機隊に所属し、沖縄航空戦や関東地区におけるB―29の邀撃戦等を共に戦った。こうして彼は、私の海軍航空隊生活中、最も長い期間にわたって戦友として生活した仲となったのである。彼は松山市の出身で復員後、養子縁組で姓は藤本となったが、現在もなお親しく交際を続けている。

さて、飛行訓練のことは長くなるので後回しにして、ここで六五三空時代の外出について語っておくことにしよう。

外出時間はよく覚えていないのだが、たぶん毎週土曜日の午前十時から翌日日曜日の午前十時までだったと思う。出かける先はたいてい別府であった。流川通りの竹屋旅館を足場にして、楽天地あたりで遊ぶこともあったが、鉄輪温泉まで足を延ばすことが多かった。ここ

別府の鉄輪温泉にて、右端が著者。六五三空時代には、よく出かけていった

には、海軍の指定旅館があった。旅館名は忘れてしまったが、大浴場の外に砂風呂や蒸し風呂があって、われわれにとってはよい憩いの場所であった。

旅館から少し下った所には洞穴の温泉があった。その洞穴は、曲がりくねってずっと下にあるひょうたんの形の建物のそばまで続いていた。所々で入浴しながら、洞穴内を裸で歩き回るのは解放感があって楽しかった。この旅館では、そのころ既に珍しくなっていた「おひつ」でご飯を出してくれた。愛想のよい女中さんが傍らに座ってお給仕をしてくれる。家庭的な雰囲気の中、お代わりしながら食べる夕食は格別で、心の安らぐ一時であった。

戦時中のことで観光客はなく、有名な「地獄巡り」は寂れ果てていた。しかし、わに地獄というのがあって、そこには国内では既に見られなくなっていたわにが十匹ばかりいて、投げ込んだ餌を目掛けて一斉に飛び付き、水しぶきを上げて奪い合う姿が面白かった。

鉄輪には、予科練の同級生（偵察）・丸山伊三郎の家があった。彼の家は、文房具店だったが、そのころ販売禁止になっていた花札をひそかに売ってもらったことがあった。別府市内出身の同期生には、高月秀次郎もいた。町中の写真館で偶然彼の妹さんと出会ったことがあった。「兄が甲飛十期生です」というのでそれと分かったのだが、やや小柄で顔の美しい女学生だった。高月は、三重空および三沢空で私と同じ分隊だったが、生真面目で大人しい男だった。神風特攻隊の第三高徳隊として比島で出撃し、戦死（昭和十九年十一月二十五日）している。

六五三空の戦闘機仲間の同期生は八名だったが、その中に和才嘉信という男がいた。彼は、大分市に比較的近い中津市の出身だった。彼には恋人がいて、その人も中津の人ということだった。外出時、われわれ同級生はたいてい行動を共にしていたが、和才はときどき単独行動をとった。たぶん彼は、彼女と連絡をとってどこかで落ち合っていたのであろう。一度、大分の町中で、二人で仲良く歩いているところに出くわしたことがあった。和才は、照れ臭そうに恋人をわれわれに紹介したが、背が高くて色白の、笑顔の美しい女性であった。和才はしかし、その後比島に進出し、昭和二十年四月にクラーク基地付近で敵の上陸軍と交戦し、戦死している。誠に哀れなことであった。

母艦航空隊ならではの訓練

話を転じて、六五三空戦闘機隊の飛行訓練について述べることにしよう。ここでの訓練は、ほとんどが実戦向きで、編隊空戦や攻撃隊（艦攻、戦爆）の直衛訓練であった。伊予灘の上空を飛行する攻撃隊を、二十機ばかりの零戦隊が編隊を組んで直衛する訓練は、実戦さながらで実に勇壮であった。

こうした訓練の間をぬって、単機で行なう航法訓練もあった。戦闘機には、偏流測定器などないから、操縦席から海面を見下ろして、風向、風速を推定（波頭の泡の多さとそれが流れる方向を見て判断する）し、それによって針路を修正しながら飛行するのである。推定は推定以上のものではないから、正確な針路かどうか不安を持ったまま飛行したものだが、定められた目標地点から遠く離れたことはなかった。

母艦から出撃して数百キロも飛び、そこで空戦を行なった後、航行している母艦に帰投するのは容易な技ではできない。生半可な航法訓練ではとても覚つかないのだが、六五三空では充分な訓練はしなかった。不充分なまま済ませたのは、時間的余裕がなかったのと、戦闘機はいざという時、偵察員が乗っている艦攻か艦爆にくっついて飛ぶという方法があったからである。航法訓練は、通常、陸上航空隊では行なわれず、六五三空が母艦航空隊であったから行なわれた訓練であった。

母艦航空隊だけが行なう特別な訓練は、言うまでもなく着艦訓練である。飛行機が、航空母艦の飛行甲板に下りるいわゆる着艦は、昔は操縦者の一割程度の者にしかできない高等な技だと言われていた。だが、母艦の着艦設備が改善され、飛行機の性能も一段と向上して、太平洋戦争当時は、誰でも母艦の飛行機操縦員になれる時代になっていた。

とは言っても、全速（三十ノット〈時速約五十六キロ〉以上）で海上を走っている母艦の狭い甲板に着艦するのである。広々として動かない飛行場に着陸するのとはわけが違う。かなり高度な操縦技術を要したのである。

甲飛十期生は、戦闘機操縦専修生が約三百五十名いたが、その中で母艦搭乗員になったのは十三名だった。ただし、実用機教程を卒業すると同時に母艦部隊に配属された者は五名で、彼らは、何れ劣らぬ成績優秀者ばかりであった。

後の八名は、卒業後半年ばかり経ってから母艦部隊に配属になった者で、必ずしも成績優秀とは言えなかった。その八名とは、六五三空の八名であるが、他の者は知らず、私などは劣等生だったから昭和初期のころだったら母艦搭乗員にはなれなかっただろうと思う。

着艦訓練は、基地における定着訓練から始まる。定着訓練は、実用機教程でも、卒業後も一度も行なったことがなかったが、九三中練で何回か実施しているのでその要領は分かっていた。

八月中旬以降は、午前か午後の半日間は専ら定着訓練が行なわれた。

最初のうちは、着地点がばらついていたが、十回、二十回と着陸回数を重ねていくうちに、定められた地点にどんぴしゃり着地できるようになった。夜間定着訓練は初めての経験だったから、真っ暗な中で飛行機を置いている列線から離陸地点に出るまでの間多少まごついたが、離陸してしまうと思ったほど難しくはなかった。

空母への着艦訓練

定着訓練が数十回を超えるころ、搭乗員の技量も一定のレベルに達したと判断された。そこでいよいよ着艦訓練が始まった。九月に入って間もなくのことだったと思う。

最初の日は、擬着艦である。飛行場へ着陸する要領で母艦を基点とした誘導コースを回る。母艦は全速で航行している。三十ノット程度はでているだろう。第四旋回を終わると母艦の甲板目掛けて降下していく。飛行機が母艦の艦尾を通過したところでエンジンを吹かし、上昇に移る。飛行機は、甲板に触れることなく通過することになる。これを擬着艦といった。こうした訓練を数回行なった後、本番の着艦訓練に入った。

私が、初めて着艦した航空母艦は瑞鳳だった。瑞鳳は、潜水母艦高崎を改造した改造空母第一号で、飛行甲板の長さ二百メートル（百八十メートルだったものをマリアナ沖海戦後に延長）、全幅十八メートルの小さな母艦だった。着艦訓練を行なう飛行機には、胴体両側の日の丸の中に搭乗員の氏名の最初の文字（私は「〈梅」、〈は下士官の印）が、石灰を水で溶いた白い塗料で大きく書かれている。発着艦係および発着艦指揮所から一見して誰が操縦しているかを識別するためである。

その日、私は、「〈梅」の文字が入った零戦を駆って、初めての着艦訓練に飛び立った。大分基地から伊予灘の東方を航行している瑞鳳の上空までは三機編隊で飛ぶ。母艦の上空を通過したところで編隊を解いて、一、二、三番機の順に単縦陣となる。

私は、三番機であったから、二番機が着艦し、発艦してから着艦することになる。だから二番機との間合いを充分にとらなければならない。機と機との間合いは、自分の飛行機が、第三誘導コースの中ほど、即ち母艦を左真横に見るあたりで前の飛行機が着艦するくらいが

著者がはじめて着艦した空母瑞鳳。潜水母艦高崎を改造した空母であった

最良とされていた。

二番機が着艦するのが見えた時、ちょうど私の機は母艦の真横に位置していた。理想的な間合いである。第三旋回を回り終わったころから真剣そのもの、着艦のこと以外に何の想念もない。

第四旋回を終わって機首を母艦に向ける。母艦がマッチ箱のように小さく見える。エンジンカウリング（エンジンカバー）の上部中央に引いてある幅三センチ程度の白線の中に母艦が入り込んでしまう。

まず、飛行甲板の中心に縦に引かれている白線と、カウリング上の白線が一直線になるように軸線を合わせる。次に、母艦左舷に段差をつけて設置されている赤灯と青灯の二つの誘導灯が、横一線に見えるように高度を修正して、降下速度を一定にし、かつ機首を上げ過ぎず下げ過ぎず、さらに、飛行機を左右に傾斜させないよう全神経を集中する。どんな飛行訓練もこれほど神経を集中するものはない。

正に必死である。

仮に飛行機が左右いずれかに傾いていると、着艦した時、機が横に滑って甲板から放り出されるし、機首が上がり過ぎているとエンジンを絞った時、機が急に沈んで艦尾に追突する。逆に機首が下がり過ぎていると、エンジンを絞っても機が沈まず、飛行甲板をオーバーして海上に落下することになる。どちらにしても、操縦を一歩誤ると死に通ずるのである。だから必死にならざるを得ない。

さあ、最初の着艦である。パスに入ると、小さく見えていた飛行甲板が次第に大きくなってくる。やがて、機の正面いっぱいに広がり、飛行機が艦尾を通過する。その瞬間、エンジンを絞り操縦桿を静かに後ろに引く。一瞬、母艦が全然見えなくなってはっとした。

再び甲板が姿を見せた時は、着艦フックが飛行甲板に張ってあるワイヤー（制動索）に引っ掛かっていた。飛行機は、尾部が上がって前のめりになり、ぐぐっと後ろへ引き戻されるような感じで停止した。ジャンプすることもなく、自分としては満足のいく着艦で、やれやれという気持だった。

待機していた整備兵が、さっと駆けてきてフックをワイヤーから外し、飛行機を飛行甲板の後部へ押し下げた。その間に私はフックを巻き上げた。次の飛行機（一番機が二回目の着艦をする）が着艦してくるので、素早く発艦しなければならない。ただし発艦は、発着艦係の士官が、発艦よろしいの合図（白旗を上げる）をするのを見届けてから行なう。

滑走できる距離が短い飛行甲板からの発艦は、それなりの要領があった。まず、フラップ（下げ翼、高揚力装置）を十五度ばかり下げ、ブレーキを踏んでエンジンを全開にする。すると、プロペラが起こす風によって飛行機の尾部が浮き上がる。その時ブレーキを外し、滑走に入って離艦するというのがその要領であった。その要領に従って、私は初めての発艦も無難にできて本当に嬉しかった。このようにして、初めての着艦訓練は、私にとって首尾上々の出来であった。

水上機母艦を改造した千代田での着艦訓練のときである。千代田は、瑞鳳と艦の大きさはほぼ同じであった。瑞鳳で着艦経験のある私には、多少の慣れがあった。着艦はうまくいったが、発艦の際、離艦した途端に飛行機が沈んだ。あわや海中かと思わず腰を浮かせた。肝を冷やしたのであったが、一、二秒をおいて機体は浮き上がり、上昇を始めたのでほっとした。

発艦の要領は充分心得ていたからその通りに行なったのだが、滑走に入る前、エンジンを全開にしてからの前進力の溜めが足りなかったらしい。ブレーキをしっかり踏んで、力を溜めてから勢いよく発進することが肝心なのである。だが、この時は事故にならなくてよかった。重量のある艦爆や艦攻などは、特に爆弾や魚雷を積んでいる場合、発艦に失敗して海中に墜落するという重大な事故が希に起きていたのである。

瑞鶴での訓練では、私は一度着艦に失敗したことがあった。

よく知られているように、瑞鶴は、開戦劈頭の真珠湾攻撃以来、日本機動部隊の中心となって活躍した航空母艦である。飛行甲板の長さ二百四十メートル、幅二十九メートルで、右舷には堂々とした艦橋があった。改造母艦であった三航戦の他の三空母と比べると、一回りも二回りも大きかった。

私の場合、瑞鶴での訓練は、小さい母艦である瑞鳳や千代田での訓練の後だった。小さい母艦への着艦がうまくできたのだから、という気の緩みがあったのかもしれない。瑞鶴への最初の着艦の際、艦尾直前のところまでは、正しい降下姿勢とスピードで下りてきたつもりであった。ところが、エンジンを絞った途端に機体がすっと沈んで、飛行甲板最後尾の傾斜面に車輪をぶつけ、機は大きくジャンプした。

「しまった」と思ったが、ままよとばかりに操縦桿を引いたままじっと待った。すると、機は再び甲仮に下りてきて、運よくフックが一番前方の制動索に引っ掛かり機は停止した。「やれやれ助かった」という気分だった。が、機体を見た整備兵がエンジンを止めるよう合図している。

エンジンを止め、操縦席から出て機体を見ると、風防から少し後方の胴体下側部分がへこんでいた。次の飛行機が着艦してくるので甲板上でまごまごできない。すぐ、飛行機と共にリフトで格納庫へ下ろされた。飛行機は、破損箇所を整備兵が点検するという。私は、舷側のポケットに出て、他の搭乗員の着艦訓練を見ながら点検が終わるのを待っていた。

着艦訓練が一段落したころ点検も終わり、飛行に支障なしと判断された。早速、胴体のへこんだ飛行機を操縦して無事大分基地へ帰った。練習生時代ならいやというほどバッターを食らったであろうが、この時は、隊長や先任下士官、その他誰からも何のとがめもなかった。その代わり罰金として十円を課せられた。

当時、十円といえばかなり高額な金で、罰金としても高い方の額だったと思う。罰金といっても、分隊長や分隊士、その他古参の下士官連中が適当に決めて徴収するもので、飛行機を破損させたり、飛行訓練で危険な飛行などをした者に反省をさせる意味で設けられていたものであった。

着艦訓練中、私の同期生が二人、着艦に失敗して殉職した。佐賀哲也と戸原健次である。二人の事故は、一週間の間をおいて起こったのだが、訓練していた母艦は同じ瑞鳳であった。二人の事故は、全く同じような事故で、着艦してすぐ飛行機もろとも海面に落下し、そのまま海中に没したのであった。多分、着艦のパスに入って降下中、飛行機が横滑りしていたのであろう。運のよい搭乗員は、海面に落下してもすぐ機外に出て来て、命拾いをするのだが、彼ら二人は機外に出ることはなかった。事故に備えて後続している「トンボつり」と呼ばれる駆逐艦が落下場所に急行したが、間に合わず、人、機共に海中に沈んだのである。海が深いので二人とも遺体は引き上げられなかった。遺骨箱の中には、彼らが日ごろ愛用していた第二種軍装の帽子を入れた。彼らの遺品の中には、他に適当なものが見つからなかったのである。遺骨箱を受け取りに見えた戸原のおばさんが、「遺体は引き上げてもらえないのでしょうか」と、涙ながらに訴えられたのが何とも哀れであった。

着艦訓練では、その他瑞鶴の艦橋に機首をぶつける事故もあった。当の搭乗員は、衝撃で唇を切り、前歯も数本折ったが命に別条はなかった。もし艦橋がなかったら、海面に落下して大変な事故になったかもしれない。

さらに、着艦フックが制動索に掛かったのに、何を勘違いしたのか、やり直しをしようとエンジンを全開にしたために制動索を切ってしまったという、ちょっと考えられないような事故もあった。この搭乗員は、マリアナ沖海戦に出撃した経験を持つ海兵出身の士官であったが、ベテラン搭乗員といえどもこうした事故を起こしたのであった。

以上のような大小の事故は、昔から着艦訓練には付きものだと言われていたが、とにもかくにも六五三空の着艦訓練は九月下旬に入って終了した。

母艦部隊としての仕上げの訓練は、洋上の敵艦隊の攻撃訓練だった。敵の艦隊は、伊予灘を航行しているという設定である。戦闘機隊は、戦爆隊と艦攻隊との上空直衛であった。周防灘上空を迂回して伊予灘に向かう攻撃隊は、合わせて七十機あまりで、その大編隊は実に頼もしく、それを直衛する約四十機の戦闘機隊の姿も誠に勇壮であった。

このころ、大分基地では「雷撃隊出動」と題する映画（山本嘉次郎監督、東宝、昭和十九年十二月公開）のロケーションが行なわれた。映画では、大分基地は椰子の葉茂る南方の最前線基地となっていたが、飛行場の背景が映し出されると、山の形などからそこが大分基地であることかすぐ分かった。主演男優は、当時人気が高かった藤田進だった。彼が飛行服姿で颯爽と零戦に乗り込むところをカメラが追い掛けていたのを思い出す。

映画のストーリーは、我が海軍航空隊が敵艦隊に殴り込みを掛けるというものだったが、一式陸攻が、敵の戦艦に体当たり攻撃を行ないこれを轟沈するところが最後のシーンたった。正に特攻攻撃であるが、フィリピンの戦線で神風特攻隊の特攻攻撃が始まったのは、丁度この映画が封切られたころだったと思う。銃後の人たちは、この映画をどんな思いで見たのであろうか。おそらく、比島における特攻隊の体当たり攻撃と重ね合わせて胸を打たれる思いをした人が多かったのではないかと思う。

　この映画の撮影が終わった時、当時既にその名が売れていた女優の山田五十鈴を中心にした慰問団がやって来た。格納庫に作った舞台の上で、歌い踊り、寸劇を演じたり、しゃれた猥談をぶったりして、隊員たちを大いに笑わせ、楽しませてくれたものだった。

台湾沖航空戦と六五三空

　大分基地で慰問団の演芸を楽しんでいたころ、米軍機動艦隊の艦載機は、連日のように中部フィリピンや比島各地の航空基地に来襲していた。これを見た我が陸海軍は、次の作戦は比島と判断したが、六五三空でも比島方面での会敵を予想していた。そして、着艦訓練も終わり、部隊を挙げての大規模な艦隊攻撃訓練も終わって、いよいよ出撃の日が近いことを感じていた。

　ところが、軍部がフィリピンに目を向けていた矢先、十月十日に敵機動部隊は突然沖縄に接近して、ここに奇襲攻撃をかけ、さらに台湾全島を空から襲撃してきた。これに対して我が軍は、海軍の一式陸攻および銀河などの攻撃機、陸軍の四式重爆撃機等の攻撃隊がこれを撃つべく出撃した。しかし、戦果は皆無で多数の未帰還機を出してしまった。台湾沖航空戦の初日、十月十二日のことである。十三日も台湾の空襲は続いたが、出撃した我が攻撃隊に戦果はなかった。

こうした中で連合艦隊司令部は、この敵機動部隊を撃滅すべく、稼動兵力を南九州に進出させることにした。この命令によって、六五三空の戦闘機隊からも二十数機が進出した。後述するが、ちょうどその時、私は零戦空輸のため霞ヶ浦に出張中で基地にいなかった。

十四日、南九州に集結した攻撃隊に対して出撃命令が下り、日中から夜間にかけて攻撃が実施された。この日は、空母その他の艦船を四十隻以上撃沈破したという大戦果が報じられたが、すべては虚報であった。実際は、小破の艦艇が一隻あったのみで撃沈は皆無だったのである。これに対して、この日の総攻撃で我が方は合計百三十九機を失っている。

十五日も基地部隊の攻撃はすべて失敗、十六日の追撃戦もいたずらに撃墜される機数を増やすばかりで戦果は上がらなかった。こうして、台湾沖航空戦は、マリアナ沖海戦と同様、我が軍の惨敗をもって終わったのであった。

沖縄、台湾方面で日本の航空兵力に壊滅的打撃を与えた敵機動部隊は、ほとんど無傷のまま南下して、本格的な比島攻撃を始めた。これに対して、大本営陸海軍部は「捷一号」(比島決戦)作戦を発令した。これによって、六五三空(第三航空戦隊)の航空母艦、瑞鶴、瑞鳳、千代田、千歳の四空母は、いよいよ比島方面に出撃することになったのである。

当時、海軍の母艦部隊には、松山の六〇一空(一航戦)、大分の六五三空(三航戦)、および岩国の六三四空(四航戦)の三隊があった。しかし、一航戦と四航戦には出撃できる母艦がなく、着艦訓練もしていなかった。一方、三航戦の搭乗員は、先に述べたように、台湾沖航空戦のために約半数が、沖縄から台湾方面の基地に進出していた。だから、四隻の空母

大分基地に並んだ六五三空の零戦。フィリピン戦を前に昭和19年10月撮影

はあっても搭乗員も飛行機も充分ではなかった。

そこで、三航戦の搭乗員の他に、一航戦と四航戦の母艦経験がある搭乗員を空母に収容して、戦力の補充を計ったのである。これは要するに、母艦に搭載する飛行機と搭乗員は、三つの航空隊の寄せ集めであった。と言っても、かき集めることができたのは、零戦、爆装零戦、艦攻、艦爆合わせて総計百十六機に過ぎなかった。四隻の母艦は、十月二十日に別府湾を出航して伊予灘に出た。ここで大分基地から飛来した百十六機の搭載機を収容して、比島方面に向かって一路南下して行ったのであった。

その日十月二十日、私は大分基地にいなかった。補充する零戦を受け取るため、十数名の搭乗員と共に霞ヶ浦の第一航空廠に出張していたためである。

零戦空輸のために出張する搭乗員のうち、数名の者は先発隊として、ちょうど米機動部隊が沖縄に来襲した日に大分基地を出た。出発直前に、敵機が沖縄に来襲したという情報が入ったが、出張取りやめとはならず、先発隊員数名は予定通り輸送機に乗って霞ヶ浦の第一航空廠へ向かったのであった。

私を含めて後の十名余りは、翌日別府港から船で出発し、神戸からは列車に乗り換えて霞ヶ浦に向かった。このことがあって、私は十月十四日の南九州への進出にも参加できず、二十日の母艦の出撃に際しても置いてきぼりをくってしまったのである。

霞ヶ浦航空隊の隊門を入って左側に行ったところに第一航空廠がある。霞空の広々とした飛行場の片隅に、数機の零戦が並んでいた。六五三空が受け取る補充機の一部であった。残りの十数機は、太田の中島飛行機工場から空輸されてくるのを待たねばならないという。空輸指揮官増山分隊長に指名された数名の搭乗員は、受け取った数機の零戦を操縦して早々と大分基地へ帰って行った。

残りの搭乗員は、霞空にとどまって、補充機が揃うのを待つことになった。私も霞空にとどまった組だったが、ぶらぶらしているだけで別にやることがない。そこで、二日間の特別外出が許可された。

私は、国松二飛曹（丙飛十三期）が、「俺の家へ行かないか」と誘ってくれたので、遠慮なく彼の家に同行した。彼の家は、前橋市の北の方、富士見村にあった。静かな農村地帯で、あたりの景色が大変よかったのを覚えている。ご両親は、息子の突然の帰郷を大変喜ばれ、息子の友人である私も、酒や肴で温かい歓待を受けることになった。お陰で私は、我が家へ帰ったような気持になって、一夜をゆっくりと過ごしたのであった。

こうしている間に、大分基地では、十四日、戦闘機隊の一部が南九州に進出し、さらに二十日には本隊である母艦部隊が、新たに編成された飛行隊を収容し、豊後水道を出て比島海域に向かったことは前述した通りである。

一方、霞ヶ浦の第一空廠では、十九日になって、ようやく補充機五機を受け取ることができた。しかし、そのうち一機は整備不良ということで、結局四機を大分基地に空輸することになった。

本来ならば、空輸隊長の増山分隊長が最後まで残って指揮を執るべきなのだが、分隊長は後事を先任搭乗員の白浜上飛曹に託して先に帰ってしまった。結局、白浜上飛曹は、空輸の指揮を執ることになり、空輸員三名を指名し、自分が一番機を務めることにした。

翌日、これらの四機はがっちり編隊を組んで、一路大分基地へ向かったのであった。そして、しかし、四機が大分の上空に差し掛かったころには、母艦は既に豊後水道に出ていて、出撃には間に合わなかった。空輸員は、近日中に母艦が出撃するという情報は得ていたが、それがいつになるかは分かっていなかった。だから、自分たちが基地へ帰るまでは、母艦が出撃を待っていてくれることを願っていたのであるが……。

最後まで霞ヶ浦に残っていた私を含む数名の搭乗員は、補充機を受け取る当てもないので、列車で大分基地へ帰ることになった。基地に帰ったのは、母艦が出た翌日の二十一日だった。

兵舎には、以前のような搭乗員の活気はなく、体調不良の搭乗員数名と、着艦経験のない若手搭乗員が数名、合わせて十人余りの搭乗員が残っているだけで、いかにも哀れであった。ところで、二十日に零戦を受け取って、急ぎ基地に飛んで帰った白浜上飛曹を始めとする四名の搭乗員は、その後どうなったであろうか。

彼らは、空母の出撃には間に合わなかったが、帰隊した翌日、比島に向かう輸送機の護衛を命じられた。その輸送機には、陸軍の高官が乗ることになっており、松山基地から出発するのだという。早速彼らは、空輸してきた零戦を駆って松山基地へ行き、一日おいて輸送機を護衛しながら比島のバンバン基地まで飛んだ。バンバン基地へ着いたところで護衛の務を解かれ、前線配置となったのである。

ここには、南九州に展開し、台湾沖航空戦を戦った後比島に進出した六五三空の搭乗員たちも翼を休めていた。さらに、母艦で出撃した中川隊長の率いる戦闘機隊の本隊も、比島沖で一戦を交えた後、バンバン基地に飛来してきた。二十五日の比島沖海戦（ルソン島エンガノ岬東方海上）で、四隻の空母は撃沈されてしまったが、多くの搭乗員が生き残り、彼らはバンバン基地に飛来したのであった。こうして、三隊に分かれて大分基地を出た六五三空の戦闘機隊は、その間に数名の戦死者はあったが、ともかくここバンバン基地で一つに集結することができたのである。

私は、空輸員として出張していたために比島への出撃はかなわなかった。特に母艦部隊の搭乗員として、母艦と共に出撃できなかったことは残念でならなかった。しかし、この時比島に出撃した六五三空戦闘機隊の搭乗員は、約八割の者が戦死しており、母艦で出撃した同期生の二人も、共に帰らぬ人となってしまった。私も、もし出撃していたら、恐らく比島の空で散ったことであろう。そのことを思うと、出撃しなかったことにむしろ感謝しなければならないのかもしれない。

比島への出撃がかなわず、大分基地に残された六五三空の戦闘機搭乗員は、二十名に足りなかったと思う。飛行訓練をしようにも飛行機はないし、かと言って搭乗員にできる仕事があるわけでもなく、しばらくは、比島方面からの情報を気にしながら、いささか無聊の日々を送っていたのであった

小沢艦隊の出撃

十月二十日、豊後水道で搭載機を収容し、比島海域に向かって出撃した四隻の空母、瑞鶴、瑞鳳、千代田、千歳のその後について、ここで簡単に述べておくことにしよう。

この四空母は、戦艦二隻、軽巡三隻、駆逐艦八隻をもって機動部隊を構成し、小沢治三郎中将がこれを指揮した。だから、この機動部隊は司令長官の名前をとって小沢艦隊と呼ばれた。

この小沢艦隊は、豊後水道を出ると南西諸島の東方海面を南下し、二十四日にはルソン島の北東海域に到着している。この日、早朝に発進した索敵機が、南西方向にいる敵艦隊の発見を報告してきた。直ちに攻撃が指令され、正午前に攻撃隊五十八機が発進した。

攻撃隊の第一陣は、途中で敵機を発見し、これと交戦した後、クラーク飛行場に飛んだ。第二陣の攻撃隊は、敵艦を攻撃して空母二隻に火災を起こさせるという戦果を上げたが、飛行隊は母艦には帰らず、これもクラーク飛行場に着陸した。攻撃隊が母艦に帰らなかったのは、出撃に当たり小沢長官から「母艦に帰着することが困難な場合には、陸上基地に飛行せよ」という指令が出ていたからであった。

翌日の二十五日、残りの飛行機のうち十八機の直衛戦闘機だけを残して、艦攻、艦爆、戦爆などは全部比島のツゲガラオ基地に飛ばせてしまった。その直後、敵の艦載機が大挙して来襲、残っていた戦闘機十八機は勇敢に邀撃したが、衆寡敵せずその半数が撃墜され、残りの半数は燃料切れとなり、着艦可能な母艦もないため、すべて海上に不時着水した。

その後、母艦は敵の雷爆撃に翻弄されるままとなったが、巧みに回避運動をしながら長時間にわたって敵の主力機動部隊を引きつけていたのであった。この時の小沢艦隊の任務は、敵艦隊を攻撃することではなく、レイテ湾に突入する栗田艦隊（連合艦隊の主力）の攻撃を成功させるため、囮となって敵の機動艦隊を自分たらの方へ誘致することだった。だから、その囮作戦は一応成功したのである。

だが、肝心の栗田艦隊は、判断ミスや種々の悪条件が重なって、結局レイテ湾への突入はならなかった。一方、小沢艦隊の方は健闘もむなしく、二十五日中の戦闘で四空母すべて撃沈され、壊滅状態になったのであった。こうして、比島沖海戦は、マリアナ沖海戦に続いて、またもや惨敗に終わったのである。

小沢艦隊母艦搭乗員の真実

ところで、帝国海軍の機動部隊としては最後の戦いとなった比島沖海戦について書いた出版物は数多い。実際にこの海戦に参加した搭乗員、従軍記者、戦史作家など多くの人がこの海戦を取り上げている。これらの著作は、著者によってその内容は異なっているのだが、一つだけ共通している部分がある。それは、この海戦に参加した搭乗員が技量未熟であったとしている点である。この点について、抗議の意味を含めて私見を述べておきたい。

昭和十九年になると、開戦当時のようなベテラン搭乗員は数少なくなっていた。数を揃えるためには、飛行時数の少ない搭乗員を第一線に出さざるを得なかった。誠に止むを得ないことであった。

しかし、昭和十九年六月のマリアナ沖海戦や十月の比島沖海戦で惨敗したのは、あながち搭乗員の技量未熟のせいだけではなかったと私は思っている。既にこのころ、日米の総合戦力に大差がついていた。それが敗因の第一ではなかったのか。そして、飛行機の数が少なかった、レーダーがなかった、潜水艦が活躍しなかった等々、敗因に数えられるものは多い。

さらに、搭乗員の技量未熟を言うのであれば、情報収集の不足、戦場における指揮官たちの判断力の問題、戦争を個々の戦闘としてしか捕えていない狭い戦争観等、戦争の最高指導者たち、あるいは高級指揮官たちの戦略、戦術のまずさが先に問われるべきではないのか。

しかし、いまさらここで敗因を探ってみても仕方ないので、この辺で止めておくことにしよう。

搭乗員の未熟に関して書いている多くの著書の中で、これは許せないと感じたのは、伊藤正徳著の『連合艦隊の最後』の中の二、三ヵ所の文章である。『連合艦隊の最後』は、その解説者（村松剛）によると、戦史の古典的名著とされているようである。

なるほど、著者の批判や感想を交えての文章は格調が高く、その時々の連合艦隊の動きをよく捕えていて、名著と言える部分もあるだろう。しかし、残念ながら文中に事実と全く異なる記述があって、私の受けた印象は極めて悪く、読後しばらくは不快感が残った。私が知っている事実と全く異なる点で、特に指摘したいところは二ヵ所あった。それらの文章に出合った時、私は、非常に苦々しくかつ腹立たしい思いがしたのであった。

その文章というのは、第七章の「レイテ海戦」に出てくるのであるが、「航空機の戦力は、機と搭乗員とから成ることは言うまでもないが、その搭乗員が大部分未熟の練習生であったという大事件である」と述べ、その後に、海空軍の「戦士たちも、六月のマリアナ海戦（空母三隻喪失）と、前記台湾沖海戦とにおいて大量に失われ、いまや九十パーセントが未熟の練習生となっていたのだ」と、書いている。

開戦以来の空の消耗戦で、熟練搭乗員が相次いで戦死し、生き残っている者は少数だったのは事実であるが、搭乗員は次々に補充されていた。ちなみに、昭和十八年中には第二十五期から第三十一期までが延長教育（飛行練習生の実用機教程）を終わっており、昭和十九年には第三十二期から第三十七期までが延長教育を終わって実施部隊に配属になっている。しかも、一つの期の人数は、少ない期でも数百名、多い期、例えば第三十二期などは約二千名いたのである。

これだけの数の搭乗員が二、三ヵ月に一回の割で練習生を卒業して実施部隊に出ているのに、訓練中の練習生が出る余地などあろうはずがない。まして、母艦の搭乗員ともなれば、陸上基地の搭乗員以上の訓練と経験を積まなければならない。練習生などの出る幕は全くなかったのである。

著者は、大方の識者から「比類なき大海軍記者」と言われていた人だから、それくらいのことは、百も承知のことであったに違いない。もし、本当に搭乗員の九十パーセントが練習生であったと確信して書いたのであれば、大海軍記者の称号が泣くであろう。

記者たる者は、確かな取材に基づいて、より正確な情報を提供するのが使命であるはず。レイテ海戦に出撃した小沢艦隊の搭乗員が、大部分練習生であったというのは、全くのでたらめで、虚言である。正確を期すべき戦史の記述に、こんなでたらめが許されるはずがない。

この虚言は、レイテ海戦に出撃した全搭乗員に対する侮辱であると私は受け止めている。また、あの海戦で散っていった多くの戦友たちは、練習生呼ばわりされて、あの世でどんなにか無念の思いをしていることであろうかと哀れを催したりするのである。

私は、予科練は甲飛十期生、飛練は三十二期、戦闘機の実用機教程は昭和十九年一月に卒業した。卒業後は、築城空および佐空や大村派遣隊で錬成教育を受け、その後築城空から神ノ池空の教員を経て六五三空の戦闘機隊に配属になった。この戦闘機隊には、私より期の若い搭乗員は、飛練の三十三期生（乙飛十六期生の一部と丙飛十七期生）がいたが、彼らも昭和十九年三月には実用機教程を終わっていた。

ちなみに、小沢艦隊が瀬戸内海を後にして比島海域に向かったのは、十月二十日のことであるが、その時点では、飛練の三十六期生までが実用機教程を終わり実施部隊に配属されていた。しかし、六五三空の搭乗員には、飛練三十四期生以下の搭乗員は一人もいなかった。まして練習生などいるはずがないのである。母艦で出撃した六五三空以外の搭乗員は、母艦経験のある搭乗員に限られていたのだから、ここにも練習生はいなかったことになる。戦闘機隊以外の戦爆、艦爆、艦攻隊も事情は全く同じことであった。

伊藤氏は、飛行機搭乗員がどんな教育を受け、どんな訓練を経て実施部隊に配属されるのか調べたことがなかったに違いない。そして、実施部隊における訓練がどんなものであったかについては知ろうともしなかったのであろう。実施部隊における訓練等に関する彼の無知を示す文章がある。同著、二七八ページに「そのころの飛行機搭乗員の訓練事故は目に見えて殖えていった。着艦訓練中に事故死する若人が、毎日四、五人という悲痛なる実情であった」と書いているのである。

「そのころ」というのは、前後の文章から推して六五三空が行なった昭和十九年九月の着艦訓練を指しているものと思われる。マリアナ沖海戦以後、比島沖海戦が始まるまでに他に着艦訓練をした航空隊がないからである。

この時の着艦訓練は、確かな日付は忘れたが、数日間ずつ二回に分けて実施された。二度にわたる着艦訓練中に、最大、小数件の事故はあったが、戦闘機隊で事故死した搭乗員は二名であった。そのことについては、前に着艦訓練について述べた際に書いた通りである。私の記憶する限りでは、戦爆隊と艦攻隊においては、着艦訓練中の事故死はなかった。

人間の記憶など全くあいまいなものであるから、あるいはあったかもしれない。しかし、毎日四、五名の事故死となると、これはあり得るはずがない。仮に、一日四名の死者が出たら飛行隊はどうなるか。一つの飛行隊は、せいぜい五、六十名で編成されていたから、十日も訓練すれば、搭乗員は残り十名余りとなる勘定である。

その人数では飛行隊の編成はできないから、当然補充が必要となる。搭乗員の補充は、数が揃えばよいというわけにはいかない。ある程度の技量を身に付けた者が必要なのである。そうすると補充は極めて困難である。そこで著者は、簡単に集めることができる練習生のことを考えたのかもしれない。

「いまや九十パーセントが未熟の練習生となっていた」というのは、そうした発想から生まれたのであろう。正に、漫画的発想と言わざるを得ない。戦史の名著とうたわれる書物に、こんなでたらめな記述があってよいものであろうか。断じて許されるはずがなかろう。

そもそも、航空母艦の発着艦は簡単なものではない。奥宮正武氏の著書『さらば海軍航空隊』に、昭和十年ころの着艦訓練のことが書かれている。その中の文章に、着艦について、「書いてみれば簡単ではあるが、実際には相当困難な操作である。発着甲板上でひと暴れしたあと、プロペラをひん曲げて発着甲板に居すわったり、整備員が待機しているポケットに機首を突っ込んだり、または、いともあざやかに海中に飛び込んでしまったりするものがあるからである」とある。

昔は、優秀な搭乗員が多かったと言われるが、その優秀な搭乗員にとっても、着艦は簡単なことではなく、訓練のたびに何かと事故が起きていたことが、この文章からもうかがえる。昭和十九年九月の六五三空の着艦訓練に限って事故が起きたのではなかったのである。だが、一日に四、五名の事故死があったというのは、途方もない嘘である。

小沢艦隊の搭乗員が技量未熟でお粗末であったという記事は『連合艦隊の最後』ばかりではなく、比島沖海戦を書いた本にはどの本にも出てくるようである。ひどいのになると、母艦から発艦はできでも着艦はできない搭乗員が多かったと書いている。これもまた、艦載機の搭乗員に関する知識が全くない人間が書いたものであろう。

搭乗員は、最初から母艦に乗っているのではない。陸上基地にいて、着艦訓練をしてから母艦に乗り組むのである。とにかく、着艦ができなければ艦載機の搭乗員にはなれないのである、陸上基地の搭乗員は、まず離陸してから着陸する。ところが、母艦の搭乗員は着艦が先で発艦が後なのである。

考えてみるがよい。着艦のできない搭乗員がいたとする。その搭乗員の飛行機はどのようにして母艦に載せるというのであろうか。まさか船で運ぶというのではあるまい。小沢艦隊の出撃に当たっても、十月二十日に搭乗員は全員大分基地を発進して、〇六〇〇に豊後水道の手前でそれぞれの母艦に着艦したのである。だから、着艦できない搭乗員は一人もいなかったはずである。母艦部隊の搭乗員については、もっとよく調べて書いてほしかったと思っている。

ここで、六五三空の戦闘機隊にいた同期生八名の消息について、簡単に整理しておくことにしよう。先に書いたように、佐賀と戸原の二人は着艦訓練で殉職した。そして、村松と石田は母艦とともに比島へ出撃して行った。だから、大分基地に残ったのは半分の四名だった。

なお六五三空の戦爆隊には、同期生の長谷川がいた。彼も母艦で比島に出撃し、比島沖海戦で敵空母を爆撃、これに火災を起こさせた後マバラカット基地に飛んでいる。村松も母艦から出撃して敵機と一戦を交えた後マバラカットに飛んでいる。二人は、なぜかここで二〇一空の所属となった。そして、二人とも特攻隊の吉野隊員となり、比島西方海上にいた機動部隊の攻撃に出て散華した。石田は、比島沖で戦った後、バンバン基地に飛び、その後の邀撃戦でマバラカット基地の上空で戦死している。

昭和十九年十一月一日、私は海軍上等飛行兵曹に任ぜられた。下士官の最上級の位で、陸軍の曹長と同列である。当時は、半年経てば搭乗員は、甲、乙、丙種の区別なく誰でも一階級上がることになっていたから、上飛曹になったといっても格別の感慨はなかった。時に十八歳と六ヵ月であった。

神風特別攻撃隊について

大分基地に残されて無聊をかこっていたわれわれにも、一つの楽しみがあった。それは、我が三航戦が上げるであろう戦果のニュースだった。しかし、来る日も来る日も朗報は聞こえてこなかった。四空母とも比島沖海戦で撃沈されてしまったことを知ったのは、十月も終わり近くになってからだったと思う。

そんな時、十月二十九日、われわれの耳目を驚かせるニュースが入ってきた。「神鷲の忠烈万世に燦たり」という大見出しで、関行男大尉の指揮する敷島隊の特攻出撃と、その戦果に関する大本営発表が新聞紙上を賑わしたのである。連合艦隊司令長官の布告は、「中型航空母艦四隻を基幹とする敵艦隊の一群を捕捉するや必死必中の体当たり攻撃をもって航空母艦一隻撃沈、同一隻炎上撃破、巡洋艦一隻轟沈の戦果を収め悠久の大義に殉ず、忠烈万世に燦たり仍って此に其の勲功を認め全軍に布告す」というのであった。

隊員の氏名を見ると、中野磐雄一飛曹と谷暢夫一飛曹の二人の同期生が名を連ねていた。中野は、予科練の三重空と飛練の三沢空で同じ分隊で訓練を受けた仲であり、谷は、予科練入隊時の土空三十二分隊で共に厳しい訓練に耐え、頑張った仲であった。

さらにいま一人、大黒繁男上等飛行兵（上飛）の名前があった。彼は、丙飛十七期生で、十九年三月、わずかの間だったが、佐空大村派遣隊で戦闘機搭乗員としての錬成教育を一緒に受けた仲であった。彼は、愛媛県新居浜市の出身で、私と同県人だったのでその名前が記憶に残っていたのである。

彼らは、戦闘機搭乗員でありながら、飛行機に二百五十キロの爆弾を抱いて敵艦に体当たりし、見事にこれを轟撃沈したのである。私は、これを新聞で見た時、その悲壮極まりない攻撃方法に胸が詰まる思いがした。

もっとも、体当たりの思想は海軍では早くからあった。事実、開戦以来それまでに十指に余る搭乗員が体当たり攻撃を実行していた。しかし、それは肉迫攻撃が失敗した時の手段として考えられていたことであって、最初から爆弾を抱いて、人機一体となって、いわゆる肉弾攻撃をしようというのではなかった。

ところが、彼らは最初から肉弾攻撃をもって敵艦を葬ろうと「必死の出撃」をしていったのである。その行為は、誠に壮と言うべきであろう。だが私は、出撃命令を受けてから敵艦目掛けて突っ込むまでの長い時間、彼らの胸中に去来したものを思うと、やはり胸が痛むのであった。他人事ではない、同じ戦闘機搭乗員である自分も、いずれ特攻出撃する日が来るであろうという思いがして、武者震いをしたのであった。

特攻攻撃に関しては、その思想的背景からそれを実施するまでの経緯など、多くの人が語っている。また、比島マバラカットにおける最初の特攻隊編成についても、多くの戦記物に載っている。だから、それらのことについては一般によく知られている。

だが、第一次神風特別攻撃隊の隊員として最初に指名された者が、指揮官以外は全員甲飛十期生であったことを知る人は少なかろうと思う。どうしてそうなったのか、その辺のことについて簡単に触れておくことにしよう。

当時、比島のマバラカットには、第一航空艦隊の主力である二〇一空の本部が置かれていた。司令は山本栄大佐、副長は玉井浅一中佐であった。十月中旬、司令は足の負傷で入院中だったので、副長の玉井中佐が指揮を執っていた。

十月十九日、第一航空艦隊の司令長官（二十日に正式就任）大西瀧治郎中将が二〇一空の本部を訪れた。その時、長官は、そこに居合わせた航艦参謀の猪口力平大佐や玉井中佐らに、「零戦に二百五十キロ爆弾を抱かせて体当たりする特攻攻撃」のことを、相談する形で持ち出したのである。

もちろん、異論があろうはずがなく同意された。玉井副長は、その時すぐに自分の手で特攻隊員を編成することを考えたという。

昭和十九年（一九四四）八月、一航艦の戦闘機隊として新設された二〇一空には、当時六十三名の甲飛十期生がいた。彼らの中には、練習生卒業（十八年十一月）と同時に二六三空（豹部隊）に入隊し、その司令であった玉井中佐の下で一人前の搭乗員に育てられた連中がいた。彼らは、その後玉井中佐に率いられて中部太平洋を転戦し、やがて比島にやって来て二〇一空の所属となったのである。こうした理由で、彼らは「玉井中佐子飼いの十期生」と呼ばれていたのであった。

玉井中佐は、中部太平洋で勇猛果敢に戦った十期生の姿を自分の目で見ているので、彼の脳裏には十期生のことが深く刻みこまれていた、そこで、彼らこそ特攻隊員としてふさわしく、かつ期待に応えてくれる搭乗員だと考え、これらの十期生をもって特攻隊を編成することを思いついたのである。

十月十九日、午後九時ころ、二〇一空において、「甲飛十期生総員集合」の号令が掛かった。この号令によって集合場所に整列したのは三十三名だったという。これは、高橋保男の言によるのだが、彼はこの時整列に加わり、戦後まで生き残ったただ一人の十期生である。二〇一空には、六十三名の十期生がいたのだが、当日は空輪出張その他の事情によって、三十人は不在だったのである。

昭和19年10月25日、出撃を控え水杯を交わす敷島隊隊員。左端が隊長の関行男大尉、その前に立つのが一航艦長官大西瀧治郎

整列した三十三名を前にして、玉井副長は一通りの戦況を説明し、大西長官の体当たり攻撃実施の決意などを語った。そして、最後に「貴様たちで特攻隊を編成する」と言ったのである。居並ぶ十期生たちは、来るべきものがきたという感じでその言葉を聞き、特攻隊という言葉にショックは受けなかったという。というのは、彼らの中に、体当たり攻撃をやろうという雰囲気が既にできていたからである。悪化した戦況を打開する道はそれしかないという考えを彼らの多くは、以前から持っていたというのである。

こうして特攻攻撃は、この日からその実施に向かって走り始めたのであった。翌二十日朝、体当たり機の二十五名が発表された。指揮官の関行男大尉以外は全員甲飛十期生であった。しかし、第一神風特別攻撃隊の戦死者には、十期生以外の搭乗員も大勢いる。なぜだろうか。それは、特攻実施が発表されてから、その志願者が殺到し、他の飛行隊から馳せ参じる者もあって、拡大編成が行なわれたためである。

二十日の朝発表されたのは、敷島、大和、朝日、山桜の四隊であったが、次々に拡大編成されて、第一神風特別攻撃隊として出撃したのは、結局九隊となっている。九隊の内訳は、三十六機が体当たり機で、二十一機が直掩機であった。体当たり機三十六機のうち二十四機が甲飛十期生である。このようにして、甲飛十期生は「特攻の先駆け」となり、終戦までに八十八名の特攻戦死者を出している。八十八名という人数は、予科練の各期の中では群を抜いて多いのである。

なお、特攻隊員は志願であったか指名であったかが話題になることがあるが、その点は飛行隊により、場合によって異なっていた。第一神風特別攻撃隊員として最初に発表された二十五名は、全員指名であった。私が所属した六〇一空では、硫黄島の戦いと沖縄戦で特攻出撃をしたが、いずれの場合も全員指名であった。

沖縄戦では数回の特攻出撃があったが、隊員の氏名は出撃の二、三時間前になって発表されるということもあった。そして彼らは、「〇〇特攻隊」という名称を付けられることもなく出撃して行った。そのころは、特攻が日常化していたので命令を受けた搭乗員も、それを当たり前のこととして受け止めていたのである。

第十章　六〇一空松山基地

郷土訪問飛行

比島への出撃に取り残された六五三空の搭乗員に対して、やっと転任命令がきた。十一月の初旬だった。私の転任先は、松山基地にある六〇一空だった。六五三空と同じく母艦部隊である。愛媛県出身の私は、いつかは松山基地へ行きたいものと思っていたから、喜びは大きかった。

この時、六五三空から六〇一空へ転任になったのは十名ばかりいたが、そのうち四名が甲飛十期の同期生であった。六〇一空には以前から同期生が一名いたから、総勢は五名なった。

六〇一空は、昭和十九年二月に編成された航空隊であったが、マリアナ沖海戦、台湾沖航空戦、比島沖海戦で次々とベテラン搭乗員を失っていった。だから、われわれが転任していった時の隊員は、乙飛十七期生と甲飛十三期生で、飛練は共に三十七期生という若い搭乗員が多く、母艦経験のある搭乗員は一名もいなかった。士官は、海兵七十二期の中尉が三人と予備学生十三期の中尉が一人いた。予備学生出身の中尉は尾関三郎治といったが、私が筑波空にいた時の学生で、学生長をしていたからその顔には見覚えがあった。しかし、士官と下士官という身分の違いから会話を交わすことはほとんどなかった。

十一月中旬、戦闘機隊の隊長として香取頴男大尉（海兵七十期）が着任してきた。そのころ、六五三空は解隊となり、比島に出撃していた生き残りの十名ばかりが、六〇一空に配属となりやって来た。また、六〇一空から出撃し、生き残った数名の搭乗員も帰隊した。こうして、十一月中旬、新編成の六〇一空戦闘機隊の陣容がようやく整ったのであった。

隊長が香取大尉、分隊長は佐藤良一大尉（海兵七十一期）、隊付士官数名、先任搭乗員は比島から帰ったばかりで、六五三空でも先任であった白浜芳次郎上飛曹（十三志、操練五十六期）であった。

飛曹長クラスの超ベテランも三名いたが、下士官のベテラン搭乗員には、十五志の阿部正夫上飛曹（丙飛八期）がいた。彼は、甲飛の十期生が三沢空で中練教程の教育を受けた時の教員であった。下士官および兵の搭乗員は、十一月中に転出した者が多く、三十数名になっていたから、六〇一空の戦闘機隊・戦闘三一〇飛行隊は、当初四十名余りで発足したのであった。

十二月に入って間もなく、六〇一空の司令は、鈴木正一大佐から杉山利一大佐（海兵五十一期）に代わり、その名称も鈴木部隊から杉山部隊となった。この杉山部隊（六〇一空）は、帝国海軍最後の母艦航空隊（第一航空戦隊）で、雲龍、天城、葛城などの最新の航空母艦を持っていた。隊の編成は、戦闘三一〇飛行隊（戦闘機隊）、攻撃第一飛行隊（艦爆隊）および攻撃第二五四飛行隊（艦攻隊）の三つの飛行隊から成り、三機種で構成され、バランスのとれた典型的な母艦航空隊であった。

編成を完了した戦闘六〇一飛行隊では、早速空戦訓練や実弾射撃訓練などの本格的訓練が始まった。私は、この隊では中堅の搭乗員だったので、射撃訓練では曳的機の操縦を命じられた。射撃の調練では、時たま標的である吹き流しを撃つつもりで曳的機を撃つ奴がいる。もちろん、本人の目には曳的機が入っていないのである。

だから、実弾射撃ともなると、曳的機の操縦は命懸けであった。訓練機が射撃に入ってくる角度をよく見て、角度の浅い飛行機に対しては、早めに大きなバンクを振って射撃を止めさせなければならない。一定距離の直線上を単調に往復する曳的機だが、見た目ほど楽な役目ではなかった。

ある日、訓練中に整備が終わった飛行機の試飛行を命じられたことがあった。高度二千メートルから三千メートルあたりで通常の試飛行を終わり、高々度におけるエンジンその他の調子を見るために一万メートルまで高度を上げた。

零戦の操縦席は気密室になっていなかったので、高度をとるに従って気圧も下がれば気温も下がる。高度一万メートルにもなると、真夏でもマイナス二十度から三十度になるのである。酸素マスクから出てくる呼気が真っ白になる。耐寒用の飛行服など着ているわけではないが、身体の方はそれほど寒く感じなかった。

高度一万メートルになると、零戦（五二型）は水平飛行を保つのがやっとであった。機首をやや上げて、高度が下がらないように慎重に操縦する。「俺は、今世界で一番高いところにいるのかもしれない」などと思いながら飛ぶのは、実に爽快であった。上空は、青いというより少し暗く見えて宇宙を感じさせるし、水平線がカーブを描いていて地球が丸いのだなあという感じがする。

ふと気が付くと、下方に蛇行して流れる肱川があり、その支流をたどっていくと古里が目に入った。飛行機の調子は上々であるし、郷土訪問飛行のことがちらりと頭をよぎった。試飛行中で命じられた飛行外なので、厳密にえば軍規違反であるから多少良心はとがめたが、思い切って郷里へ機首を向け降下して行った。

降下していく先に懐かしい母校の小学校が見えてきた。爆音を聞きつけて走り出た大勢の児童たちが空を見上げて盛んに手を振っていた。高度は四百メートルになっていた。小学校上空を過ぎるとすぐ左下方に我が家が見える。家の上空で旋回しながら人影を求めたが、庭にも近くの畑にも人の姿はなかった。

折角飛行してきたのに、その姿を両親や家族、近所の人たちにも見てもらえないのはいかにも残念という思いがした。二度、三度別れのバンクを振って基地への帰途に就く。一度高度をとってから、エンジンを全開にして急降下、機首を引き上げて上昇スローロールを打った。大勢の人が空を仰いでこのスタントを見たに違いないという思いで気分をよくし、一路松山基地へ帰ったのであった。

後で聞いたところによると、その時校庭にいた児童たちは、私が乗っている飛行機に違いないと、大声で叫び手を振ったのだという。また、近所の人たちも畑の中から旋回飛行を見ていたというし、最後に行なった上昇スローロールを見たという人は想像した通りに多かった。そんなことを知って、ちょっと得意な気持になったものである。しかし、両親は丁度その時山陰の畑にいて、息子が操縦する飛行機を見ることができなかった。そのことを非常に残念がっていたが、私もまた、一番見てもらいたかった人の目に映らなかったのが残念で仕方がなかった。

神武特攻隊マバラカットへ

十一月の下旬に入ったころ、松山基地で特攻隊が編成された。何の前触れもなく編成されたもので、隊員は全員指名であった。零戦約四十機で編成され、彗星艦爆一機が松山基地から比島までの誘導機として割り当てられた。

搭乗員には戦闘機隊員の他、艦爆および艦攻の隊員もいた。特攻隊は、通常一機種の搭乗員のみで編成されていたから、これは異例のことであった。また、特攻隊として編成されてから直ちに出撃することもなく、一ヵ月ばかり松山基地で訓練を続けていたが、これも異例のことであった。

六五三空から私と一緒に転任してきた同期生四名のうち、中島、宮下、和才の三名がこの時特攻隊員として指名された。私一人が指名から外れたが理由は知る由もなかった。隊員に

〔右〕六五三空時代の同期生。前列左から著者、松村、宮下。後列左から中島、和才、石田。〔上〕池田一飛曹

選ばれた下士官と兵は、その日のうちに兵舎から士官室に移り、以後は食事など士官食の士官待遇を受けていた。同期生の中島が、ときどき士官食の「かに」や「うなぎ」の缶詰を差し入れてくれたものである。そうしたものは、下士官や兵は口にすることはおろか、目にすることさえなかったもので、私はそのうまさを当分忘れることができなかった。

神武隊の隊員たちは、近い将来確実に死んでいく身でありながら、暗い影はどこにも見られず、いつ会っても陽気に振る舞っていた。この神武隊が比島に進出するに当たって、零戦四機を予備機として空輸することになった。

進出予定日の数日前、飛行訓練終了時に、分隊士が空輸員の希望者を募った。私は、ためらわず挙手したが、もう一人手を挙げたのがいた。高村朝次郎二飛曹（丙飛十七期）であった。希望者は二人だけだった。一人は、空輸指揮として青木泉蔵中尉（海兵七十二期）が行くことになっていたから一人足りない。

結局、その一人は後で指名することでその場は解散したが、翌日になって指名されたのは、比島から帰って来て間もない池田速雄一飛曹（丙飛十三期）であった。彼は、比島のマバラカット基地に飛来した搭乗員が誰彼の区別なく特攻隊員に組み込まれるという当時の事情をよく知っていたから、これで比島から再び生還することはあるまいと弱音を吐いていた。私は、神武隊員の三人の同期生と行を共にできるし、比島の各地で長い間生死をかけて戦っている同期生たちに対しても、多少の顔向けはできるだろうと心は勇んでいた。

神武隊の特攻機約四十機が、彗星艦爆の誘導のもと松山基地を出たのは、確か十二月二十日だったと思う。出発時刻のかなり前から飛行場南側の空き地には、見送り人と思われる大勢の人の姿があった。

離陸するころ、松山地方はどんよりした冬空であったが、対馬海峡上空から東シナ海に出るころには、空は次第に明るくなった。半年前にほぼ同じコースを飛行した時は、初めての洋上飛行で心細い思いをしたのであったが、この時は何の不安も感じなかった。

四時間近く飛行したころ、眼下の青い海の色が黄色く濁ってきた。揚子江（長江）の大量の泥水が河口から吐き出され、海を変色させているのである。ここまで来ると上海は近い。

午後四時過ぎ、上海航空隊の戊基地に無事着陸した。機外に出ると寒くて思わず身震いした。松山と比べて気温が一段と低い。全機無事着陸したものと思っていたら、飛行場近くの草原に不時着した零戦が一機あった。搭乗員は、同期生の和才上飛曹であった。

半年前の六月、やはり零戦の空輸で上海に来た時は、同期生との再会を期待していたが誰にも会わなかった。だから、この時も誰もいないものと思っていた。ところが飛行指揮所を覗くと、そこに思いがけず数名の同期生がいた。当時の上海航空隊は、偵察の練習航空隊であったが、彼らは偵察の教員配置であった。その中に土浦航空隊へ入隊した当初、三十二分隊十六班で同じ班員だった宮崎上飛曹がいた。二年三ヵ月ぶりの再会で本当に懐かしかった。同期生の連中は、われわれがフィリピンへ進出途中の特攻隊だというので非常に羨ましがっていた。上海空では、特攻隊が立ち寄ったのは初めてだと言っていた。当時、内地ではタバコは配給制になっていたが、上海では自由販売であった。同期生たちに、とかく不自由していたタバコをたくさんもらって本当に有り難かった。

宿泊は、市中にある海仁会集会所（下士官、兵の集会所）であった。夕食に、内地の料理屋などでは見られなくなっていた大変なご馳走、刺身、天麩羅、魚の煮付け、酢の物等々がずらりと並んでいるのには驚いた。上海空の司令が、特攻隊員への餞として振る舞ってくれたのだという。そして、寝室では兵隊たちが一人ひとりの床までとってくれていた。神武隊の隊員たちは、そうした温かいもてなしに心から感謝していたが、私は単なる空輸員であったから少々心苦しく思ったものだった。

翌日は天候が悪くて出発延期となり、翌々日、天候の回復を待って上海空を飛び立った。ところが、南下するに従って次第に雲が多くなり、台湾海峡に差し掛かるころには雨雲が低く垂れこめてきた。半年前にここを飛行した時は、澄んだ青空の下で陽気に誘われ、つい居眠りをして、増槽タンクの燃料切れとなってエンジンがストップ、あわや洋上に不時着かと

昭和19年12月、上海の基地から台湾に向け発進する神武特別攻撃隊の零戦五二型乙。各機、爆弾を装着するため、増槽は両翼に各1個装備している

一瞬ひやりとしたものだった。しかし今度は、厚い雨雲の下の低空飛行となり、居眠りどころではなくいやが上にも緊張した。

風も強く、海面が白く泡立っていた。ふと高度計を見るとマイナス五十メートルを指している。飛行場より低いところを飛んでいるということだ。だが、この悪天候のもと、四十機ばかりの零戦は編隊を乱すことなく堂々と飛行している。編隊の最後尾から眺めたその光景は油彩画でも見ているようで美しかった。

時間が立つうちに、雲は次第に薄くなり、台湾の陸地が見えてきたころには空はきれいに晴れ上がった。上海空を出た飛行機は、全機無事台中飛行場に着陸した。ただし、エンジントラブル等で、上海空を出発できなかった飛行機が二、三機あったようである。台中では外泊が許可された。特攻隊員たちは、恐らく生涯における最後の外泊となるであろう一夜を、それぞれの思いで楽しんだようであった。

翌日は、晴天で雲一つなく青空が広がっていた。午後になって台中飛行場を離陸し、最終目的地のマバラカット西飛行場へ向かって飛んだ。夕刻、マバラカット上空に差し掛かるころ、南の方向マニラ方面に中天高く黒煙が舞い上がっているのが望見された。ここは戦場である。敵機に襲われないように見張りを厳重にして、慎重に着陸した。空輸員の三人が案内された兵舎は、飛行場に続く椰子林の中にあった。兵舎といっても、椰子の木を柱として、高さ三メートルばかりのところに作っているお粗末なニッパハウスである。中は見かけより広く、十人程度ならゆっくり横になれる広さがあった。マバラカットを基地にしている搭乗員も数人がそこで起居している様子であった。

その夜、神武隊の隊員たちと共にわれわれや空輸員も集合を命じられた。場所は、司令部の庁舎と思われる建物の一室であった。そこには、比島で特攻隊の直接指揮を執っていた二〇一空副長の玉井浅一中佐（海兵五十二期）と飛行長の中島正少佐（海兵五十八期）の顔があった。彼ら二人は、カンテラの薄暗い明りの下で、比島方面の戦況や、特攻攻撃の要領などについて熱を込めて語った。

「千メートル以上の高度から急降下で突っ込むのは命中率が悪い。多分目をつむるのではないかと思う。撃墜される確率も高い。だから、なるべく低空で目標艦に接近し、体当たり直前で飛行機を上昇させて突っ込むのがよいのだ」と玉井副長は手振りを交えて語った。そして「日本の命運は今や正に風前の灯し火である。特攻隊員は灯し火に吹きつける風を遮る掌のような役目をしているのだ」と中島少佐（当時の階級）は悲壮な面持ちで話した。

この言葉を聞いた時、私は戦争の先行きを思って、初めて暗たんとした気持に襲われたものだった。一通りの話が終わった後、その場で空輸員もマバラカットに残るように要請された。しかし、空輸指揮官の青木中尉が「空輸が終わり次第直ちに原隊に復帰することになっている」と主張して、松山基地に帰ることが了承されたのであった。

台中でもらったお守り

翌朝早く、夜明け前だったが、飛行場に急ぐと輸送機のダグラスが既に試運転を始めていた。空輸員の四名（青木中尉を含む）は直ちに機内に入ったが、見知らぬ搭乗員や将校たちも乗り込んできた。ダグラスは間を置かずマバラカットを離陸し台中に向かった。当時は、輸送機が敵戦闘機の餌食になることが多かったので、飛行中はずっと襲撃されるかもしれないという不安があった。何事も起こらず無事に台中飛行場に着陸した時は、心の底からほっとしたものだった。

飛行機を降りて格納庫前を歩いていると、ちょうどそこに同期生の中島がいた。彼の飛行機はエンジンの調子が悪く、上海空からの出発が遅れたのだという。上海で不時着した和才は、まだ上海空にとどまっていると話していた。

行く者と帰る者、互いに肩を叩きあって「頑張れよ」と言ったが、彼の笑顔は心なしか寂しげだった。それから数日後、昭和二十年一月一日、彼はマバラカット西飛行場で空襲に遭い、退避していた防空壕が爆撃で潰されて不運な戦死を遂げてしまった。これは、ずっと後になって、比島から帰還したある搭乗員から聞いた話である。私の瞼には、台中で会った時の彼の寂しそうな笑顔が焼き付いていていつまでも消えなかったのである。

台中航空隊では、帰途でもまた外泊が許可された。早速、青木中尉を除く空輸員三人は一緒に市中に出た。町中の商店には、バナナやパイナップルなどの南国の果物と共に砂糖や菓子類などが並んでいた。砂糖もバナナも当時は貴重品で、内地の人たちにとっては垂涎の的であった。

明日は松山基地へ帰るのだから、これを土産にして家族を喜ばせてやろうと衆議は一決した。砂糖やバナナその他菓子類を手に余るほど買い込んで、三人は一旦ホテルに帰り、夕方になって再び町に出た。街角の喫茶店に入ると、甘いコーヒーの香りが漂ってきた。久しぶりで口にする本物のコーヒーである。

三人が談笑していると、美人ウェイトレスがやって来てわれわれに話し掛けてきた。中国の広東省の生まれだと言っていたが、驚いたことに彼女の兄は海軍の飛行兵であるという。われわれも飛行兵だというので、すっかり打ち解けて四方山話に花が咲いた。そして、われわれがホテルに引き揚げようとすると「送って行きます」と言って店を出て来た。

彼女は、私に好意を持っているようだったが、店を出てからもしきりに私に話し掛けてきた。会ったばかりなのに私も彼女に引かれるものを感じていた。一緒だった後の二人は、それを察していつの間にか距離をおいて歩いていた。ホテルへはゆっくりと歩いて、わざと遠回りをして帰った。

ロビーに入ったところで、彼女は、私にあげる物があると言う。彼女のイニシャルを彫りこんだハート型のペンダントと、錦の袋に入ったお守りだった。彼女は、「これを持っていたら絶対に死なないから」と言って、温もりのある手を差し出した。私は、それを受け取ったが気のきいた言葉が出ず、ただ「ありがとう」と言って彼女の手を両手でしっかりと握り締めただけだった。

その後私は、そのお守りとペンダントを飛行服のバンド止めにくくりつけ、終戦まで腰のあたりにぶらさげていたのであった。激戦の中、私が命を落とすことがなかったのは、彼女の願いがこもったこのお守りの効き目があったのかもしれない。

翌日は松山基地へ一足跳びに帰るものと思っていたら、途中沖縄本島の小禄飛行場（現沖縄空港）に着陸した。どこの飛行場へ降りても、大抵一、二機の飛行機が飛んでいたり、格納庫周辺で試運転などしている飛行機を見かけるものだが、ここには一機の飛行機もなかった。広い飛行場は静まり返り、われわれを運んだダグラスだけが一機ぽつんと置かれていて寂寥の思いをしたのであった。

翌日、十二月二十七日だったと思う。南西諸島の上空を北上して、一週間ぶりに松山基地に帰り着いた。空輪の任務を無事果たして、再び大勢の仲間たちがいる基地へ帰った喜びは大きかった。

三四三空の同期生たち

ダグラスから降りて、兵舎に向かって歩いていると余所の飛行隊の搭乗員たちに出会った。その中に一人懐かしい顔があった。同期生の日光安治である。彼とは、予科練、飛練と同じ分隊だったが、三沢空の飛練を卒業して以来、一年二ヵ月ぶりの再会だった。彼の方もすぐ私に気が付いて「やあ、貴様まだ生きていたか」「貴様もなあ」と互いに声を掛け合い手を握り合って再会を喜んだものだった。

彼と一緒にいた連中もほとんどの者が予科練の同期生であった。彼らは、十二月中旬に横須賀基地で編成された三四三空の搭乗員で、昨日松山基地へ移動してきたばかりだという。

三四三空は、各飛行隊から精鋭搭乗員を集めて編成された紫電戦闘機の部隊で、司令は、ハワイの奇襲攻撃の立案者として有名な源田実大佐であった。

それはさておき、われわれ空輸員三人が松山基地に帰った日は、六〇一空はちょうど外出日に当たっていた。当然兵舎内には誰もおらず、比島から無事帰ってきたことを報告しようと意気込んでいたわれわれは拍子抜けしてしまった。だが兵舎でくすぶっている手はないので、直ちに外出の手続きを取り、三人一緒に隊門を出た。

私は、市内の行きつけの旅館から電報を打って父親に松山まで来てもらうことにした。顔を見せた父に、早速台湾から買ってきた土産物を手渡した。バナナなどは「ここ何年も口にしたことがない」と言って喜んでいたが、とりわけ砂糖は滅多に配給にもありつけなくなっていたので、「最高の土産だ」と言って相好を崩していた。

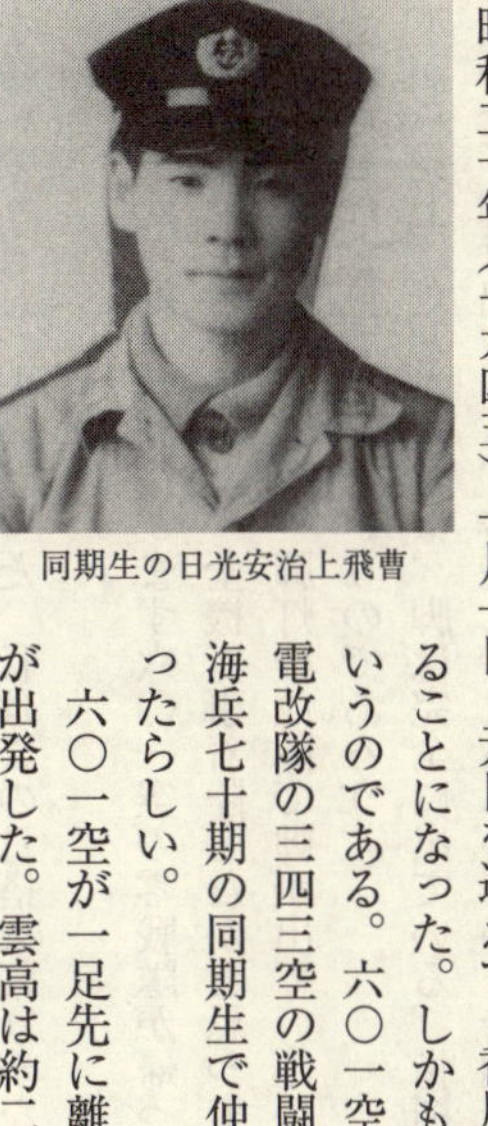
同期生の日光安治上飛曹

昭和二十年（一九四五）一月一日、元日を迎えて、香川県の金比羅宮へ空から初詣でをすることになった。しかも、零戦隊と紫電隊が一緒に行くというのである。六〇一空の戦闘機隊長香取頴男大尉と、紫電改隊の三四三空の戦闘三〇一飛行隊の隊長菅野直大尉は海兵七十期の同期生で仲がよく、初詣での話はすぐまとまったらしい。

六〇一空が一足先に離陸し、少し時間をおいて三四三空が出発した。雲高は約二千メートルだったが、灰色の雲がた。

空を覆い寒々とした天候だった。私はこの日搭乗割りがなく、飛行指揮所付近で待機してい

離陸してから約一時間後、まず六〇一空の零戦隊が帰ってきた。やがて三四三空の紫電改隊が姿を見せ着陸を始めた。全機無事着陸したかと思っていると、一機だけ飛行場上空を旋回しているのがいた。多分、脚灯の故障で脚が出ているかどうか確認できないので、下の指揮所からそれを見てくれというのであろう。

下から見上げたところでは、脚は完全に出ている。指揮所にいた三四三空の搭乗員が白旗を振った。脚は出ている、着陸してよろしいという合図である。合図を見たその飛行機は、飛行場の東南側から着陸コースに入ってきた。これで無事着陸かと見ていると、車輪が接地した途端、その紫電（当時は紫電改が足りず紫電も使っていた）はもんどりうって引っ繰り返り、激しく地面に叩き付けられた。

私は近くにいたので、すぐ三四三空の搭乗員たちと共に駆け付け、皆と一緒に仰向けになっている機体を起こした。搭乗員の顔は見るも無惨に潰れていて、もちろん即死だった。その搭乗員は、予科練の同期生である飯田一上飛曹であった。紫電改は、当時実用化されて間もない新鋭機だったが、改良型の紫電改はともかく、中翼の紫電の方は故障が多かったらしい。飯田がその時乗っていたのも、中翼で脚の長い紫電であった。なお、転覆の原因は、ブレーキがかみついていたのだろうということだった。

三四三空には、同期生が十名ばかりいた。飛行指揮所がすぐ近くにあったので、昼食時と

昭和20年1月、松山基地で撮影された六〇一空戦闘三一〇飛行隊の隊員たち。歴戦の搭乗員が集められた。前列右から4人目が隊長の香取穎男大尉

か飛行訓練が終わった後でよく話をかわす機会があった。

ある日雑談をしているうちに吉岡資生が彼の下宿を紹介してくれた。三津浜の米谷という家で、お袋さんが心の温かい人で、美人の娘さんがいるから行ってみろという。是非行ってみたいと言ったのだが、私の所属する三一〇飛行隊はそれから間もなく岩国基地へ移動したので、米谷さん宅を訪ねる機会はなかった。

しかし私は終戦後、松山の愛媛師範学校に入学したので、吉岡の話を思い出し米谷さんの家を訪ねた。父親は、ずっと以前に亡くなったということで、お袋さんと、二十歳と十七歳の二人の娘さん、中学校一年生の息子さんの四人暮らしの家庭だった。三四三空にいた甲飛十期生のうち数人がよくこの家を訪れたそうで、彼らの同期生であるという私を温かく迎えてもらった。その時のお袋さんの話で、吉岡は終戦の少し前、八月一日に戦死したことを初めて知

った。

戦後は住宅事情が非常に悪く、私は下宿を探して歩き回ったが見つからなかった。結局、米谷さん宅に無理を言ってしばらくの間下宿させてもらった。食糧難の時代だったが、時折夕食のおかずを頂いたりして、何かとお世話になった。また、娘さんたちと仲良く映画を見に行ったり、トランプや花札に興じたりして、約一年の間ではあったが楽しい学生生活を過ごすことができて感謝の他なかった。

なお、松山市湊町には梅本写真館があったが、ここへも豹部隊（二六二空）時代、及び三四三空時代の同期生たちが大勢遊びに行っていたという。湊町は空襲で焼けてしまったので、梅本さんは戦後は三津浜に住んでいた。私は、米谷さん宅を出た後、長い間梅本さん宅でお世話になった。復員して郷里の宇和島市に住んでいた同期生の森本の紹介だった。こうして、私は甲飛十期生であったという縁で、終戦直後の住宅難、食糧難の時代にこの上ない恵まれた下宿生活をすることができたのである。誠に有り難いことであった。

岩国基地

昭和二十年一月の初旬、六〇一空は着艦訓練を実施した。第一航空戦隊は、雲龍、天城、葛城の三隻の航空母艦を持っていたが、この時すでに雲龍はマニラへの物資輸送の途中に潜水艦に撃沈されて失われており、着艦訓練で使用したのは天城だけであった。天城は飛行甲板の長さ二百十七メートル、幅二十七メートルで瑞鶴より小さいが、昭和十九年八月に竣工

昭和20年1月初旬、六〇一空が着艦訓練を実施した雲龍型2番艦空母天城

したばかりの新鋭空母であった。
　着艦訓練の直前に行なう定着訓練で、一度杉山司令が訓練に参加したことがあった。われわれ搭乗員が想像していたよりうまく定着場所に着地したので、一同拍手喝采したものだった。
　着艦訓練は、私は既に三航戦で経験しているので、本番になってもそれほど緊張することはなかった。技量もかなり上がっていたのであろう、毎回危なげなく上々の着艦ができた。着艦は初めてという搭乗員も十余名いたが、訓練中の死亡事故がなかったのは幸いだった。ただし、舷側から海中に落下した事故は一件あった。この時は、幸い搭乗員（士官）は素早く機から脱出したので命を失うことはなかった。
　六〇一空は、着艦訓練終了後、一月半ばころにシンガポールへ進出する予定になっていた。ところが、比島方面の制空権も制海権も敵の手に握られてしまって進出は不可能となり、引き続き松山基地で訓練を実施していた。しかし、一月八日に三四三空の戦闘七〇一飛行隊が松山基地に移動してきたので、松山基地は手狭になってしまった。そこで、六〇一空は艦爆隊と艦攻隊を松山基地に残して、戦闘機隊だけが岩国基地へ移動したのである。一月十六日、曇り空の寒い日であった。

岩国基地に移動した六〇一空戦闘機隊員たち。前列中央が著者

上写真と同じ昭和20年２月の撮影。和久飛行兵長（右）と著者

岩国基地には、われわれの飛行隊以外の飛行隊はいなかったから、飛行場にも訓練空域にも余裕があった。ここでは、編隊空戦や基地の沖合にいる母艦を目標にした攻撃訓練など、連日激しい訓練が続いた。

ある日の訓練中、同期生の加藤が事故を起こしたことがあった。編隊空戦の訓練が終わって帰途についた時、エンジンが不調となり畑の中へ不時着したのである。胴体着陸であったから、着地時の衝撃で顔面を計器盤の上部あたりで強打したのであろう。前歯の上、下合わせて五、六本を折るという大怪我をした。

だが彼は、大した根性の持ち主で、病室に運び込まれて前歯のなくなった口中の応急処置をされている間も冗談をとばしていた。ところが、傍でその処置を見ていた乙飛十六期生の坂井八郎上飛曹が、急に顔面蒼白となりしゃがみこんでしまった。とんだ喜劇で、後々までわれわれの間の笑い話になったのであった。

岩国基地にいる間は、まだ一週間に一回の入湯上陸が許されていた。岩国は初めての土地だったから錦帯橋が物珍しく、橋の上を行ったり来たり、河原に下りて水辺を散策したりしたものだった。橋を渡った向こう側の山には、山頂まで急坂の細い山路が通じていた。頂付近に、古い石垣を残している城跡があり、興味を引かれたが当時は歴史を振り返る知識もなければ心の余裕もなかった。

香取基地への移動と邀撃戦

昭和二十年二月十日、日本海軍は艦艇を全廃し（戦艦大和の他小型艦少数は残した）、航空母艦による作戦を断念した。この時、一航戦も解隊され、日本海軍最後の母艦航空隊であった六〇一空は基地航空隊に編入された。そして、第三航空艦隊の所属となり、関東地方の防衛に当たることになった。その任務に就くために、六〇一空は千葉県の香取基地に移動を命じられた。二月十二日のことであった。

松山基地で訓練を続けていた艦爆隊と艦攻隊は、その日のうちに移動を完了したが、岩国基地にいたわれわれ戦闘機隊は、十六日を待って移動することになった。だが、戦闘機隊の搭乗員は四十名を超えていたものの、当時、零戦の可動機数は二十機しかなかった。だから、移動に当たっては当然搭乗員の人選が必要になった。

そこで、香取隊長は、自分の列機三名と小隊長四名を指名した。一小隊は四機で編成されていたから、小隊長（一番機）の列機を合わせるとちょうど二十人になる。私の小隊長、佐々木斉飛曹長（甲飛三期）は指名から外れたので、残念ながら私は零戦で移動することはかなわず、一般隊員と共に列車で移動することになった。

さて、戦闘機隊の移動日、二月十六日は、関東地方は午前七時ころから米機動部隊の艦載機による空襲を受け、各飛行場は混乱していた。しかし、その詳しい情報は岩国基地には届いていなかった。香取隊長は、出発を前にして、搭乗員に対し「本日ただ今より香取基地に移動する。情報によれば敵機動部隊が本土近海に接近している模様である。会敵の公算大であるから充分注意して飛行するように」と言って搭乗機に向かった。

午前九時過ぎ、香取基地へ向かう零戦は次々と離陸していった。全部で十六機であった。エンジン不調の飛行機がでたため、その小隊の四機が後刻出発することになったからである。列車で行くことになった二十余名の搭乗員は、離陸する飛行機を見送った後岩国駅に集合し、夕刻、特別列車で香取基地へ向かったのであった。

以下は、後日搭乗員仲間から聞いた話と、杉山司令が戦後その回想を綴った『懐旧』（昭和三十年刊）によるものである。

岩国基地を出発した十六機の零戦は、箱根を越えるまでは順調な飛行であった。箱根を越えて横浜上空に差しかかった時、隊長が下から高角砲を撃ち上げられているのに気が付いた。岩国を立つ前の情報から推して、敵機が来襲していることを直感した隊長は、状況を確かめるため厚木基地に着陸することにした。案の定、関東地域には早朝から敵の艦載機が来襲しているという。

厚木基地に着陸した十五機（一機は着陸に失敗して大破）は、基地移動のために積んでいた荷物を降ろし、直ちに戦闘準備を整えて邀撃のため飛び上がった。

隊長が率いるこの十五機は、霞ヶ浦飛行場の上空あたりで敵戦闘機グラマンの編隊と遭遇して空戦を交えた。この戦闘で、坂井八郎上飛曹、太田穣一飛曹（丙飛十一期か十二期）、薬師寺定一飛曹（丙飛十七期）の機が被弾して自爆戦死した。別の三機はエンジンの不調で他の飛行場に不時着したので、無傷の零戦は隊長機を含めて九機になってしまった。

一方、香取基地には、二月四日付で一三一空から六〇一空に所属変更となったばかりの戦闘機隊がいた。と言っても、この隊には零戦の可動機はわずか六機しかなかった。しかし十六日早朝、敵機の来襲によりそのうちの五機が邀撃のため飛び上がった。この五機は、基地に近い上空でグラマン数機と交戦し、空戦後二機が帰着したが、二機が撃墜された。残りの一機は被弾してエンジン不調となり、霞空の飛行場に不時着した。続いて第二次邀撃隊として三機が発進したが、一番機と二番機は共に被弾引火し、搭乗員は落下傘降下をした。しかし、一番機の方は開傘不充分でそのまま落下して戦死、二番機の搭乗員は無事降下に成功した。残る三番機はエンジン不調で神ノ池空の飛行場に不時着した。

その日、来襲した敵機が引き揚げた後、午後一時ころ、移動途中で空戦を支えた香取隊長の率いる零戦九機が香取基地に到着した。それから間もなく、岩国基地を遅れて出発した四機も無事香取基地に着陸した。岩国基地を出たのは合わせて二十機だったが、その日のうちに香取基地に到着したのは以上の十三機だった。

明けて十七日、早朝、零戦十一機が発進、上空哨戒をしていたところ、午前八時ころ十数機のグラマンが来襲し、基地の北側上空で空戦となった。この空戦で零戦一機が火を吹いたが、搭乗員は落下傘降下をした。佐藤分隊長だった。右腕の上腕部に銃弾を受け、顔面その他に火傷を負うという重傷だった。佐藤機以外は、九時ごろまでに全機無事着陸した。

その後、やや時間をおいて再び敵機が来襲し始めたので、香取隊長機以下七機の零戦が邀撃のため発進した。この七機は、霞ヶ浦飛行場の上空で戦爆連合の敵大編隊を発見した。ただちに攻撃体勢をとり、戦闘機の後方にいた爆撃機を背後から襲って六機を撃墜するという戦果を上げた。零戦七機は全機無傷であった。

　整備兵やその他一般の隊員たちと共に列車で香取基地に向かったわれわれは、ずっと列車の中にいたから、外部からの情報を手に入れるすべもなく、十六日から十七日午前中にかけての戦闘を全然知らなかった。十七日の午後になって、列車はようやく香取基地に近い、総武本線の干潟駅に到着した。飛行機で先行した搭乗員たちと顔を合わせたのは夕刻になってからであった。そこで初めて、十六日の空戦で、三名が戦死したこと、十七日の空戦で佐藤分隊長が重傷を負ったことを知ったのであった。

　十六日の三名の戦死者の中に、私と仲のよかった乙飛十六期生の坂井上飛曹がいた。彼の郷里は、香取基地に比較的近い群馬県の藤岡市だった。香取基地からは特別外出の許可が出る範囲である。だから彼は、ときどきは郷里に帰って肉親にも会えるだろうと、香取基地への移動を大変喜んでいた。それが、郷里を見ることはおろか、香取基地にさえ到着できないで戦死してしまったのである。非常に残念に思うとともに、深い哀れを感じたのであった。

　香取基地で飛行訓練が始まって間もないころ、基地の病室で治療を受けていた佐藤分隊長が、霞ヶ浦海軍病院へ入院することになった。私は、まだ見舞いにも行ってなかったので、急いで仲間の搭乗員数人と一緒に別れの挨拶に行った。顔は包帯に包まれて目の部分だけが出ており、右腕も包帯でぐるぐる巻きになっていて、見るからに痛々しい姿だった。

　しかし、当の分隊長は、ベッドに横たわったままだったが力のある声で「右腕が駄目になったから、左手で操縦できる戦闘機を造らせてもう一度空戦をやりたい」と言われた。その言葉を聞いて私は、心底から感動した。さすがに海兵出身の将校は気概が違う。こうした指揮官の下でこそ、われわれ下士官・兵は、命をなげうって戦えるのだとひそかに思ったものだった。

第十一章　硫黄島特攻と沖縄航空戦

硫黄島特攻第二御楯隊

二月十六日、十七日の二日間にわたる敵艦載機の関東地方への来襲は、我が方の航空機を叩いて制空権を握り、硫黄島の攻撃を容易にするためと察せられた。案の定、十九日には硫黄島は猛烈な艦砲射撃を受け、おびただしい上陸用舟艇が島の南岸に押し寄せて上陸を開始した。

このことをかねてから予想していた寺岡謹平中将率いる第三航空艦隊では、特攻攻撃の計画を進めていた。そして、二月十七日の午後、六〇一空に対して特攻隊員の名簿提出を催促してきた。そこで、六〇一空では全隊員から特攻隊の志願者を募集した。

その辺りの事情について、杉山司令が書き残している『懐旧』には、以下のように記されている。「特攻隊参加志願者のうちで最も効果を得られることを主眼に選任して十八日夕刻その氏名を発表した。故郷に家族のあるものは出来るだけ除外した」というのである。

しかし、私には特攻隊員の志願者募集があったという記憶はない。ともあれ、戦闘機隊からは三個区隊（一区隊は四機で編成、小隊とも言う）十二人が隊員に指名された。私は、残念ながらというか、幸運にもというかこの人選から漏れていた。艦爆隊や艦攻隊でも、隊員はもちろん指名であった。

隊員は決まったが、指揮官を誰にするか、杉山司令は迷ったらしい。戦闘機隊の香取隊長は最初から外されていたようであるが、艦爆隊隊長の村上弘大尉（海兵七十期）と艦攻隊隊長の肥田真幸大尉（海兵六十七期）が、自分こそと言って互いに譲らなかったのだという。杉山司令は迷った末に、艦爆隊は使用機数が多いという理由で村上大尉を特攻隊の指揮官としたのであった。

二月十九日、香取基地の飛行指揮所前でこの特攻隊の命名式が挙行され「神風特別攻撃隊第二御楯隊」と命名された。この第二御楯隊は、戦闘機隊が零戦十二機、搭乗員十二名、艦爆隊が彗星十二機、搭乗員二十四名（偵察員同乗）、艦攻隊が天山八機、搭乗員二十四名（偵察員および電信員同乗）の合計三十二機、搭乗員六十名からなる特攻隊であった。

特攻攻撃に際しては、偵察員や電信員は任務が軽いとされて、一般には指揮官機以外の飛行機には乗ることがなく、操縦員だけで実施していた。ところがこの時は、杉山司令の回想によると、偵察員と電信員が操縦員だけを特攻に出すことを承知せず、強力に抗議してきたので、止むなく艦爆、艦攻とも日ごろのペアをそのまま特攻隊員として出すことにしたのだという。

第二御楯特別攻撃隊護衛戦闘機隊隊員の記念写真。丸印の隊員は戦死した

二月二十日、特攻隊員たちは飛行指揮所に整列し、司令が注いだ訣別の盃を干してから、普段と変わらない様子で足取りも軽く、各自自分の飛行機に向かった。午前八時、村上隊長機を先頭にした特攻機は、隊員の見送る中を攻撃部隊ごとに順序よく離陸して行った。攻撃部隊は五つに分けられ、第一、第二、第三攻撃部隊は、それぞれ彗星四機と零戦四機で編成され、第四、第五攻撃部隊は天山艦攻四機ずつの編成であった。ところでこの日は、出発して約一時間後に特攻機は全機引き返してきた。中継基地である八丈島付近の天候が悪く飛行困難であるというのがその理由だった。

翌二十一日は、香取基地上空は雲が多く、寒さが身にしみる朝だった。しかし、八丈島は天候がよく青空が広がっているというので、午前八時、特攻機は発進を始めた。私は、前日同様、飛行指揮所前で、次々に離陸していく特攻機を大きく帽子を振りながら見送った。戦闘機隊の数人は、松山基地以来共に訓練に励んできた仲間である。彼らは今日夕刻、硫黄島近海にいる敵艦船に体当たりして、護国の鬼になるのだと思うと心は曇った。香取基地を出た特攻機三十二機は、午前十時ころに全機八丈島に着陸した。その後、燃料を補給する一方、搭乗員たちは出発時刻までのしばらくの間、思い思いに休息をとったのであった。

八丈島から香取基地への無線連絡によると、その日の正午までに、第一、第二、第三攻撃部隊の二十四機が八丈島を発進した。しかし、途中グラマンの襲撃を受け、彗星艦爆一機が被弾して父島に不時着した。また、零戦一機がエンジン不調となり八丈島に引き返した。第四、第五攻撃部隊である艦攻隊は、午後二時前に七機が発進した。一機は故障のため出撃できなかったのである。

この特攻隊第二御楯隊の戦果は、空母一隻撃沈、一隻大破炎上、戦艦もしくは巡洋艦二隻撃沈、四隻撃破、輸送船四隻以上撃沈という大戦果であった。これは、特攻機からの無線通信を香取基地で受信して推測したものであるから正確ではないかもしれない。硫黄島守備隊からの無線連絡では、特攻攻撃による火柱十九本が同島から認められたというから、かなりの戦果があったものと思われる。

喪失機および戦死者は、戦闘機隊七機七名、艦爆隊十一機二十二名、艦攻隊六機十八名で、合計二十四機四十七名であった。途中で不時着したり、その他の事情で生還した搭乗員は、戦闘機隊五名、艦爆隊二名、艦攻隊六名の合わせて十三名であった。

編注：第二御盾隊による米軍の損害は、空母サラトガに二機突入大破、護衛空母ビスマーク・シーに一機突入沈没、護衛空母ルンガ・ポイント、サギナウ・ベイ、防潜網輸送艦キーアカック、LST809号に各一機突入し、損傷を与えた。

百里ヶ原基地での部隊再建

二月十六、十七日の両日にわたる艦載機に対する邀撃戦と、続く硫黄島特攻作戦で部隊の戦力の大半を失った六〇一空の各飛行隊は、その再建が急がれた。早速、搭乗員と飛行機の補充が行なわれ、以前にもまして激しい訓練が続いた。ところで、香取基地は、飛行場そのものには問題がなかったが、海岸に近いので敵の奇襲を受けやすいという欠点があった。そこで、三月に入って間もなく、茨城県の百里ヶ原基地に隊をあげて移動したのであった。

その移動直前のこと、茂原基地から七、八名の若くて活きのよい搭乗員が転勤してきた。特乙の一、二期生と甲飛十二期生を中心とする連中だった。その甲飛十二期生の中に、松山市出身の河本照清二飛曹（当時の階級）がいた。

彼らは元気者揃いで、香取から百里ヶ原への移動途中、専用列車の中だったから誰はばかることなく大声を上げて盛んに猥せつな歌を歌っていた。搭乗員は、どの部隊の連中でも猥談や性を顕にした歌が大好きで、何かと言えばそんな下品な替え歌をよく歌っていた。しかし、そのとき聞いた歌は初めて聞く歌ばかりだったので、私の猥雑な心をくすぐり記憶に残っている。

ところで、河本二飛曹は終戦まで生き残り、無事松山へ復員した。その後学生生活を経て、

百里ヶ原基地における六〇一空の搭乗員たち。３列目右から４人目が著者

私と同じく高校教員としての道を歩んだ。彼も池田さん同様養子縁組で姓は塚本となった。同じ高等学校に勤務したこともあり、ずっと親密な交際を続けていたが、残念ながら平成十六年一月、病により他界してしまった。

六〇一空はそもそも母艦部隊であったから、艦戦、艦爆、艦攻三機種の均衡のとれた航空隊であったが、基地を移動するに当たって艦攻隊が分離された。だから、戦闘機隊と艦爆隊の二機種の部隊となったのである。

しかし、戦闘機隊は、従来からの三一〇飛行隊の他に、三〇八飛行隊と四〇二飛行隊が編入され、非常に強力な戦闘機隊となった。戦闘三〇八飛行隊は、中部太平洋方面から比島に転戦し、茂原基地に引き揚げていた基地部隊であった。一方の戦闘四〇二飛行隊もやはり基地部隊であったが、新鋭戦闘機紫電の飛行隊で、比島帰りの搭乗員が多かった。

南九州進出時の悲劇

硫黄島の次に敵が進攻してくるのは沖縄であることは、

早くから予想されていた。その予想通り、三月二十三日の早朝からアメリカ機動部隊の艦載機約千機が、南西諸島に来襲した。二十四日も空爆は続いたが、この日は米艦隊が沖縄本島南部に艦砲射撃を開始した。

そのころ、九州方面では第五航空艦隊の飛行隊が展開して作戦中であったが、第三航空艦隊もこれに協力することになった。そこで、六〇一空は、急遽鹿児島県の国分基地に進出することになった。進出兵力は、零戦四十四機、紫電十二機、彗星艦爆三十機で、搭乗員は、各隊とも練度の高い者が選ばれた。

三月二十八日、午前十時、搭乗員整列の号令が掛かり、進出する搭乗員に対して杉山司令が移動命令を下した。出発は、戦闘三一〇飛行隊を先頭に、次が三〇八飛行隊、続いて彗星艦爆の攻撃第一飛行隊、しんがりは、紫電の四〇二飛行隊という順序になっていた。

ところがこの日、三一〇飛行隊が離陸を始めたころ、彗星艦爆の一機が事故を起こした。搭乗員が、機銃の試射で誤って彗星の尾部を撃ったのである。たちまち燃え上がり火災となった。すぐ消火活動を始めたが、火はなかなか消えなかった。

彗星には五百キロの爆弾を搭載していたから、これが爆発するのは必至である。幸い火災機の近くにあった飛行機は遠ざけることができたが、消火活動に当たっている隊員が危ない。飛行機は弾扉を閉じているので、爆弾を搭載していることが外からは分からないのである。

司令は、消火活動を中止して退避するよう命令したが、それが徹底しなかった。消火活動に当たっていた隊員の数は多少減っていたが、一瞬、轟音と共に火炎が高く上がった。

私は、既に離陸していたが、上昇中、先に離陸していた飛行機が、次々に着陸の体勢に入っていくのが見えたので、不審に思いながら私も着陸の誘導コースに入った。第三旋回を終わったあたりで、初めて飛行場の一角に高く煙が上がっているのに気が付いた。五百キロ爆弾は、一発で巡洋艦を撃沈できるほどの威力を持っている。だが、この時の爆発では、死者十六名、重軽傷者も十数名にとどまったのは幸いだった。とは言っても、この事故は、部隊の出発に際して起こった大きな不祥事で、私は、ひそかに前途の多難を感じたのであった。

出発は一日延期され二十九日となった。雲の多い日であったが、国分までの飛行は充分可能と判断され、午後二時、零戦四十四機、紫電十二機、彗星に十二機が百里ヶ原基地を出発した。しかし、西へ飛行するに従って天候は次第に悪くなり、一部は愛知県の明治基地に不時着したが、大半は百里ヶ原に引き返した。紫電隊の中には、悪天候をついて飛行を続けたものもあったが、一機は奈良県で墜落し、他の一機は京都府に入ったあたりで不時着に失敗、結局一人が殉職した。この日に国分基地に到着した飛行機は一機もなかった。

翌日の三十日、輸送機で百里ヶ原をたった杉山司令は、正午過ぎ明治基地に到着した。そして、前日百里ヶ原基地に引き返したり、他の飛行場に不時着した飛行機を全機明治基地に集合させた。

私は二十九日に明治基地に不時着した組だったから、三十日は何もすることがなかった。退屈しのぎに飛行場へ出てぶらぶらしていると、明治基地の搭乗員数人が、「梅林教員」と呼びながらやって来た。彼らは、甲飛の十二期生で、私が神ノ池空で教員をしていた時の練習生であった。

約八ヵ月ぶりの再会で、大変懐かしがりながら私の飛行機の風防を磨いたり、機体の汚れを落としてくれたりした。他の飛行隊の搭乗員にそんなことをしてもらったのは、後にも先にもこの一度だけで本当に嬉しかった。

三月三十日の夕刻までに明治基地に集合した六〇一空の各飛行隊は、三十一日の午後、国分基地に向かって飛び立った。零戦三十八機、紫電四機、彗星十四機であった。このうち、紫電と彗星は午後五時までに、全機第一国分基地に到着したが、零戦はわずか二十機しか到着しなかった。

私の区隊は、一番機が整備不良で出発できず、三機で国分基地に向かったが、途中で二番機がエンジン不調となり松山基地に不時着した。そこで、結局三番機の私と四番機の最上一飛曹との二人で国分に向かうことになった。

松山方面から国分へ向かう飛行コースを飛ぶと、ちょうど我が家の上空を通過することになる。沖縄の戦場に出るのだから、これが我が家を見る最後になるかもしれないと思い、高度を四百メートルにまで下げて、家の真上を飛行することにした。

視界がよく、郷里の村は全体が一望できて、我が家もすぐ目の中に入った。庭か、近くの畑あたりに両親たちがいるのではないかと目を凝らしたが、家の近くに人影はなかった。倉の白壁に変な迷彩が施してあるのが目についたが、何の役にもたちそうにない迷彩だった。別れを惜しみながら小さくバンクを振って高度をとり、郷里を後にしたのであった。

国分基地は、鹿児島湾の奥まった所、桜島を真南に見る位置にある。豊後水道を南下して日向灘を越えるとすぐそこである。薄暮を迎えたころ無事着陸した。翌日の四月一日には、出発が遅れたり、各地に不時着していた飛行機も次々に飛来した。この日までに国分基地に移動を完了した六〇一空の飛行機は、零戦三十八機、紫電八機、彗星艦爆十八機であった。

第一国分基地

国分基地には、第一と第二があったが、六〇一空が基地としたのは第一国分基地であった。第一国分基地は、国分町の南側にあり、鹿児島湾に面した飛行場で、太平洋戦争の開戦直前に設営された飛行場であった。滑走路はなく、飛行場全体が緑の芝生に覆われていた。小原節には「花は霧島、タバコは国分」と歌われているが、この飛行場も以前はタバコ畑だったという。

飛行場の北には、霧島山や高千穂峰の秀麗な山並みが望まれ、南には鹿児島湾を隔てて桜島がそびえている。桜島は、時にはきのこ雲のような形の噴煙を空高く舞い上げ、時には山頂あたりに白く薄い煙を棚引かせていた。日により、時間によって噴煙の量も形も色も異なっているのが面白かった。

飛行場から勢いよく天空に舞い上がる噴煙を眺めていると、予科練時代、精神講話で聞いた話を思い出した。幕末の勤皇の志士、平野国臣が詠んだという「わが胸の燃ゆる思いにくらぶれば煙はうすし桜島山」という歌である。われわれ搭乗員の国に尽くそうとする熱い思いも、正にその通りであると思った。そして、明日からの戦闘を胸中に描いて「よし、俺も勤皇の志士に負けないように頑張ろう」と、自分に言い聞かせたのであった。

この飛行場には格納庫がなく、飛行機は飛行場周辺につくられた掩体壕に入れていた。隊員は、搭乗員もその他の隊員も兵舎は使用せず、町外れの民家を借りて分宿していた。四月になったばかりだというのに、南国の春は初夏を思わせる暖かさで、田圃には蓮華の花が咲き、畑では麦が緑の穂を膨らませ、揚げ雲雀が空に舞っていた。

ところで、沖縄は太平洋戦争の最後の一戦と考えられていた。そこで、航空部隊は全力を挙げてこの決戦に備えることになり、南九州（鹿児島県を中心に宮崎、長崎県）の各基地には、全国各地から各種の飛行隊が集結していた。その航空兵力は、当時の資料によると、海軍千八百十五機、陸軍七百三十五機であった。沖縄戦に参加できる飛行機は、その他台湾に配備されていた四百四十機があった。国分基地には、第一と第二の二つがあったことは既に述べたところであるが、第二国分基地は鹿児島湾を見下ろす山の上にあった。互いにかなり近い位置にあった二つの国分基地には、四月一日現在で、零戦百機、彗星艦爆約百機、紫電戦闘機約三十機が出撃準備をして飛行場に待機していた。六〇一空の四つの飛行隊はすべて第一国分基地に配備されていた。

四月一日、米軍は海と空から激しい砲爆撃を行ない、沖縄本島南部の西海岸、嘉手納海岸に上陸を開始した。日本軍の抵抗はほとんどなく、無傷の状態で上陸に成功したという。国分基地では、早朝から警戒体制がしかれ、搭乗員は全員、飛行指揮所付近で待機していたが、終日、出撃命令が出ることはなかった。

四月二日の早朝、艦爆隊の国安隊長を一番機とする彗星四機が、索敵と攻撃を兼ねて発進した。そのうちの一機が、発進から約三時間経って帰着したが、沖縄本島に至るまでの海域に敵艦を発見することはできなかった。他の三機のうち二機は他の飛行場に不時着したが、一機は未帰還であった。戦闘機隊は、この日も緊急発進できる態勢で待機していたが、結局敵機動隊の情報をつかめず、出撃命令は出なかった。緊張が空回りしたわれわれは、夕闇迫る国分の街道を、とぼとぼと宿舎へ引き揚げたのであった。

敵機動部隊攻撃

四月三日、沖縄本島では敵の攻略部隊が引き続き上陸作戦中であった。この日の午後、他の基地から出た偵察機からの情報が入った。敵機動部隊の一群が、奄美大島の南八十海里付近にいるというのである。六〇一空は、この機動部隊に対して「部隊を挙げて攻撃すべし」という命令を受けた。

午後二時、搭乗員整列の号令が掛かり、指揮所前に、零戦隊、紫電隊、彗星隊の順序で整列した。飛行長から簡単な敵情および攻撃要領の説明があり、次いで司令が指揮台に上がって「六〇一空はこの敵機動部隊を撃滅して、沖縄空中総攻撃の血路を開くべし。成功を祈る」と下令した。続いて戦闘機隊の香取隊長から「戦闘機隊の本日の任務は爆撃隊の前路掃討であること、敵機に遭遇しない場合は、奄美大島の南五十海里の地点で引き返すこと」などの注意を受け、時計を午後二時三十分に合わせた。

発進時刻は午後三時で、海軍流に言うならば一五〇〇(ヒトゴーマルマル)であった。零戦三十二機がまず離陸し、紫電八機がこれに続く。少し間をおいて彗星艦爆十九機が発進した。飛行場はシラス台地に造成されていたので、芝生の生え付きが悪く、飛行機が離陸する度にもうもうと砂塵が舞い上がった。

私は、その日、零戦隊の第二中隊第三区隊の三番機だったので、三番目に離陸する編隊にいた。離陸して間もなく、桜島の火口が右下方に見えるころには、零戦三十二機の見事な編隊が出来上がっていた。すぐ後方に紫電隊の八機がやや高度をとって続いている。ずっと後方には彗星艦爆がいるはずだが、それを見る余裕はなかった。

佐多岬の上空に差し掛かるころ高度四千メートルとなり水平飛行に移る。はるか左の方に種子島が見え、前方下方には円い姿の屋久島がある。大空のあちこちに浮かんでいる千切った綿のような雲が、編隊に近付きさっと後方へ流れていく。白い雲に映る零戦の黒いシルエットは、動く影絵を見るようで面白く、やがて始まるであろう空中での死闘のことをしばし忘れさせてくれた。

やがて、島影が見えてきた。奄美大島である。喜界島もぼんやりと見える。敵機動部隊の位置から察すると、この辺で敵機に遭遇する公算は大きかった。見張りをいよいよ厳重にする。突然、編隊の先頭にいる隊長機が左右に大きくバンクを振って増槽タンクを落とした。敵機発見、戦闘隊形に開けの合図である。プロペラを高速回転に切り替え、一番機との間隔を開いて戦闘隊形をとった。

喜界島上空の空中戦

前上方に目を凝らしていた私には、最初敵機が見えず一瞬不安を覚えたが、目を下方に転じるとそこに敵の機影があった。高度は二千メートルあたりで、よく見ると敵は戦爆連合である。どうやら喜界島を攻撃しているらしい。島の西海岸に近い地点から、赤い閃光がパッ

（作成・加藤浩）

記事
1500全機発進、F6F 1機撃墜、1810帰投
未帰還　（戦死）
発動機不調引き返す
未帰還　（戦死）
増槽吸引せず引き返す
発動機不調引き返す
1710帰投
未帰還　（戦死）
1810帰投
1810帰投
F6F 1機撃墜、被弾のため喜界島不時着
未帰還　（戦死）
発動機不調引き返す
TBF 1機撃墜、1830宮崎基地不時着
発動機不調引き返す
1810帰投
1810帰投
F6F 1機撃墜、3ないし4機撃破、1810帰投
帰途諫早基地不時着
発動機不調引き返す
F4U 1機、F6F 1機撃墜、F6F 3機撃破、1810帰投
F6F 2機撃墜、1810帰投
1810帰投
未帰還　（戦死）
発動機不調引き返す
発動機不調引き返す
未帰還　（戦死）
未帰還　（戦死）
F6F 1機撃墜、帰途諫早基地不時着
帰途諫早基地不時着
帰途諫早基地不時着
帰途諫早基地不時着
1800帰投
発動機不調引き返す
発動機不調引き返す
未帰還　（戦死）
発動機不調引き返す
未帰還　（戦死）
1800帰投
1800帰投

昭和20年４月３日　敵機動部隊攻撃に伴う薩南諸島掃討南下任務
六〇一空戦闘機隊編制表

飛行隊	中隊	指揮官	区隊	番機	氏名	階級	出身期
S310 零戦	1	第一中隊 香取大尉 直率	1	1	香取　頴男	大尉	海兵70
				2	藤嶋　博之	上飛曹	甲飛8
				3	石田　博俊	上飛曹	甲飛9
				4	磯部　易備	飛長	特乙1
			2	1	中仮屋　国盛	飛曹長	乙飛8
				2	坂本　清	一飛曹	丙飛11特
				3	国松　隆治	一飛曹	丙飛13
				4	田植　良喜	飛長	特乙1
	2	第二中隊 岩井少尉	3	1	岩井　勉	少尉	乙飛6
				2	平野　恵	一飛曹	丙飛12
				3	梅林　義輝	上飛曹	甲飛10
				4	和久　二郎	飛長	特乙1
			4	1	井上　兼	上飛曹	乙飛12
				2	今井　信義	一飛曹	丙飛11
				3	浪松　政吾	飛長	特乙2
				4	木村　浩	一飛曹	丙飛15
	3	第三中隊 茂木中尉	5	1	茂木　充	中尉	海兵72
				2	池田　速雄	一飛曹	丙13
				3	伊藤　清二	二飛曹	丙飛16
				4	井上　勇	飛長	特乙1
			6	1	白浜　芳次郎	上飛曹	操練56
				2	佐藤　享	上飛曹	甲飛8
				3	平賀　左門	二飛曹	丙飛17
				4	最上　要	一飛曹	甲飛11
S308 零戦	4	第四中隊 清水大尉	7	1	清水　真	大尉	海兵71
				2	桜井　幸一	上飛曹	乙飛15
				3	中谷　竜	上飛曹	甲飛10
				4	山崎　省平	飛長	特乙1
			8	1	森　茂久	中尉	海兵72
				2	菅原　正夫	上飛曹	乙飛15
				3	成島　敏夫	一飛曹	甲飛11
				4	田中　克次郎	飛長	特乙1
S402 紫電	5	第五中隊 光本大尉	9	1	光本　卓雄	大尉	海兵70
				2	川口　直行	上飛曹	乙飛16
				3	田中　好雄	二飛曹	丙飛17
				4	斎藤　利雄	飛長	特乙1
			10	1	小林　文士	中尉	海兵72
				2	矢花　喜代一	一飛曹	丙飛10
				3	加藤　節雄	一飛曹	丙飛13
				4	山本　新也	飛長	丙飛17

パッと上がっている。島の守備隊が、敵機に対して機関砲を撃ち上げているのである。続いて我が第一中隊の八機が、隊長機を先頭に機首を突っ込んで次々に攻撃に入っていく。第二中隊が飛行機を大きく反転させて舞い下りていく。

一撃目、照準器に敵機を捕えようとするが、うまく入ってこない。紺碧の海に二つ、三つと真っ白い大きな波紋が見える。最初の攻撃で撃墜された敵機が描いた波紋であろう。実戦は、とかく訓練のようにはいかない。反復攻撃ができる絶対優位の位置にいながら、なかなか敵機を射程内に入れることができないのである。

敵は、爆撃機のTBFアベンジャーと、戦闘機はグラマンF6F、シコルスキーF4Uがいることが確認できた。いつの間にか味方機から離れてしまった私は、高度をとることにした。

ちょうどその時、突然、真正面からF4Uが向かってきた。ままよとばかりそのまま直進すると、そのF4Uは頭上すれすれに後方へ飛び去った。これを追おうとして垂直旋回に入った時、右下方にF6Fが見えた。しめたとばかり機首を突っ込んで射撃体勢に入る。照準器に機影が入った。距離が四百から三百メートルに詰まったところで機銃の発射レバーを引いた。曳痕弾が敵機に吸い込まれるように飛んでいくのが見える。たちまちエンジン付近から灰色の煙を吐きながら墜落していった。

やったぞと思わず手を叩きたくなる衝動に駆られる。すぐ上昇に移るべく機首を上げた。その途端であった、バーンという音がして、砂粒のようなものが顔面を打った。「やられた」と思った。

正面風防の防弾ガラスは完全になくなっている。顔面を打ったのは砕けた風防ガラスだったのだ。物すごい風圧がかかるので、座席をいっぱい下げた。後ろを見ると、左後方上に逆ガル型のシコルスキーが食い付いていた。空戦時における見張りの鉄則は、後ろ七分に前三分である。後ろから敵機に食い付かれたのは、その鉄則を忘れて前方の敵ばかりに気をとられていた報いであった。

シコルスキーの持つ六梃の機銃が一斉に火を噴き、真っ赤な曳痕弾が大粒の雨のように降り注いでくる。とっさに機体を横滑りさせて弾を避ける。気が付くとエンジンがストップしている。敵機はあっという間に近付き、左方三十メートルあたりを前にのめっていった。よし、今度はこっちの番だとばかりに機銃の発射レバーを引いたが弾は出なかった。電動装置もやられているのだ。

前にのめった敵機は、機首を引き上げて急上昇し、体勢を立て直して再び真っ赤な銃弾を浴びせてきた。今度は、思い切りよく右に機体を滑らせると、曳痕弾の大きい束が左の方に遠ざかっていった。しかし、胸中「もうだめだ。これで死ぬのだ」と思った。

人間が生死の境界に立った時、頭は不思議な超高速の回転をするものらしい。「死ぬのだ」と思った刹那、故郷の山や川が頭に浮かんで見えた。家の墓地が現われ、自分の墓石もそこに立つのだと思った。多くの同期生や戦友が空戦で散っていった。彼らも皆こんな気持で散っていったのだろうか。

父や母は、今、自分の息子が敵機に追われて死の寸前にいることを加らないだろう。あるいは、よく言われる霊感によって、何か不吉な予感を持っただろうか。故郷には好きな女の子がいた。あの子に「好きだ」とも言わないで死んでいくのはいかにも残念だと思った。良いことも悪いこともいつも一緒にやっていた竹馬の友は今どうしているだろう。郷里の国防婦人会の人たちによって作られた千人針は腹に巻いている。ここへは弾は当たらないかもしれない。

その時、私は、腰に付けていたお守り袋を左手でしっかり握り締めていた。三ヵ月余り前に、フィリピンからの帰途、台中で偶然知り合った娘さんからもらったものだ。「これを持っていたら絶対に死なないから」と言ったことが頭に浮かんだ。とにかく、いろんな思いと光景が頭の中をよぎった。初弾を受けてから、三、四十秒しか経っていないのに、私にはとてつもない長い長い無限の時間のように感じられた。

突然エンジンが白煙を噴き始めた。シコルスキーは三撃目に入ろうとしていたが、この白煙を見て墜落すると思ったのだろうか、機首を翻して視界から消えた。助かった、生き延びたぞと喜びが湧いて出た。だが、飛行機が火災を起こすかもしれないという不安もあった。火が出たら落下傘降下をしようと、風防の開閉把手に手を掛けた。

不時着

その時、エンジンから吹き出ていた白煙がぴたりと止まった。天佑神助としか思えなかっ

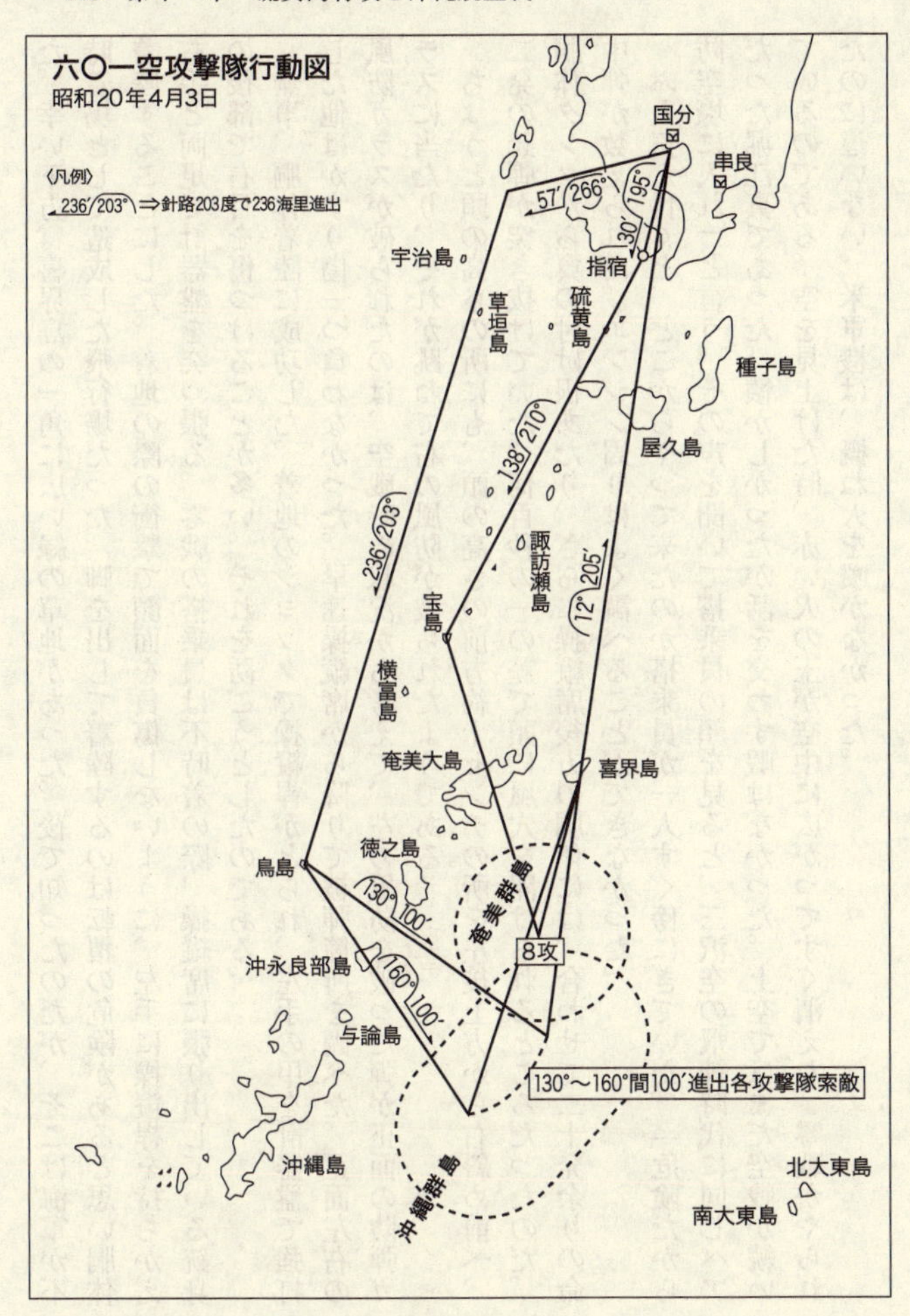
六〇一空攻撃隊行動図
昭和20年4月3日
〈凡例〉
236′/203° ⇒針路203度で236海里進出
国分
串良
57′ 266°
195°
30′
指宿
宇治島
草垣島
硫黄島
種子島
屋久島
138′ 210°
236′ 203°
諏訪瀬島
12° 205′
宝島
横富島
奄美大島
喜界島
徳之島
鳥島
130° 100′
奄美群島
8攻
沖永良部島
160° 100′
与論島
130°～160°間100′進出各攻撃隊索敵
沖縄島
沖縄群島
北大東島
南大東島

た。幸い下方、喜界島の一角に広い緑の草地があった。後で知ったのだが、そこは海軍が不時着場として造成した飛行場だった。脚を出して着陸するのは転覆の危険があると思い胴体着陸することにした。着地の際の衝撃で顔面を負傷しないように、左手に操縦桿を持ちかえ、右手と両足で計器盤を突っ張る。零戦の搭乗員は不時着の際、操縦席に張り出している銃身の後部で右目を傷つけることが多い。それを防ごうとしたのである。

無事、胴体着陸に成功した。着地のショックで操縦桿がとられ、左手の甲を計器盤で強打した他はかすり傷一つ負わなかった。早速操縦席から降りて被弾箇所を調べた。正面左右の風防ガラスが破られたのは、空戦時の状況から考えて、左の風防を破った弾が正面の防弾ガラスに当たり、それが跳ねて右の風防が破られたようである。

ちょうど頭の高さの所にも、頭の高さの前方約十センチの所を左後上方から右斜め前へ、二発の銃弾が突き抜けていた。何百秒の一の差で頭に風穴を開けられるところだったのだ。胴体タンクから翼の付け根あたり、さらに操縦席後方の胴体には、合わせて二十発余りの命中弾が数えられた。エンジン周りはよく調べることができなかった。

ふと気が付くと、どこからやって来たのか搭乗員が一人すぐ傍にきていた。「危険だから防空壕に入れ」と言う。その声を聞いて搭乗員の顔を見ると、三沢空の飛練時代に同じペアだった堀江真であった。懐かしかったが話を交わす暇はなかった。上空ではまだ空戦が続いているのである。空を見上げた時、赤い火の玉が空中に広がってすぐ消えた。零戦がやられたのに違いない。米軍機は、概ね火を噴かなかった。

堀江と一緒に近くの森陰にある防空壕に向かって走った。ちょうどその時、高度約二千メートルあたりから突っ込んでくるグラマンが見えた。必死で走った。防空壕の入口にたどり着くと同時に、どーんという大音響がして砂塵が舞い上がった。小型のロケット弾を投下したのだ。小石や砂塵がばらばらと音をたててあたりに降り注いだが、怪我はしなかった。

間もなく爆音が聞こえなくなって、あたりが静かになった。どうやら空戦は終わったらしい。防空壕から出て見上げると、先ほどまで死闘を繰り広げていた空には、今は何事もなかったかのように薄い雲があちこちに浮かんでいた。

夕刻になって、機動部隊の攻撃に出た彗星艦爆が一機、二機と不時着してきた。午後七時過ぎまでに不時着してきた彗星は八機を数えた。その夜は彗星の搭乗員と共に喜界島守備隊の仮兵舎で過ごした。兵舎と言っても、民家を接収したもので、そこは小さい石を積み上げた石垣に囲まれていた。平安の昔、平氏打倒の謀議に参画した僧俊寛がこの島に流されたと聞いたことがある。そのころは、住む人も少ない寂しい島だったのだろう。そんなことを思い、命が危なかった今日の空戦の事を反省しながら浅い眠りについたがすぐ朝が来た。

かつてのペア堀江上飛曹

朝食後、彗星がすぐ飛び立つというので、その後席に乗せてもらった。離陸してすぐ海面すれすれの超低空飛行に移る。しばらくは潮の香りが漂う中を飛んでいると、その内硫黄の臭気が座席に入ってきた。やがて彗星が次第に高度を上げていくと思ったら鹿児島湾に入っていた。国分基地に無事着陸した時は本当に嬉しかった。

指揮所で分隊士から聞いた話によると、昨日われわれが戦った敵は、戦爆連合で約三十機だったとのこと。そのうち十八機（不確実を含む）を撃墜したが、未帰還機が八機（不時着機は除く）も出ているという。私と同じ区隊で出撃した和久飛長が未帰還であり、戦闘三〇八の同期生、中谷上飛曹も未帰還だった。

編注：この日六〇一空零戦隊と交戦したF6FはVF－47戦闘機隊で、三機二名の損失が記録されている。一人は池田速雄一飛曹が撃墜、落下傘降下するのを見届けた「ロバート・ウエストブルック中尉」（海面に着水したものの、米軍に救助されず戦死）、もう一人の「オリバー・スイッシャー少尉」は被弾しながらも母艦に帰りつき、洋上に不時着水して救助されたのが判明している。戦死者のもう一人が「H・E・ミッチェル大尉」であるが、記述から突き合わせると、梅林上飛曹が撃墜した機体であった可能性がある。

コックリさん

その後私は、上空哨戒に上がったり、数回の出撃をしたが、次々に未帰還機が出る中で、運よく生き延びることができた。

四月十日ころだったと思う。国分町の路上で、三重空と三沢空で同じ分隊だった同期生の石川定男に偶然出会った。彼は艦爆の操縦員だったが、「艦爆も艦攻も、操縦の同期生はほとんど戦死してしまった」と言っていた。お互いに肩を叩いて「頑張ろうぜ」と言って別れたが、その彼も四月十六日、特攻隊の菊水第二彗星隊の隊員として出撃し戦死した。

　ここで、国分基地における搭乗員生活の一端に触れておくことにしよう。国分基地では、隊員は空襲に備えて基地内の兵舎を使用せず、国分町北部の山寄りに散在している民家を宿舎としていた。畳の上に寝そべったり、あぐらをかいてくつろぐ生活は誠に気楽なものだった。その上、朝「総員起こし」のラッパも鳴らなければ、夜の巡検もない。こんなルーズな生活は、予科練入隊以来初めてのことで、軍人精神が一遍に抜けていきそうだった。

　夕食後の一時、宿舎で一番広い部屋に集まって古里の自慢話や、恋人の話などに打ち興じることもあった。しかし、出撃の度に未帰還機があって、搭乗員の数が次第に減っていくのは寂しい限りであった。

　そんな夕べによくやったのが「コックリさん」という遊びであった。コックリさんと呼ぶ正体不明の超能力者に予言を聞く呪術的遊びである。烹炊所（調理場）からもらってきた油揚げを供えて、おもむろに呪文を唱えてから予言を聞く。さて、聞くことと言えば大抵は「明日は誰が死ぬでしょうか」ということだった。

いろは四十八文字を書いた文字盤の上で、三本の棒（割著大）を上から三分目あたりでくくって、すその広がる三脚にし、三人が上部に指を掛けて動かすのである。三脚のいずれか一本が文字を押さえる。押さえられた幾つかの文字をたどると、誰かの名前になるという仕掛けである。

　名前の上がった搭乗員は「俺は死なないよ。貴様が死ぬぞ」と、傍にいる搭乗員を指差す。

わああ笑いながらの遊びであったが、こんな遊びをやること自体が、戦争の末期的症状の現れだったのであろう。

戦闘機搭乗員たる者は、勇猛果敢にして死を恐れず、たとえ我に百倍する敵機がいようと、勇敢に突っ込んでいって撃って撃って撃ちまくり、一機でも多くの敵機を撃墜して、自分は生きて帰るべきなのである。その戦闘機搭乗員が、撃墜機数を話題にするのではなく、明日は誰が死ぬかを占っているようでは、所詮、戦いに勝ち目はなかったのであろう。そのころ、

（作成・加藤浩）

記事
0815発進、国分基地上空哨戒、敵来襲なく
全機0930着陸

（作成・加藤浩）

記事
1100発進するも天候不良のため、1220までに帰着
〃
〃
〃
〃
〃
〃
未帰還　（戦死）
1100発進するも天候不良のため、1220までに帰着
〃
〃
〃
〃
〃
〃
〃
〃
〃
〃
〃
〃
〃
〃
〃
〃
〃
〃
〃

昭和20年４月６日　国分基地上空哨戒
戦闘三一〇飛行隊編制表

中隊	指揮官	区隊	番機	氏名	階級	出身期
11	茂木中尉	1	1	茂木　充	中尉	海兵72
			2	池田　速雄	一飛曹	丙13
			3	伊藤　清二	二飛曹	丙飛16
			4	井上　勇	飛長	特乙1
		2	1	佐々木　斉	飛曹長	甲飛3
			2	佐藤　享	上飛曹	甲飛8
			3	桜井　幸一	上飛曹	乙飛15
			4	梅林　義輝	上飛曹	甲飛10

昭和20年４月７日　沖縄北東敵機動部隊攻撃
六〇一空戦闘機隊編制表

飛行隊	中隊	指揮官	区隊	番機	氏名	階級	出身期
S310 零戦	1	第一中隊 香取大尉 直率	1	1	香取　頴男	大尉	海兵70
				2	白浜　芳次郎	上飛曹	操練56
				3	石田　博俊	上飛曹	甲飛9
				4	平賀　左門	二飛曹	丙飛17
			2	1	中仮屋　国盛	飛曹長	乙飛8
				2	井上　美	上飛曹	乙飛12
				3	坂本　清	一飛曹	丙飛11特
				4	国松　隆治	一飛曹	丙飛13
	2	第二中隊 茂木中尉	3	1	茂木　充	中尉	海兵72
				2	池田　速雄	一飛曹	丙13
				3	伊藤　清二	二飛曹	丙飛16
				4	井上　勇	飛長	特乙1
			4	1	佐々木　斉	飛曹長	甲飛3
				2	佐藤　享	上飛曹	甲飛8
				3	梅林　義輝	上飛曹	甲飛10
				4	木村　浩	一飛曹	丙飛15
S308 零戦	3	第三中隊 広瀬大尉	5	1	広瀬　武夫	大尉	予学
				2	桜井　幸一	上飛曹	乙飛15
				3	井上　一郎	二飛曹？	甲飛12？
				4	栗栖　正友	飛長	特乙2
			6	1	森　茂久	中尉	海兵72
				2	菅原　正夫	上飛曹	乙飛15
				3	成島　敏夫	一飛曹	甲飛11
				4	田中　克次郎	飛長	特乙1
S310 零戦	4	第四中隊 岩井少尉	7	1	岩井　勉	少尉	乙飛6
				2	今井　信義	一飛曹	丙飛11
				3	平野　恵	一飛曹	丙飛12
				4	浪松　政吾	飛長	特乙2

娑婆でもコックリさんが流行っていたそうだが、それは一億国民の敗戦の予感だったのかもしれない。

飛行場から一歩出ると、道の向こうに広がる田圃には、可憐な美しい蓮華草の花が一面に咲いている。青々とした麦畑には雲雀がさえずり、いかにも平和でのどかな風景を見せていた。飛行場のすぐ近く、海岸寄りの所には小学校があった。もちろん児童は疎開していたから人影はなく、校庭も校舎も荒れたままになっていた。がらんとした教室に入ると、そこに机はなく、壊れた小さなオルガンが片隅にぽつんと置かれているのが、哀れであった。

記事
1625発進、1750沖縄上空にてF6F 10機と交戦自爆、未帰還、海軍省布告138号
交戦時被弾し徳之島に不時着、帰投
〃

（作成・加藤浩）

沖縄銃撃作戦で戦死あつかいに

四月十五日、私は「沖縄中飛行場（現嘉手納基地）を銃撃し、敵機を掃討せよ」という命令を受けた。銃撃隊は四機編成で、私以外の三人は三〇八飛行隊の搭乗員であった。一番機の岸忍中尉は、私が神ノ池空で教員をしていた当時の予備学生十三期出身であった。二番機が私、三番機は特乙一期の田中克次郎飛長、四番機は特乙二期の浪松飛長であった。

この日は、翌十六日に実施される予定の菊水三号作戦（沖縄攻略部隊に対する総攻撃）の予備作戦として、他の複数の基地からも中飛行場の機銃掃射に出撃するとのことであった。

昭和20年4月15日　沖縄中飛行場銃撃（第三御盾隊）
六〇一空戦闘機隊編制表

飛行隊	区隊	番機	氏名	階級	出身期
S308 零戦	1	1	岸　忍	中尉	予学13
		3	田中　克次郎	飛長	特乙1
S310 零戦		2	梅林　義輝	上飛曹	甲飛10
		4	浪松　政吾	飛長	特乙2

われわれ四機は、国分基地を一六三〇ころ発進した。飛び石のように並んでいる薩南諸島の上空を高度三千メートルで順調に飛行する。奄美大島の上空あたりから、レシーバーに盛んに英語でのやりとりが入ってくる。内容は全然分からないが、敵が比較的近くにいるのであろう。緊張の度合いが増してきた。

沖縄本島の手前、与論島を過ぎるころから一番機が高度を下げ始めた。早くから高度を下げると、敵機に遭遇した時不利なのだが、一番機に付いていくしかなかった。

正面の海上に巡洋艦が二隻並んで浮かんでいる。当然迂回するものと思っていたが一番機は針路を変えなかった。巡洋艦隻が並んでいる真上を、無謀にも高度四百メートルで飛ぶ。今にも発砲してくるのではないかと冷や冷やしながら飛んだが、幸い何事も起こらす通過した。恐らく、艦の真上を低空で常々と飛ぶ四機編隊を見て、味方機と勘違いしたのであろう。

本島の上空に差し掛かって間もなくのこと、高度千メートルあたりを飛行している敵機を発見した。直ちに機銃を発射して一番機に合図を送る。敵機は十機ばかりだったが、編隊を組まずばらばらであった。攻撃に向かって来る一機があって空戦となり、敵機の数が増えてくる。あたり構わず機銃を乱射したが、敵機の攻めも単調でやがて姿を消していった。何か事情があったのだろうか。

気が付くと、一、三番機がどこにもいない。銃弾はほとんどなくなっている。このまま四番機と二機で銃撃をやるべきかどうか、一瞬迷ったが、機首は勝手に九州の方へ向いていた。沖縄本島を離れたところで、先はどの巡洋艦が盛んに発砲してきた。もちろん真上を飛行することは避けていたのだが、砲弾の炸裂する位置が次第に近くなるので、危険を感じて思い切り高度を下げた。海面に落ちた砲弾が、右に左に水しぶきを上げていた。砲弾が遠のいたところで一気に高度をとる。

「武士道というは、死ぬことと見付けたり。二つ二つの場にて、早く死ぬ方に片付くばかりなり」とは、『葉陰』の言葉である。その武士道を歩めと予科練入隊以来教えられてきた。今日は、その武士道を行く絶好の場が与えられたのだが、それが実践できなかったことが悔やまれた。

しかし、これから沖縄へ引き返すことはできない。後悔のほぞをかんで飛行しているうちに徳之島の陸軍の飛行場が見えてきた。銃撃を受けたのであろうか、飛行場近くの民家か火災を起こしていた。三六〇度見回して敵機がいないことを確認し、四番機に不時着の合図を送った。

飛行場は何度となく爆撃を受けたのであろう、でこぼこになっている。着陸の際、飛行機が転覆する恐れがあると思ったので胴体着陸をすることにした。私は、初回でうまく着地できたが、四番機は着陸のパスが高過ぎて一度やり直しをし、二回目に無事胴体着陸に成功した。

　この日の私たち四機による沖縄中飛行場の銃撃行については、四月十八日の愛媛新聞二面の記事に出た。私の名前は梅村義輝になっていたが両親たちは「村」は「林」の誤植と判断し、当日をもって息子は戦死したものとしばらくの間信じていたのである。

　編注：この銃撃隊は第三御盾隊として特攻隊の扱いを受けており、戦死した二名は連合艦隊布告百三十八号により特攻戦死とされている。

徳之島陸軍守備隊将校との出会い

　胴体着陸をしたわれわれ二機の機体は、駆け付けてきた陸軍の守備隊員数十人によって、飛行場の端の方へ運ばれた。その守備隊員たちを指揮したのは大尉殿だった。海軍では、上官に対しても階級を呼称するだけで敬称を付けないのであるが、ここでは陸軍の慣習に従って敬称の「殿」を付けることにする。

　青年将校というには少し年がいっていたその大尉殿は、物腰柔らかく、親切で、われわれにとっては地獄で出会った仏のようであった。われわれが、飛行機から下ろした落下傘や救命ボートを担いで兵舎への道を歩いていると、「重そうだなあ、持ってやろう」と言う。「大丈夫です」と答えると「遠慮するな」と言って手を差し出してくる。

　こちらは下士官と兵で、相手は隊長クラスの大尉である。階級差別の厳しい当時の軍隊では考えられない大尉殿の言動であった。以来、私の陸軍将校に対するイメージはすっかり変わった。不粋で、いつも上官風を吹かして、何かといえばすぐにびんたをくわすのが陸軍の将校だと思っていたが、陸軍にも人情味豊かな紳士がいたのである。

やがて、山の裏手に出て、山ろくに作られている兵舎に案内された。山を大きくくりぬいて造った防空壕兼用の兵舎だった。大尉殿は、そこに起居している小隊の一等兵にわれわれの世話を命じた。その一等兵は、きびきび動いて早速洗面器に水を入れたり、夕食を運んでくれたりした。就寝時間が来ると、毛布を運んで寝床を作ってくれる。万事その調子で、この兵舎にいた三日間、至れり尽くせりの世話をしてくれた。

ところで、その日の夕食は、島の地酒までつけたご馳走だったが、なぜか二人とも箸をつけることができなかった。夕食をすませてやって来た大尉殿がそれを見て、旨いから是非食べるようにとしきりに勧めてくれたが食欲は起こらなかった。

その夕べ、島の守備隊の最高指揮官である旅団長の高田利貞少将が、われわれに会いたいとのことで、大尉殿に案内されて旅団司令部へ行った。そこも防空壕兼用の造りとなっており、旅団長の執務室としては質素で、板囲いの室にテーブルが一つと、数脚の椅子が置かれているだけだった。

高田少将は、われわれに椅子を勧めてから、九州方面の航空兵力や敵艦隊の動きなどについて聞かれた。下士官の分際である私には、そんなこと知るはずもなく何の答えもできなかった。私は、それまで佐官級以上の人とは話をしたことがなく、まして将官ともなれば雲の上の人であったから、高田少将を前にしていささか固くなっていた。案内してきた大尉殿や、司令部の佐官クラスの人たちが立ったままだったからなおさらだった。

話が一段落したところで階級を聞かれた。「上等飛行兵曹です」と答えると、「それは陸軍の何に当たるか」と言われるので「曹長です」と言うと、「曹長か、大したものだ」と言ってうなずいておられた。

大尉殿が、「われわれが夕食を食べなかったと告げると、高田少将は「無理もない。今まで生死の境目をさまよってきたのだから。生卵でも飲みなさい」と言って、そばの棚に置かれていた卵を取って直接手渡された。

私は、「軍人たる者が何たる弱気ぞ」と、叱咤されるに違いないと思っていたから、この温い言葉に胸迫り、思わず頭が下がった。高田少将といい、大尉殿といい、誠に人間性の豊かな軍人で、私は強く尊敬の念を持ったのであった。

高田少将は鹿児島県の出身で、「弟が連合艦隊の参謀をしているから、海軍とは縁があるのだよ」と親しみを込めて言われた。戦後知ったのであるが、弟というのは、高田利種少将で、連合艦隊の先任参謀を務めた後、海軍軍務局次長として手腕を発揮された方であった。

翌々日の四月十七日、山道をさらに奥へ奥へと歩いて、谷間の樹間に建てられたバラックの兵舎に移った。小さな一室がわれわれ二人に与えられ、ここでやっと心も落ち着いて、平常の精神状態に戻ることができた。

兵舎の近くの森陰に、兵舎とは違った形の建物が一棟ぽつんと建っていた。二人で訪ねてみることにした。慰安婦が起居している家であった。入口の壁に氏名票が張ってあり、各氏名の下に甲、乙、丙の記号が記されていた。その記号が何を意味するのかは詮索しなかった。

建物の中は、通路を挟んで、板壁で区切られた個室が並んでいた。ラバウル帰りだという慰安婦が顔を出したので、彼女の部屋に二人で上がりこんだ。隣の部屋の慰安婦もやって来て、専らその方向の話に花が咲いた。

兵隊仲間でよく猥談（Hな話）をやっていたので、彼女たちの話には以前聞いたことがある話が多かった。回数に話が及んだとき、彼女はラバウルでは一日に五十人くらいの兵隊さんを相手にしたことがあると言っていた。「おかげで、淫水焼けして真っ黒になったのよ」と言っていたが、その女性自身を拝観することは遠慮した。

そのうち、かなり低空を飛んでいるグラマンらしい爆音が聞こえてきたので急いで屋外に出た。既に機影はなかったが、近くに幾つもの「たこつぼ」があるのが目に留まった。緊急の際はここへ身を隠せということなのであろう。向こうの方には防空壕もあり、陸軍の彼女たちに対する配慮に人間らしさを感じたのであった。

奄美・古仁屋基地での思い出

徳之島にいた数日間、ここで接した陸軍の人たちは皆温かかった。お陰で、沖縄中飛行場の銃撃行に失敗した負い目を忘れ、リラックスして日を送ることができた。しかし、心の中にはいつも国分基地へ一日も早く帰りたいという気持があった。

そんなある日、今夜奄美大島へ行く大発（陸軍の大型発動機艇）が出るからそれに乗るようにという連絡が入った。奄美へ行けば、国分にはすぐにも帰れるだろうという思いがあって嬉しかった。日没のころ、親切にしてくれた守備隊の人たちに別れの挨拶をして指定された場所へ行った。そこには陸軍の空中勤務者（搭乗員のこと）が二十名ばかり集合していた。島にいた数日間、搭乗員は一度も見かけたことがなかったのでちょっと驚いた。

階級章が見えなくてよく分からなかったが、ほとんどの者が将校のようであった。恐らく、知覧や万世基地あたりから出撃して、運悪く徳之島飛行場、その他へ不時着した連中なのであろう。彼らは、黙々としており、なんだか堅苦しい雰囲気だったので、会話を交わすことはできなかった。

集合場所からさらに三十分は歩いただろうか。港らしい所に出た。港としての建造物は何も見えなかったが、大発が出入りしたのだから港だったのであろう。かなりの時間をおいて、二艇の大発がやって来た。出発したのは、真夜中に近かったと思う。当時は、徳之島周辺にも敵の潜水艦が行動しており、海岸のあちこちにスパイがいて、無線や発光信号で交信しているのだという。それを聞くと、果たして奄美の古仁屋まで無事に到着できるのかどうか不安になった。

大発は小さい船だったから、船室もなければ椅子もなかった。幸い、私は零戦に装備されている救命ボートを持っていたから、それに腰をおろしていた。二隻の大発は、暗闇の中を前後に連なり、発動機の大きな音を響かせながら走った。

大島へかなり近付いたころ、突然「左前方潜水艦」という見張員の緊張した声がした。私はこの声で眠気が一遍に覚めて、さっと立ち上がり、救命ボートを船べりに載せた。船が沈められたらこれに乗って、などと考えたのである。実際に攻撃を受けようものなら、船も人間も木っ端微塵になるに違いない。救命ボートなど使えるはずがないのである。しばらくしてから「ただ今のは島の見誤りでした」という声が上がって、安堵の胸をなでおろしたのであった。

東の空が次第に明るくなり始めたころ、大発は無事古仁屋の港に着いた。そこで陸軍の人たちと別れ、浪松飛長と二人でとぼとぼと古仁屋基地（水上機隊）の庁舎へ向かった。

基地は爆撃を受けて、庁舎や兵舎などの建物は一切なくなっていた。山裾にへばりつくように造られたバラック式の兵舎は、中が暗くて狭く息が詰まりそうであった。しかし、近くの防空壕を兼ねた倉庫は、内壁をコンクリートで固め、天井が高くて広々とした立派なものだった。

その夜、野外に置かれているドラム缶の風呂に入った。暗夜であったから、四囲の景色が見えるわけでもないし、ゆったりした入浴気分にはなれなかった。翌日、山を少し登ったところに建てられているバラックに移った。そこには先客が数名いたが、彼らは全員、この付近に不時着した艦爆と艦攻の搭乗員であった。

古仁屋にいたのは数日間だったが、一度だけグラマンの銃撃を受けたことがあった。ただ一機だけの来襲だったが、こちらには邀撃に上がる飛行機もなければ対空砲火もない。グラマンは、高度百メートルあたりを悠々と旋回しながら銃撃に入って来る。爆音と機銃の発射音が山に木霊して、大きく響き渡るのでいささか驚いた。私は、傍若無人に銃撃を繰り返すグラマンを岩陰から眺めていたが、なす術はなくただ切歯扼腕するだけだった。

ある日の夕べ、浜辺から「島育ち」を歌うきれいな歌声が聞こえてきた。若い女性の声だった。その甘い歌声が、渚から出て沖合に消えていく。

「カナも年ごろ、カナも年ごろ、大島育ち」と歌う哀愁のある美声は、私をしびれさせた。「島育ち」は、生娘の切ない恋心を歌った奄美の俗謡である。もちろん私は、初めて聞いた歌だったが、基地の隊員がそのことを教えてくれた。

戦後、昭和二十五年（一九五〇）ころ、私の学生時代、同じ寮に奄美出身の学生がいた。私がこの歌を口ずさむと「それは奄美の歌だが、どこで覚えた」と聞かれた。私は、戦時中、古仁屋で、この歌を初めて聞いた時のことを話したのであった。昭和何年ころだったか、田端義夫がこの歌を歌い、その何年か後に、三沢あけみが同じくこの歌を歌って大ヒットした。私は、この歌を聞くといつもあの日の夕べ、古仁屋の浜辺で黒い影が、静かに歩みながら歌っていたあの光景を、懐かしく思い出すのであった。

古仁屋基地にいたのは、一週間足らずであったが、二度ばかり外出した。一度は町に出たが、目当ての場所もないので、浪松飛長と二人で町外れをぶらぶらした。町の一部が爆撃で破壊され、家を失った人たちが、山を少し登った所に横穴を掘ってそこを住居としていた。あたりで遊んでいた子供に声を掛けて、島の方言を習っていると、母親らしい人にふかした芋をもらった。奄美の芋は、甘くておいしかった。あちこちから笑い声も聞こえてきて、大人も子供もその表情は意外に明るかった。

もう一度は、好奇心を起こして山を登り峠を越えて、山の裏手の方へ行ってみた。ハブが出て来そうな山道を少いていると、偶然、砂糖を製造している小屋を見つけた。数人の男女が忙しそうに働いて、砂糖黍の搾り汁を煮詰めて黒砂糖を作っていた。製造現場を見るのは初めてなので、入口近くに立って、その製造工程をしばらく眺めていた。物欲しそうに見えたのかもしれない、こぶし大のまだ温かい黒砂糖を一つずつ二人にくれた。生まれて初めて食べる出来たての黒砂糖は、甘露のように旨かった。

古仁屋基地では、二度外出した以外は概ね昼寝をしたり、兵舎回りの山道を散歩したりで退屈な生活だった。そんなある日、佐世保から飛行艇が、不時着搭乗員を迎えに来るから準備しておくようにという知らせがあった。いよいよ退屈な日々にお別れして、国分基地に帰れると思うと嬉しかった。

四月二十八日、真夜中近くになって迎えに来たのは九七大艇であった。七、八名の不時着搭乗員が乗り込むと、九七大艇はすぐ離水した。飛行機が高度をとって間もなく、私は眠りに落ちてしまった。ひょっと目が覚めてみると着水体勢に入っていた。着水した場所は佐世保湾だとばかり思っていたら大村湾だった。佐世保湾は、濃霧のため着水できなかったのだという。

朝食は大村航空隊でとることになった。ちょうどその日は四月二十九日で天長節（昭和天皇の誕生日）だったので、すしご飯に煮魚というお祝いのご馳走が出た。朝食後、不時着搭乗員は解散して、各自の所属する航空隊へと帰って行った。浪松飛長と私は、大村空に近い竹松駅から列車で国分基地への帰途についたのであった。

基地に着いてみると、飛行場がいやに静まり返っていた。聞くと、飛行隊は全部引き揚げてしまったという。静かなはずだ。数日前には、B－29の空襲があったとのこと、飛行指揮所の近くには一つ、二つ爆弾で大穴が空けられていた。

私の所属していた戦闘三一〇飛行隊の搭乗員は、一人も基地に残っておらずがっかりした。しかし、幸いなことに同じ部隊の三〇八飛行隊の搭乗員が数名残っていたので、私はそこへ潜り込ませてもらった。さすがに基地へ帰ったことで気が緩んだのか、心身の疲れがどっと出て、仮兵舎である民家の畳の間でしばらくは横になったままだった。

気分が落ち着いてくると、下腹部から太もものあたりが痒くなってきた。古仁屋にいた時、既に太もものあたりが痒かったがそれほど気にならなかった。しかし、ここへきてひどく痒くなったのである。

考えてみれば、四月十五日に出撃して以来、下着を取り替えていない。替えを持っていなかったから着替えようがないのである。もっとも、褌は二、三度洗濯したが、シャツはそのままだった。おまけに、古仁屋でドラム缶風呂に入って以後は入浴もしていない。おかげで私は疥癬にやられていた。

その夜久しぶりでゆっくりと風呂に漬かった。垢をおとした後の体は軽くなったようで、痒みも消え本当にいい気分なった。もっとも、疥癬の痒みが止まるのは入浴後の一時で、私は、その後長らくこの皮膚病に悩まされたのであった。

都ホテルで思わぬ歓待

五月二日だったと思うが定かではない。国分に残っていた六〇一空の搭乗員は、汽車で百里ヶ原基地へ帰ることになった。戦闘三〇八の搭乗員六名、攻撃第一飛行隊（艦爆）の搭乗員二名と私（戦闘三一〇飛行隊）を入れて総勢九名だった。指揮を執ったのは、三〇八飛行隊付の太田少尉（予備学生十三期）だった。

そのころ娑婆は食糧難時代で、駅弁などはどこにもなく、菓子類などもとっくに姿を消していた。そこで出発前に、道中の補助食用として、パイ缶やクッキーなどをたっぷり支給してもらった。出発当日、もらった弁当は二食分だった。

搭乗員は、たいていの場合飛行機で目的地へ一足跳びに行くから、たまさかの汽車の旅はいかにものんびりして楽しかった。

最初の途中下車は別府だった。六五三空（大分基地）にいたころよく利用した流川通りの竹屋旅館に泊ることになった。主人をラバウルへ送り出しているという若い女主人や、私と同県人であるというので親しくしていた女中さんが、心底喜んで迎えてくれた。竹屋は海軍の指定旅館だったから、特配の食糧があったのだろう、ご馳走を振る舞って歓待してくれた。同行した一同が大喜びしたことは言うまでもない。

翌日は早朝に出発した。見送りに出た女主人から水筒をもらったが、中には酒がいっぱい入っていた。また女中さんからは、記念にと言って美しい扇をもらった。私の追憶のひとこまに残っている忘れ難い一宿であった。

別府からの列車での事などは完全に忘れてしまったが、次に下車したのは京都であった。京都市内の最高級のホテルに泊まることに衆議は一決した。京都駅を出たところで、たまたま出会った海軍の兵長が「それなら、都ホテルです」と教えてくれた。

われわれは皆飛行服を着用しており、落下傘バッグなどを手に持ち、安物のサングラスを掛けている者もいたりして、実に野暮ったい風体をしていた。ホテルの人たちは、しかし、この胡散臭い一行を実に愛想よく迎えてくれた。

各自の部屋（ツインルーム）が決まった後、皆一緒にホテル内を案内してもらった。関西随一を誇るだけのことはあって、さすがに豪華な部屋が並んでいた。日本間の並んでいる一棟もあった。

洋間の並ぶ一画には、皇族用の特別室があった。天皇陛下も宿泊される部屋であるから、案内人は「一般には公開しないのだが、あなたたちは特別だから」と言って内部を見せてくれた。テーブル、椅子、ベッドその他の調度品などすべてが庶民のものとは一味違った色彩で、そのたたずまいは気品に満ちて重々しかった。現人神と言われる時代であったから、その天皇がご使用になるベッドまで見たことは、誠に畏れ多いことであった。

ところで、案内人が「あなたたちは特別だから」と言ったのは、後で分かったのだが「特攻隊員だから」という意味であった。宿泊客の一人に、会社の重役タイプの小父さんがいた。

その人が、われわれが海軍の搭乗員であることを知って、ホテルの人たちに「彼らは特攻隊員である」と告げたらしい。それを聞いて、ホテルの人たちは、特攻隊員が出撃の途中にホテルに立ち寄ったものと思ったようである。特攻隊員ならば、それなりのもてなしをしてやろうということになり、われわれは一般客とは違う、特別の待遇を受けることになったのである。

食事は、大食堂の奥にある小部屋に案内された。その日の夕食は特別のメニューだったようで、ステーキ付きの豪華版だったが、熨斗付きの酒も出て来た。ただし、酒の方は先の重役タイプの小父さんの好意によるものだった。彼は都ホテルの常連で、あちこちに顔が利く大物だったようだが、身分のほどは聞かず仕舞いだった。

われわれは洋間の部屋をとっていたが、誰かが「日本間に寝たい」と言ったのだという。すぐ係の人がやって来て「どの部屋でもよいから、一番気に入った部屋を使用してください」と、言うので、早速、全員が広い中庭に面した日本間に移ることにした。われわれは九人だったから、三人ずつに分かれて三つの部屋に入ったが、日当たりが良く、サンルームのある最高の部屋だった。

その夜、親切な重役さんがわれわれを慰めてやろうと、当時の人気女優の一人・花柳小菊さんを部屋に招いてくれた。彼女は、当時の大女優田中絹代や山田五十鈴などと並ぶ女優だったが、われわれの前に現われた彼女は、偉ぶるところも気取った風もなかったので大変好感が持てた。そして、われわれの求めに応じて映画界の四方山話をしたり、彼女が主演して好評だった映画の一場面を、セリフ入りで演技してみせてくれたりした。

ホテルに勤めている若い女性数人も、人気女優の小菊さんを見ようと部屋にやって来た。小菊さんが帰った後、彼女たちと一緒に時の経つのを忘れて、トランプや花札に興じたのであった。

翌日、例の重役さんが映画撮影所に案内してくれた。花柳小菊さんも同行した。撮影所ではちょうど「東海水滸伝」の撮影中で、時代劇俳優の大御所だった片岡千恵蔵と市川右太衛門の二人が、箱火鉢を中にして短いせりふのやりとりをしているところだった。

撮影が一段落したところで、スタッフの人たちや、千恵蔵、右太衛門の両人から映画撮影の苦労話などを聞いたが、話の中身については記憶がない。われわれの方からは、空中戦や特攻攻撃のことなどを話したが、大変興味を持たれて話が弾んだ。

仲間の三、四人が、白い長い紐を持っていたのだが、それが落下傘用の紐だと分かって、千恵蔵さんが記念に欲しいと言うので手渡すと、柔らかくて手触りのよいその紐を引っ張ったり結んだりして喜んでいた。最後に、小さいノートを差し出して一同のサインを求められた。俳優さんにサインをしてもらうのは分かるが、逆にサインを求められるとは思ってもみなかった。皆心よく引き受けていたが、字のまずい私はほとほと困った。だが止むを得ないので、上飛曹、梅林義輝と小さい字で目立たないように階級と氏名を書いたのであった。

撮影所を辞す前に、俳優さんや、スタッフの人たちと全員で記念写真を撮ったのだが、残念ながらその写真は私の手元には届かなかった。見学を終えて帰り道、例の重役さんが、花

昭和20年５月、国分基地から百里ヶ原基地に戻る途中で立ち寄った、京都の都ホテルにて。前列中央が著者、その後ろが当時の人気女優の花柳小菊

魁の正装姿を見ようと祇園へ案内してくれた。ところがその日は、ちょうど祇園の町全体が休業日になっていた。期待していた花魁の華麗な姿は、残念ながら見ることができずがっかりしたのであった。

ホテルへ帰ると、われわれが夕方には京都を立つというので、昨夜、部屋を訪ねてきた娘さんたち数人が再び部屋へやって来た。

銀飯の弁当や、日本酒の入った水筒を持参し、車中で食べてくださいと言って手渡してくれた。両方とも、当時の娑婆ではなかなか手に入らない貴重品だった。それを、昨日まで一面識もなかったわれわれにくれたのはなぜであろう。明日の命が分からない飛行機搭乗員を哀れむ気持から出た行為だったのであろうか。ともあれ、われわれはそれを有り難く頂いた。こうして、誰も彼もが、われわれに対して温かい心配りをしてくれることは誠に有り難く、嬉しくもあり感謝の他なかった。

夕方、ホテルを出るわれわれを大勢の人たちが見送ってくれた。例の娘さんたちは、京都駅までわざわざ見送りに来てくれた。別れを惜しみながらいつまでも手を振って送ってくれた彼女たちの姿が、今も瞼の裏に残っている。彼女たちの中に、「登都」という名の女性がいた。色の白い、楚々とした美女だった。美しかった容姿もさることながら、登都というのはいかにも京都の女性にふさわしい優雅な名前である。その登都さんから数回便りをもらった。書道を習っているとのことで、素晴らしい達筆だった。終戦を期に音信を交わしていないが、彼女は今も元気で京都にいるのだろうか。

自分の遺骨箱と対面

六〇一空のいる百里ヶ原基地に帰り着いたのは五月の上旬だった。何日であったかは確かな記憶がない。戦闘三一〇飛行隊は訓練中だったが、飛行指揮所にいた香取隊長に帰隊の報告をした。隊長は、「ご苦労だった。疲れているだろうから二日間の休暇を与える。ゆっくり休養するように」と言っただけだった。四月十五日の沖縄上空における戦闘の模様や、不時着後のことなど一切聞かれず、答えを用意していた私はいささか拍子抜けがした。

休養は有り難く思ったが、行く目当ての所もないし、一人で外出しても面白くないので、結局、翌日からの二日間は、身辺の整理をしたり、兵舎で寝転んで過ごしたのであった。

隊長への帰隊報告が終わってから、そこにいた搭乗員たちと約二十日ぶりで顔を合わせた。皆が握手をしたり、肩を叩いたりして私の帰隊を喜でくれた。海軍では、五月一日が定期の昇進日であったから、ほとんどの搭乗員が一階級上がってにこにこしていた。既に下士官の最上級である上飛曹になっていた私を含む数名の者は昇進はなかった。しかし、その中で、一人、先任下士官の白浜上飛曹は、兵曹長(准士官)に昇進して、満面に笑みをたたえていた。

よく見ると、顔を知らない搭乗員が大勢いた。四月下旬に転任してきた搭乗員たちであった。戦闘三一〇飛行隊の搭乗員は、沖縄航空戦で十数名の戦死者を出した。そこで、再建計画により二十名ばかりの搭乗員が補充されたのである。これで搭乗員は四十数名となったが、さらに五月中に新たな補充が行なわれ総数は五十名を超えた。こうして戦闘三一〇飛行隊は、海軍有数の戦闘機隊として、再編されたのであった。

帰隊した日、飛行訓練が終わるのを待って皆と一緒に兵舎に帰った。敵の銃爆撃を避けるため、飛行場から数百メートル離れた雑木林の中に造られていた。地下壕式の兵舎で、中央に通路があり、両側は上下二段になっていたが、搭乗員一人の居場所は毛布一枚分の広さしかなかった。

兵舎に入って見ると、出入口近くに祭壇が設けてあり、そこに私の名前を書いた遺骨箱と遺品箱が置いてあった。数日前の邀撃戦で戦死したという二人の搭乗員の遺骨箱と並べて安置してあった。遺骨箱に記されていた私の階級は、二階級特進の海軍少尉になっていた。なぜか特攻戦死扱いになっていたのである。(編注:第三御盾隊として扱われた)

遺骨箱には、日常着用していた略帽が入れられており、遺品箱には私が持っていた私物が少々入っていた。愛用していたタバコケースとサングラスが無くなっていたが、遺品整理をした若い搭乗員が持っていて、決まり悪そうにして返してくれた。私が戦死扱いになったのは、徳之島の陸軍守備隊からの連絡が遅れたためであった。しかし、四月下旬には不時着して無事であるとの連絡が入ったという。なのに、遺骨箱や遺品箱をそのままにしていたのはなぜか、私には解せなかった。

翌日、主計科から給与を取りにくるようにとの連絡があった。早速出向いて受け取った給与袋には、思わぬ大金、二百円余りが入っていた。これには戦地加俸が付いているとのことであった。生まれて初めて手にした大金だったが、外出もままならないころだったから使い道がなかった。

結局、そのうちの二百円を親元へ郵送することにした。これに対して、両親から「大金を送ってくれて有り難く嬉しかったが、この金は後々のために郵便貯金にしておきたい」との便りがあった。だが、やがて終戦となり、戦後の急激なインフレで貨幣価値が下がってしまって、この金はあまり役には立たなかったのであった。

第十二章　最後の戦い

B-29の邀撃戦法

米国の空軍が日本本土を初空襲したのは、昭和十七年（一九四二）四月十八日のことであった。そのことについては、第二章で述べた通りである。その後は二年余り空襲はなく、二度目の空襲は昭和十九年（一九四四）六月十六日であった。

この時は、中国奥地の成都を飛び立ったB-29四十七機が、北九州の八幡、若松などに来襲した。「超空の要塞」と言われたB-29が、日本本土に姿を見せたのはこれが初めてであった。その後、七月、八月に一度ずつB-29による北九州方面への来襲があったが、これらの空襲は、人心に与えた影響はともかく、被害は軽微であった。

マリアナ方面からのB-29の初空襲は、十一月二十四日であったが、この時は八十八機が来襲、中島飛行機の武蔵工場に被害が出た。東京都心に対する初の夜間爆撃は、十一月三十日の未明であったが、物的にも人的にも大きな被害は出なかった。

B－29の本土空襲が本格的で大規模になったのは、硫黄島の飛行場が占領されて後、昭和二十年（一九四五）の三月に入ってからである。B－29は、高々度（八千メートル以上）で来襲することが多かったから、対小型機用の戦闘機として造られた零戦でこれを邀撃するのは容易ではなかった。その上、硫黄島陥落以後は、P－51という援護戦闘機をつけて来襲するようになったので、邀撃は一層困難になった。

もちろん、対大型機邀撃用の戦闘機である雷電や、夜間戦闘機月光もあり、零戦に斜銃を付けて大型機攻撃用にしたものもあった。しかし、私はこれらの機種に乗ったことがないので、こうした戦闘機が、B－29に対してどんな方法で攻撃したのか語ることができない。

それでは、零戦は来襲するB－29に対して、どんな攻撃を仕掛けたのであろうか。

零戦によるB－29の攻撃は、直上方攻撃が最も有効であった。B－29の死角は、機体の真上であった。だから、真上から攻撃する直上方攻撃が有効だったのである。真上以外の方向――横、後ろ、下方などからの攻撃では、B－29の性能のよい旋回機銃で、こちらが先に狙い撃ちされるのである。

直上方攻撃はまた背面攻撃とも言った。その攻撃方法は、高度差約千メートルでB－29の真正面から対向して近付き、適当な距離に来た時、飛行機を背面にしながらB－29の機首を狙って急降下し攻撃するのである。

急降下に入ると、零戦は三百ノット以上のスピードが出る。零戦五二型の急降下制限速度（計器指示）は四百ノット（七百四十一キロメートル）であった。だが、三百五十ノット以上になると翼にたわみができて、フラッター（翼などの振動）を起こしそうになる。このスピードで操縦の自由が失われ、回避操作ができずB－29に体当たりする飛行機もあったようである。

背面ダイブから機首を引き起こすのが大変であった。片手では操縦桿は重くて動かない。両手で操縦桿を引くが、補助昇降舵を操作してやっと機首を上げることができた。この時、

硫黄島の陥落後、B-29爆撃機を護衛してくるようになった米P-51戦闘機。B-29の側面窓からの撮影

三～四Gがかかって、大きな力で身体全体が座席に押し付けられる。鼻汁が飛び出し、頰が下へ引っ張られ、目がくらむこともある。足は、フットバーに押し付けられたまま動かすことができないのである。

この方法による攻撃は、B－29が高度六千メートル以下で飛来した時は成功率が高かった。しかし、八千メートル以上になると零戦では攻撃困難でお手上げだった。B－29を援護してくる戦闘機P－51は、旋回性能以外ではあらゆる点で零戦に勝る優秀な戦闘機であった。六〇一空の戦闘機隊（戦闘三一〇および三〇八）は、状況を見

てB－29に対する攻撃を行ない、B－29がP－51を多数伴っている場合には、P－51に攻撃目標を絞るという戦法をとっていた。

五月半ば以降になると、P－51はB－29の援護だけでなく、飛行場の攻撃も始めた。高速を利用して飛行場に突っ込み、ロケット弾を投下して銃撃を加えながら飛び去っていくというのが彼らの常套手段だった。

マリアナ方面から来襲するB－29は、小笠原の母島にある監視所からその情報を送ってきていた。だから、B－29が日本本土上空に到達する二時間前には各基地でその情報を入手できる体制になっていた。従って、上昇力の弱い零戦でも、邀撃体勢を整える余裕は充分にあったはずである。しかし、どこでどう齟齬が生じたのか、私自身は、高々度で待機していて来襲してくるB－29を迎え撃つような戦いをしたことはあまりなかった。邀撃戦は、大抵後手後手に回って、下方から無理な攻撃を仕掛けたり、あるいは射撃圏内に捕えることさえできない場合が多かった。

横浜大空襲を阻止できず

五月二十九日は、横浜が大空襲を受けた日である。その日の早朝、マリアナ方面より敵機北上中という情報が入ってきた。これに対して、百里ヶ原の戦闘機隊は、三一〇飛行隊の零戦三十二機、三〇八飛行隊の零戦十九機が邀撃待機の態勢をとった。その後、戦爆連合の大編隊が三宅島付近を北上中との続報があり、待機中の零戦は八時三十分ころ全機発進した。

戦闘三一〇飛行隊の三十二機は、香取隊長機を先頭に東京湾上空を目指してぐんぐん高度をとっていった。私の小隊は、一番機尾関三郎治中尉（予備十三期）、二番機が私、三番機高村一飛曹、四番機田辺信行上飛曹（甲飛十一期）であった。

高度四千メートルとなって、酸素ボンベのコックを開き、なおも上昇を続ける。千葉県上空に差し掛かったころ、はるか前方に高度八千メートルあたりを北上しているB－29の編隊が見えた。よく見ると、横浜市内から盛んに煙が上がっている。先行した編隊が既に爆弾を投下していたのだ。全戦闘機が全速で進撃を始める。自ずと戦闘隊形に開く形になったが、私の機は馬力が充分に出ないまま一番機から離れてしまった。

前方を見ると、爆撃を終えたB－29が順次機首を南に向けて脱出を図っている。援護戦闘機のP－51の襲撃を警戒しなければならない。そう思った時、突然P－51が上空から降ってきた。危うく垂直旋回で攻撃をかわすと、すぐそばを二機のP－51が降下していく。直ちに追撃体勢に入り機銃を発射したが有効弾を浴びせることはできなかった。P－51は見る見るうちに機影が小さくなり、やがて視界から消えていった。

その時、四番機がいないのに気が付いたが、それを探している暇はなかった。すぐ目の前を編隊から離れたB－29一機が飛んでいる。斜後方から二十ミリを発射したが、弾はいたずらに空を切るばかりであった。諦めて、三一〇飛行隊の戦闘機を探したが見当たらず、三号爆弾らしいものを翼下に付けている他部隊の零戦が目に映るだけだった。

全くまずい空戦であった。一人しょんぼり基地に帰ったが、その日、四番機は遂に帰投しなかった。二番機として大いに責任を感じるとともに、寂しい思いをしたものだった。隣の三〇八飛行隊でも未帰還機が二機あったが、その他落下傘降下して命拾いした搭乗員が一名あり、被弾機は十二機を数えた。戦果の方は、B－29一機撃墜、四機撃破、P－51十一機撃墜、八機撃破であった。

この日の空襲で横浜市は大火災となり、その炎は天を焦がし、黒煙は関東一円を覆った。横浜市の実に三分の一消失したのである。邀撃戦に上がった飛行機が全機着陸してから一時間以上経っていたと思う。それまでよく晴れていた空に、突如西の方から黒煙が現われた。黒煙は見る見るうちに空を覆い、あたりは無気味なほど暗くなってしまった。被害の大きさが思いやられるとともに、B－29の来襲を阻止することができないわれわれ日本空軍の非力さを思わずにはいられなかった。

その後、百里ヶ原にいる間に、B－29の邀撃戦に三回ばかり上がったのだが、なぜか空戦のことは記憶にない。記録によると、それぞれの邀撃戦で、二、三名ずつの戦死者が出ているのである。空戦のことは記憶にないが、P－51の銃撃によって、逃げ遅れた整備兵が戦死したり、防空壕の入口にいた艦爆隊の搭乗員が、いわゆる流れ弾に当たって戦死したことなどはよく覚えている。

七月に入ると、艦載機の来襲が頻繁になってきた。これに対して、われわれは邀撃戦を行なわず、敵の跳梁に任せるのみであった。図に乗った敵機は、飛行場上空でスローロールをやったり、超低空で飛来して風防から顔を出し、悠々と飛行場周辺を偵察したりする。それに対してわれわれは、切歯扼腕するばかりで何もできないのである。戦闘機搭乗員として、これほど情けないことはなかった。

昭和十七年（一九四二）の春、南方ニューギニアのラエ基地からポートモレスビー攻撃に出た零戦隊のうち三機が、敵の飛行場上空で連続三回の編隊宙返りを二度も繰り返し、敵をナメた挑発行為をしたというが、戦争末期には立場が逆転し、敵の方がわれわれをナメた挑発行為をしていたのである。

鈴鹿基地に移動

昭和二十年（一九四五）七月中旬、第三航空艦隊は新たな展開を命じられ、六〇一空は、飛行隊ごとに基地を移動することになった。当時六〇一空には、戦闘三〇八および三一〇飛行隊、攻撃第一および第三飛行隊の四つの飛行隊があったが、四つの飛行隊の隊員一同が共に百里ヶ原で行動したのは五月以来のわずか二ヵ月半の間であった。以後、六〇一空として再び全体が集結することなく終戦を迎えたのである。

七月十七日、百里ヶ原で過ごした最後の日である。戦闘三一〇飛行隊の搭乗員は、隊長以下全員約五十名が夕刻、兵舎横の草原に車座を作って別れの宴を催した。酒は充分にあり、主計科が心尽くしの肴を作ってくれたので皆大いに飲んだ。マイクもなければ楽器もなかったが、地声を張り上げ、皆で楽しく流行歌を歌った。「勘太郎月夜歌」を上手に踊る士官もいて大いに盛り上がり、心に残る一夜となったのであった。とは言うものの、その夜は日立方面が敵の艦砲射撃を受け、その音が遠雷のように響いてきて、不気味であった。そして、敵はいよいよそこまで攻めてきたか、という感を深くしたのであった。

翌十八日、百里ヶ原に残留する攻撃第一飛行隊以外は、それぞれ指定された基地へ移動していった。攻撃第三飛行隊は名古屋基地へ、戦闘三〇八は奈良県大和基地へ、そして我が三一〇飛行隊は三重県鈴鹿基地へと移動したのである。ここで戦闘三一〇飛行隊に与えられた任務は、名古屋および京阪方面の防空に当たることであった。

鈴鹿基地には、隣接して三菱の飛行機工場があり、たびたび零戦を受け取りに来たことがあった。だから、そこに勤務している事務員や学徒動員で働いている中学生の中には、顔見知りの者も何人かいた。

移動に当たっては、彼ら、彼女らとの再会を楽しみにしていたが、残念ながらそれはかなわなかった。われわれが基地内の兵舎を使用しなかったから、工場関係の事務所などを訪れる機会がなかったのである。六〇一空の隊員は、飛行場から二キロばかり離れた稲生部落一帯の民家に分宿したのであった。そのうち、三一〇飛行隊搭乗員の宿舎は、四、五十人が起居できる大きなお寺であった。その寺の名前を失念してしまったのは誠に残念である。

鈴鹿基地に移動してからは、本土決戦に備えて飛行機の使用が制限され、訓練で飛ぶのは週に三、四回程度であった。名古屋および京阪地域の防空が任務であったはずなのに、来襲する敵機の邀撃戦には一度も上がらなかった。

しかし、搭乗員の士気は極めて旺盛で、爆音を轟かせて編隊で低空飛行をやったり、編隊空戦訓練で十機、二十機の零戦が大空を乱舞した。十機以上の戦闘機が編隊で飛ぶ姿を見て、地域の人たちは随分心強く思ったらしい。そのころわれわれは、夕食後の団欒の時、あるいは飛行場への行き帰り（トラックを利用）に、次のような歌をよく歌ったものである。

一、くるくる回る　宙返り
　鈴鹿高女の女学生
　にっこり笑って空を見る
　杉山部隊の　戦闘機隊

二、攻撃終わって　翼の下
　ごろりと寝るのも　だてじゃない
　睡眠われらの　整備です
　杉山部隊の　戦闘機隊

三、ここなら指揮所に　見えまいと
　低空飛行や　宙返り
　意気揚々と　引き揚げりゃ
　杉山おやじに　カーブを下げた

杉山部隊というのは、司令が杉山利一大佐だったので、六〇一空のことをそう呼んだのである。もっとも、この歌は百里ヶ原にいたころから歌われていたもので、そのころは「鈴鹿高女」ではなく「石岡高女」になっていた。搭乗員は、女学生によくもてたものである。「MMK」などと言って鼻の下を長くしていた。「MMK」とは、ローマ字の「MOTETE　MOTETE　KOMARU」の頭文字をとったものである。女学生に大いにもてた搭乗員たちは、その初々しさの故に女学生が大好きであった。一番の歌詞は、そんな搭乗員の気持を遠慮がちに歌ったものであろう。

鈴鹿基地では邀撃に上がらなかったことは先に触れたが、警戒警報が出るとわれわれ搭乗員も他の隊員同様地上退避をするのが常だった。飛行場西側の雑木林の中へ退避したり、白子海岸の松林あたりによく退避したものである。

白子海岸は飛行場の東側に位置し、伊勢湾に臨む白砂青松の地で、風光は誠に明媚であり、南の方は景勝の地、阿漕浦に続いている。この白子の浜に腰を下ろして、小波が寄せては返す白砂の海辺を眺めていると心が和み、しばし戦争のことを忘れさせてくれた。

この海岸に大きな養魚池があって、池の傍らに母親と年ごろの娘三人が住んでいる一軒屋があった。次女は、勤務の関係で顔を合わせることがあまりなかったが、長女と三女はたいてい家にいた。二人とも性格が明るく、中肉中背で顔のふっくらした美女であった。搭乗員たちは、地上退避の際、この美女姉妹に会うのを非常な楽しみとしていたものである。池に浮かんでいるボートに彼女らを乗せて、ふざけた漕ぎ方をして「きゃあきゃあ」言わせたり、時には家に上がり込んで、数人でトランプゲームなどに興じることもあった。いつも死と向き合って、緊張した日々を送っていたわれわれにとっては、大きな心の慰めになったものだった。

八月六日には広島に、九日には長崎に新型爆弾が投下され、両市とも一瞬にして廃墟と化してしまった。そして八日には、ソ連が不可侵条約を無視して宣戦を布告してきた。広島、長崎に投下された新型爆弾は、われわれの間では、報道された被害状況から判断して原子爆弾であろうと推測がついた。

原子爆弾については、搭乗員仲間では早くからよく話題になっていた。マッチ箱程度の大きさの爆弾一発で、グアム島あたりにいるB-29全機を瞬時にして破壊することができる。これが製造された暁には爆撃機だけあればよく、戦闘機は不要となる。「戦闘機乗りは長生きできるぞ」などという、たわいない話をしていたものだった。

その想像を絶する威力を持つ爆弾は、アメリカに先を越されてしまった。起死回生の兵器として、一刻も早い出現を待ち望んでいたわれわれにとって、その打撃は非常に大きかった。「これで戦争に勝てるのかなあ」という弱気の声が、搭乗員の仲間から上がった。それは唐突に聞こえてきた言葉だったが、なぜか私の胸は小さく揺らいだ。敗戦の予感が走ったのかもしれない。しかし、神風のもと、きっと回天の時がくる、最後には必ず勝つのだというわれわれの信念が崩れたわけではなかった。

出撃直前の玉音放送

八月十四日の午後、飛行指揮所前に整列した搭乗員に対し、「明日、正午を期して出撃する。万全の準備をしておくように」という香取隊長の訓示があった。鈴鹿基地に移動して来て以来初めての出撃である。航空母艦四隻以上を含む敵機動部隊が、犬吠埼の近海を遊弋しており、敵の艦載機が関東地方の空を跳梁しているという。

搭乗員は、出撃と聞いて皆緊張した。私もいよいよ生命を捨てる時が来たと思った。同期生やその他の戦友が遠く南冥に消え、沖縄の空に、あるいは関東上空に次々と散っていった。「俺も後に続こう。明日こそは必死の空戦と挑み、弾の尽きたところで敵艦に体当たりをしてやろう」と意を決した。

「靖国神社で俺を待っている奴が大勢いる。彼らと会える時がきたのだ」、そんな思いが胸中を走った。当時「十九の春」という流行歌があった。「哀れ十九の春よ春」と歌う哀愁のこもったメロディーが好きで、私はよくこの歌を歌ったものだった。俺も十九の春で散るのだと思うと、いろんな思い出が頭の中を走馬灯のように巡って感慨は尽きなかった。

兵舎へ帰って下着などを洗濯し、衣類や持っていた私品などをいつもより入念に整理した。しかし、遺書は書かなかった。字が下手だったからなのか、書く言葉が分からなかったからなのか、とにかく私は遺書を書こうと思ったことは一度もなかった。

消灯の時間がきて横になったが、しばらくは明日の戦闘のことが頭にちらついて寝付かれなかった。空戦をかいくぐって、うまく敵艦船にたどり着けるだろうか。対空砲火も熾烈を極めるだろう。空母に体当たりできると最高だが、などとあれこれ考えているうちにいつの間にか眠りについていた。

八月十五日、総員起こしで飛び起きる。今日は死ぬのだという思いだけが頭の中にあった。朝食を済ませて、いつものようにトラックの荷台に乗って飛行場へ向かう。太陽は既に高く昇り、鈴鹿の山並は澄みきった青空に美しい稜線を描いていた。この風景も再び見ることはないのだというひそかな感傷に胸が騒いだ。

飛行場に着いて、改めて出撃隊の編成表を見る。私は第一中隊第二小隊の二番機で、一番機は尾関中尉である。第一小隊はもちろん香取隊長の小隊で、出撃機の総数は隊長機以下三十六機となっていた。付け加えると、飛行隊の編成は、一小隊（区隊ともいう）が四機で編成され、二個小隊八機で一つの中隊を成し、二個中隊以上が集まって一つの飛行隊をなしていた。だから、飛行隊長は、第一中隊の長でもあり、第一中隊第一小隊の長でもあったのである。

午前十時過ぎ、搭乗員整列の号令が掛かった。整列した搭乗員を前にして司令は、出撃命令を下した後、「総攻撃の成功を祈る」と力強く言葉を結んで指揮台を下りた。続いて隊長から、敵機動部隊の状況、艦載機の動きについて説明があり、戦闘要領などの注意を受ける。今日は関東地方に展開している各飛行隊から特攻機も出撃するという。「よし、特攻機に負けないように頑張るぞ」と自分に対して強く言い聞かせた。

「かかれ」の号令で、搭乗員は一斉に飛行場周辺の掩体壕に入っている自分の飛行機の下へ急いだ。既に整備兵が入念な点検整備を済ませて、最後の試運転をやっていた。エンジンの音は極めて快調のようである。飛行機のそばにいた数名の整備兵に向かって、「今日は帰って来ないぞ」と大声で叫ぶように言った。整備兵たちは一斉に私の方を向いたが、私は上を向いたまま素早く機上の人となった。「帰って来てくださいよ」という声が背中に向かって上がっていた。

掩体壕を出て飛行場の離陸地点に向かう。誘導路に並んで帽子を振り、出撃を見送っている隊員たちに手を上げて応えながら進む。これが今生の別れになるのだという感慨と共に、生死に対する迷いも出たりして、とても複雑な気持だった。

しばらくして大方の飛行機が離陸線に着き、やがて発進の時刻となった。だが、隊長機はいっこうに離陸しようとしない。不審に思っていると伝令が走って来て「出撃中止」だという。理由はもちろん分からない。一体何事が起こったのかと、あれこれ考えながら飛行機から飛び降りて指揮所へ急いだ。

指揮所近くまで帰った時、どこからともなく「戦争が終わったのだ」という声が聞こえてきた。正に青天の霹靂だった。何を馬鹿なことをと思ったが、将校連中のただならぬ様子を見ると、どうも本当らしい。間もなく搭乗員整列の号令が掛かり、司令から終戦の玉音放送があったことが伝えられた。途端に悲憤慷慨して叫ぶ者もあり、天を仰いで号泣する者あり、膝を折り大地を叩いて悔しがる者ありで騒然となり、異様な光景が展開した。

私はその時、限界状況からの解放を感じたのであろうか、一瞬呆然となり、全身から力が抜けていくのを覚えた。そして頭の中では、「戦争が終わった」という言葉がぐるぐると渦を巻いていた。だが、不思議に冷静で涙は出なかった。

「とうとう生き延びてしまった。これで、死ぬことはないのだ。これからは死の不安や恐怖に襲われることなく生きられる」、そんな思いが心の底からふっと湧いて出た。思えば、毎日が死と対面した生活であった。朝、飛行場に出ると、今日は死ぬかもしれないと思い、夜、就寝の時が来ると今日は生き長らえたぞと思う。心の中には常に死の影が付きまとっていた。「これからは死の重圧から解放されるのだ」。そんな思いが、終戦の声を聞いた時の、十九歳の私の偽りのない気持であった。

私は、戦闘機搭乗員として、どんな出撃の場合でも生還することを考えていた。死ぬかもしれないが、死にたくないというのが本音だった。出撃に当たって、今日は死ぬのだ、生きては帰らないのだと本気で自分に言い聞かせ、必死の覚悟で臨んだのは初めてのことであった。その必死の出撃行で、しかも今、正に発進しようとしたその時に戦争が終わるとは。つくづく運命の皮肉を思わずにはおられなかった。ふと顔を上げると、遠く鈴鹿山脈にかかる大きな入道雲が、真夏の太陽の下でまぶしく輝いていた。

終章　戦い終えて

大西中将の自決

終戦の翌日、八月十六日、われわれはそれまで宿舎としていたお寺から引き揚げて、基地内の兵舎に帰って来た。大きな精神的打撃と動揺は少しずつ治まって、やがて搭乗員たちも落ち着きを取り戻した。

たぶん八月十七日のことだったと思う。大西瀧治郎中将が自決したという情報が入った。彼は、第一航空艦隊の司令長官として最初に特攻を実施した人で、特攻隊生みの親であった。われわれ搭乗員は皆、大西中将自決の報を聞いてそれを当然のことと受け止めた。

搭乗員仲間では、終戦になって真っ先に思いをはせたのは、特攻で戦死した戦友たちのことであった。彼らは、それが悠久の大義であるとして、最後の勝利を信じ、自らの肉体を爆弾と化して散っていったのである。しかし、結局は彼らの死は報いられなかった。その無念さは計り知れないものがあるに違いない。その特攻隊員たちの後を追って、大西長官は自らの腹を割き自決したのである。

長官の残した遺書には「吾死を以て旧部下の英霊と其の遺族に謝せんとす」とある。この言葉に私は、長官の真心を見る思いがしたのであった。自決は当然のこととはいえ、その最期は武人として誠に見事であったという他あるまい。

大西中将が自決したと聞いた時、搭乗員たちが口にしたのは「玉井中佐や中島少佐も自決すべきではないか」ということだった。大西長官が特攻隊の生みの親だとすれば、玉井中佐（昭和十九年当時の階級）は、特攻隊の育ての親であった。彼は、昭和十九年十月当時、比島マバラカットにいた二〇一空の副長として、大西長官の意向を受け、特攻隊員の編成を自ら手がけたのである。そして、第一次神風特攻隊を出撃させた後も、比島における特攻作戦の指揮を執り続けた。当時、二〇一空の飛行長であった中島正少佐（当時の階級）は、特攻隊員の編成に関して直接玉井中佐を助け、一時期、セブ基地に進出して自ら特攻作戦の指揮を執ったこともあったのである。「中島飛行長に捕まったらすぐ特攻隊員に指名される」と言って、搭乗員は中島飛行長を敬遠したものである。このように、玉井中佐も、中島少佐も比島における特攻作戦の直接の責任者だったのである。「あれだけ多くの若者を殺したのだから、二人とも自決すべきではないか」というのは、搭乗員たちの感情として当然のことだったと思うのである。

復員

私が復員したのは、昭和二十年（一九四五）の八月末であった。第十期甲種飛行予科練習生として土浦海軍航空隊に入隊したのは、昭和十七年四月一日だったから、三年五ヵ月を海軍航空隊で過ごしたことになる。

私の誕生日は、大正十五年（一九二六）四月二十八日であるから、入隊した時は十五歳十一ヵ月、復員した時が十九歳四ヵ月であった。この時期は、現在ではちょうど高校生の時期に当たる。現代の高校生を見ると、まだ童顔が残り、いかにも子供っぽくて頼りなく見える。自分が搭乗員のころも、あんな童顔をしていたのだろうか。自分では、いっぱし大人のつもりでいたのだが、と思ったりする。

「予科練に入隊したのは十五歳の時です」と言うと、「よくそんな若さで予科練へ行きましたね。他に進むべき道があったでしょうに」と、いろんな人から言われた。人間は、無限の可能性を持っているというから、あるいは、進むべき道は他にもあったかもしれない。しかし、中学校三年生の私には、視野が狭かったと言えばそれまでだが、予科練への道しか見えていなかったのである。とにかく、それは私が自分で選んだ道だった。

私は、私が選んだ道を、バッターで叩かれ、罰直でしごかれながらも頑張り通した。そして、飛行機乗りになるという少年時代の夢を現実のものとしたのであった。それは、私の誇りであり、今になっても他の道を進めばよかったなどとは少しも思わないのである。

終戦後かなりの間、予科練からの復員者に対する国民の目は冷たく、嘲笑的ですらあった。戦時中、予科練が誇大に宣伝された反動だったのであろうか。「予科練帰り」がやがて「土科練帰り」〈終戦直前の予科練習生は、隊によっては、防空壕造りなどの土木作業に従事していた）となり、「特攻隊崩れ」と指差され、まるでならずもの扱いにされた時期もあった。

もちろん、そのように呼ばれる理由がなかったとは言えない。短期間の予科練生活の後、終戦によって元の学舎に復学した人たちの中には、教師のひんしゅくを買うような言動が見られ、下級生からは無頼漢として恐れられた者もいたという。さらに、一般社会に復帰した人たちの中には、凶悪な犯罪を犯す者さえあった。しかし、それもこれも、その責をすべて予科練に負わせるのは、いささか短慮というべきであろう。

当時の日本人は、敗戦のショックによって虚脱状態に陥り、価値観が転倒して、人びとは生きる道の確たる指針を失っていた。加えて、古今未曾有の食糧難で食べることさえままならず、いわば狂乱怒濤の時代であった。そういう世相を反映して、過ちを犯し、常軌を外れる行動をする者もあったが、それはあながち予科練帰りには限らなかったのである。ともあれ、私は「予科練帰り」とか、とりわけ「特攻隊崩れ」という言葉に対しては、強い抵抗を感じ、憤りさえ覚えたものだった。

顧みると、予科練の教育には批判されるべき点もあったが、反面、評価される点も多々あった。人間性を無視し、個性を無視した押し付けの教育は批判されて当然であろう。私が評価するのは、五分前の精神（時間厳守の精神）、協調と協力の精神を徹底して教育したことである。その他、身辺の整理・整頓、行動の迅速、確実等も予科練教育の原点であった。

このように、予科練では単に軍人としてばかりでなく、社会人としても必要かつ大切な道義的精神を育てる教育をしていたのである。予科練は、あながち、忠誠心を育て勇猛な搭乗員を育てることだけに専念したのではなかった。

私は、社会生活の中で必要なのは、人との協調であり、責任感であり、実行力であると思っている。私がそうした心根を多少とも身に付け、社会人として人から信頼される存在となったのも、予科練教育に負うところが多かったと思っている。

高校教員となる

昭和二十一年（一九四六）、私は愛媛師範学校本科に入学した。入学式は四月上旬の予定だったが、旧職業軍人の入学を制限する措置がとられて入学無期延期となった。やっと入学が許可されたのは、予定より二ヵ月遅れの六月に入ってからであった。

旧制中学校三年修了（旧制中学校は五年制）で予科練に入隊し、長期間学校生活から遠ざかっていたので、受験勉強は容易なことではなかった。昭和十九年一月、飛行練習生を卒業して実施部隊に出てからは、活字を見ることさえあまりなかった。だから、復員した当時は理数科や英語は中三程度のものがよく理解できなかったし、国語も中学校四、五年生用のものは満足に読めなかった。

しかし、予科練で鍛えられ戦争に命を掛けた若者として、弱音を吐くわけにはいかなかった。夜を日に継ぐ努力を重ねて、少しずつ力をつけ、入試を突破したのである。そして、入学後もずっと学校生活を続けていた連中に、学業の点で遅れをとることはなかった。

愛媛師範の学生時代には、米谷さん宅や梅木さん宅で下宿生活を送った。両方とも、松山基地にいた三四三空の同期生の紹介であったことは前に述べた通りである。予科練という縁は戦後にまで及び、お陰で住宅難、食糧難の時代にあって恵まれた下宿生活を送ることができたのである。

当時の師範学校は、小学校と昭和二十二年に発足した新制中学校の教諭資格は収得できたが、高校教諭の免許状は与えられなかった。私は、できれば新制の高等学校（昭和二十三年発足）で教鞭を執りたいと思っていたから、その資格が得られる大学へ進学することにした。

師範学校から旧制大学への進学は非常に難関とされていたが、三年間の弛まない努力が実を結んで、広島文理科大学の哲学科に入学することができた。

昭和二十七年（一九五二）、同大学を卒業と同時に高等学校の教員となったが、いまだ戦後を引きずっていた時代であった。当時の高校生は、放縦で責任感に乏しく極めて利己主義的であった。彼らと同じ年齢期に過ごした私の海軍飛行兵時代を振り返り、彼らの言動に対して腹立たしさを覚えることが多かった。もっとも、それは高校生ばかりでなく、社会の一般的風潮であったから、彼らばかりを責めるわけにはいかなかったのである。

＊

戦後はよく戦争の夢を見た。

空戦でグラマンに追っかけられたり、P－51に銃撃されて木の陰に隠れたり、B－29の爆撃の夢では、必ず至近弾を見舞われて、耳が痛くなるほどの耳鳴りがして目が覚めたものだった。そんな嫌な夢は戦後十年ばかり続いたが、いつの間にか戦争の夢は見なくなっていた。

ところが、昭和四十五年（一九七〇）ころ、甲飛十期生の歩みと、戦いの記録などを残そうということになり、同期生各自の体験記などを寄稿することになった。そのため私も、予科練入隊から終戦に至るまでの思い出を綴ることにした。あれこれ心に残っていることを原稿にしていると、以前と同じような夢が現われるようになった。戦争が私の胸中に刻みこんだものが、いかに深く大きなものであったかを思い知ったのである。

そう言えば、海軍の飛行兵として過ごした三年五ヵ月という年月は、戦後私が過ごした六年間の学生生活、および教員生活の三十五年を合わせた四十一年間よりもずっと長かったような気がする。人間が命をかけて生きた時間、「超充実の時間」は、普通に生きた時間の何十倍も長いのだということを実感したのであった。

世界は今や宇宙時代に突入し、人類の未来は文字通り無限の広がりを見せている。日本も、昭和三十年代の初期に「戦後」と呼ばれた苦難の時代を抜け出し、以降驚異的な発展を続けて世界の中の経済大国に成長した。紆余曲折はあるにしても、日本の将来もまた宇宙と共に広いのである。

それより、私が嬉しく思うのは、昭和四十年代に入ってようやく太平洋戦争の再評価がなされるようになったことである。そして、多くの戦没者に対しても、国家繁栄の礎となった尊い犠牲者として、その霊が慰められるようになった。戦後しばらくは、犬死に呼ばわりされていた特攻隊員たちの崇高な行為に対しても、国民の間に正しい認識が広まった。恐らくは、安住場所もなく宙に迷っていたであろう彼らの霊も、今は心安らかに、靖国の杜に眠っているに違いない。
太平洋戦争が終わって六十年の歳月が流れた。戦争を知らない世代が国民の大部分を占めている。しかし、少なくなったとは言え、戦争を経験した人たちも残っている。生き残った者は、戦争の語り部として、戦争の悲惨さ、残酷さを語り継ぎ、二度と日本が戦争に巻き込まれることのないよう、平和の尊さを教えていかなければならない。国難に殉じた、幾多の尊い犠牲者の願いを無にしないよう、日本が平和を愛する福祉国家として、永遠に栄えることを祈って終わることにしよう。

参考文献＊『散る桜　残る桜　甲飛十期の記録』（一九七二、甲飛十期会）＊下平忠彦著『海の若鷲「予科練」の徹底研究』（一九九〇、光人社）＊杉山利一著『懐旧』（一九五五）＊白浜芳次郎著『最後の零戦』（一九八四、朝日ソノラマ）＊奥宮正武著『さらば海軍航空隊』（一九七九、朝日ソノラマ）＊伊藤正徳著『連合艦隊の最後　太平洋海戦史』（一九五六、文芸春秋新社）＊その他、太平洋戦争に関する出版物多数

あとがき

人類の歴史は戦争の歴史であると言った人がいる。世界の歴史を繙いてみると、なるほど、人類は古代から、いやもっと前からかもしれない、現代に至るまで飽きもせずよく戦争をしている。戦争は、しかし何時の世にも悲劇と悲しみと怨みしか残していない。

先の太平洋戦争もその例外ではなかった。我が国では、三百万人以上の人たちが戦いによって尊い命を失い、国土の大半は焦土と化してしまった。広島と長崎に投下された二つの原爆の悲劇、戦後に至るまで不法に長くシベリヤに抑留された兵士たちや、中国における残留孤児たちの悲しみや怨みは決して忘れることかできないであろう。

太平洋戦争におけるもう一つの悲劇は日本軍の行なった特攻攻撃である。特攻攻撃というのは、飛行機に爆弾を装着したまま、あるいは特殊な舟艇に爆薬を装塡して、敵艦船や敵陣に人機、人船が一体となって文字通り必死の体当たり攻撃を行なうことである。

私は海軍航空隊の飛行兵として多くの特攻隊員たちが飛行場から出撃するのを見送った。

特攻隊員として指名されることは罪なき人間が死刑の宣告を受けるようなものであった。指名された者の中には、笑ってそれを受ける者もあったが一瞬顔が青ざめる者もあった。例外的には血判を押してまで特攻隊員を志願する者もあった。

皆二十歳前後の血気盛んな若者ばかりである。特攻隊員として死に直面した時の苦悩、「国のために死ぬのだ」という声と「生きていたい」という本能の渦巻く葛藤はどんなに大きかったことであろう。顔が青ざめるのも人情として止むを得ないことだったと私は思っている。

しかし、そんな大きな苦悩があったにせよ特攻隊員たちは、いざ出撃の際には例外なく飛行機の座席で手を振り笑顔で飛び立って行った。その笑顔を見るのは特攻機を見送る者にとってささやかな救いであった。

特攻戦死者の数は総数で四千人を超えているという。ちなみに私の同期生は敷島隊の谷暢夫と中野磐雄の二人を先陣として、八十八人が特攻戦死している。この人数は予科練の各種、各期を通して断トツに多い人数である。とにかくこんなに多い前途有為の若者たちがひたすら祖国を思い祖国の危急を救うために南溟に果て大空に散っていったのである。

特攻隊として指名され、人生の夢を絶たれた彼らの無念の思いはどんなに大きかったことであろうか。彼らの国を思う崇高な精神から出た行為には頭が下がるのであるが、その悲劇は後世に永く語り伝えなければなるまい。

太平洋戦争で初めて出現した原子爆弾は核兵器としてその破壊力が想像を絶する程大きく

なり、しかもいつでもどこでも簡単に使用できるようになっている。恐怖の生物化学兵器を持っている国も多い。もし戦争が起これば地球は破壊し人類は絶滅するであろう。そこまで至らない局地的な戦争は止むを得ない場合もあるのではないかと言う人もいる。しかし、どんなに小さな戦争でも、それは世界大戦に発展する可能性を持ち、人類を絶滅させる危険性を孕んでいるのである。だからたとえ小さな戦争でも、戦争と名の付くものは絶対に阻止しなければならない。

世界の人類が英知を絞って「戦争の歴史」に早く終止符を打ち、平和で豊かな理想郷を実現させて、後世に「二十一世紀は平和の世紀」であったと称えられるよう力を尽くしたいものである。

本書を出版するに当たっては愛媛新聞メディアセンター出版部の鳥生勉蔵氏や西窪亨臣氏に大変お世話になった。ここに紙面をかりて厚くお札を申し上げる次第である。

本書の一冊は五十余年にわたって、生きることの下手な私を陰に陽によく支えて力付けてくれた妻に対し感謝の意を込めて贈ることにしたい。

平成十七年（二〇〇五）八月吉日

梅林義輝

著者・梅林義輝の略歴

大正15年（1926）
4月28日　愛媛県大洲市に生まれる。

昭和14年（1939）
4月　愛媛県立大洲中学校入学。

昭和17年（1942）
3月　大洲中学校3年終了。
4月　土浦海軍航空隊入隊。第10期甲種飛行予科練習生。

昭和19年（1944）
1月　霞空松島分遣隊において第32期飛行練習生（戦闘機操縦）を卒業。
7月　築城空、佐空大村派遣隊、大分空、筑波空、神ノ池空を経て、同月六五三空（大分基地）に転任、航空母艦の搭乗員となる。
11月　任海軍上等飛行兵曹。初旬、六〇一空（松山基地）に転任。その後岩国、香取、百里ヶ原、国分、再び百里ヶ原、さらに鈴鹿基地に移動し、ここで終戦となる。

昭和24年（1949）
3月　愛媛師範学校卒業。

昭和27年（1952）
3月　広島文理科大学哲学科卒業。
4月　愛媛県立高等学校教諭。

昭和62年（1987）
3月　愛媛県立八幡浜高等学校校長を定年退職。

平成17年（2005）
11月13日　没。享年81歳。

NF文庫

海鷲ある零戦搭乗員の戦争

二〇一六年十一月十三日　印刷
二〇一六年十一月十九日　発行

著　者　梅林義輝
発行者　高城直一

発行所　株式会社潮書房光人社
〒102-0073　東京都千代田区九段北一-九-十一
振替／〇〇一七〇-六-五四六九三
電話／〇三-三二六五-一八六四(代)
印刷所　慶昌堂印刷株式会社
製本所　東京美術紙工

定価はカバーに表示してあります
乱丁・落丁のものはお取りかえ
致します。本文は中性紙を使用

ISBN978-4-7698-2977-5　C0195
http://www.kojinsha.co.jp

ＮＦ文庫

刊行のことば

第二次世界大戦の戦火が熄んで五〇年――その間、小社は夥しい数の戦争の記録を渉猟し、発掘し、常に公正なる立場を貫いて書誌とし、大方の絶讃を博して今日に及ぶが、その源は、散華された世代への熱き思い入れであり、同時に、その記録を誌して平和の礎とし、後世に伝えんとするにある。

小社の出版物は、戦記、伝記、文学、エッセイ、写真集、その他、すでに一、〇〇〇点を越え、加えて戦後五〇年になんなんとするを契機として、「光人社ＮＦ（ノンフィクション）文庫」を創刊して、読者諸賢の熱烈要望におこたえする次第である。人生のバイブルとして、心弱きときの活性の糧として、散華の世代からの感動の肉声に、あなたもぜひ、耳を傾けて下さい。